Chris Crutcher

# Für Sarah bleib ich sogar fett!

Paula L. Whitson

*Chris Crutcher* wuchs in Cascade, Idaho, auf. Er studierte Soziologie und Psychologie und unterrichtete danach zehn Jahre an einer alternativen Schule in Oakland, Kalifornien; zuletzt als Direktor. Heute arbeitet er als Kinder- und Familientherapeut in einer Klinik in Spokane, Washington. In seiner Freizeit schreibt Chris Crutcher für Kinder und Jugendliche. ›Für Sarah bleib ich sogar fett!‹ ist sein erstes Buch, das in deutscher Sprache erscheint.

Chris Crutcher

# Für Sarah bleib ich sogar fett!

Aus dem Amerikanischen von
Hans-Georg Noack

Deutscher Taschenbuch Verlag

Dieser Band ist auf 100% Recyclingpapier gedruckt. Bei der Herstellung des Papiers wird keine Chlorbleiche verwendet.

Deutsche Erstausgabe
Dezember 1995
3. Auflage April 1997
Deutscher Taschenbuch Verlag GmbH & Co. KG, München

Titel der amerikanischen Originalausgabe:
›Staying Fat for Sarah Byrnes‹, 1993 erschienen bei Greenwillow Books (a division of William Morrow & Company, Inc.), New York

Umschlagkonzept: Balk & Brumshagen
Umschlagbild: Jub Mönster
Gesetzt aus der Garamond 11/12'
Gesamtherstellung: Kösel, Kempten
Printed in Germany · ISBN 3-423-78076-2

*All denen gewidmet,*
*die zu sich selber stehen.*

# 1

Mein Vater hat sich davongemacht, als ich noch einen Monat in der Dunkelkammer vor mir hatte. Wenn sich später Leute über mich den Kopf zerbrochen haben (so nach dem Motto: Was ist da schiefgelaufen?), sind sie meistens zu dem Schluß gekommen, daß meine Mutter mich verwöhnt hat, daß sie mir alles gegeben hat, was ich wollte, bloß weil ich keinen Vater hatte. Sie dagegen ist überzeugt, daß ich ohne diesen ganz bestimmten Vater viel besser dran bin. Tausendmal hat sie mir gesagt, wie froh sie ist, daß ich schlau genug war, gut versteckt zu bleiben, bis er verschwunden war. Sie waren jung. Als ich geboren wurde, war meine Mutter so alt, wie ich heute bin, und mein Vater war auch nicht älter.

Genaugenommen weiß ich nicht viel von ihm. Seit achtzehn Jahren hat er sich keine Mühe gegeben, Verbindung mit mir aufzunehmen. Ich habe nur ein Bild von ihm. Er ist Professor an einem College irgendwo im Mittleren Westen. In Geologie, nimmt meine Mutter an. Nein, sie glaubt nicht, daß Geologie im Mittleren Westen liegt, sondern daß er Geologie unterrichtet. Ich vermute mal, daß seine Leidenschaft für Steine keinen großen genetischen Einfluß auf mich gehabt hat; sein Aussehen dafür um so mehr, soweit ich es nach dem alten Foto beurteilen kann. Er ist ein Fettkloß. Jedenfalls war er das mit achtzehn. Und damit meine ich nicht etwa einen Burschen, der mit Desserts und Leckereien zwischen den Mahlzeiten besser ein wenig vorsichtiger gewesen wäre, sondern einen, der am besten gleich morgens nach dem Aufstehen seine Lippen mit Klebstoff zugekleistert hätte.

Und meine Mutter ist ein Fuchs. Ehrlich: Ein Hunderttausend-Dollar-Silberfuchs! Sie hat dunkelblondes Haar, grüne Augen und einen geschmeidigen, langen, muskulösen Körper, den sie in bestem Zustand hält. Ich weiß zuverlässig, daß die Hälfte aller männlichen Wesen, die zu uns ins Haus kommen, darauf hoffen, sie in Shorts und Büstenhalter zu überraschen. Schließlich ist sie ja erst sechsunddreißig.

»Mom«, sagte ich eines Morgens vor ein paar Jahren, Vaters Bild in meiner pummeligen Klaue, »du mußt mir mal erklären, wie eine, die so aussieht wie du, auf einen reingefallen ist, der so aussieht wie er.« Ich klatschte das Foto vor ihr auf den Tisch.

»Das Aussehen ist nicht alles, Eric«, sagte sie.

»Sein Aussehen ist überhaupt nichts«, antwortete ich. »Und ausgerechnet das hat er mir vererbt!«

Sie blickte lächelnd auf. »Du siehst viel besser aus als dein Vater. Er war krankhaft verfressen. Du bist groß und stämmig, und das ist ein Unterschied. Und du hast auch viel mehr Humor als dein Vater«, behauptete sie und dachte vielleicht daran, daß er sich hauptsächlich für Steine interessierte. Sie ließ niemals zu, daß ich mich allzu lange mit dem aufhielt, was mir an mir selber nicht gefiel.

Ich heiße Eric Calhoune, und obwohl ich seit diesem Gespräch unzählige Stunden damit zugebracht habe, Gewicht abzutrainieren, nennen mich die meisten Leute Moby. Mrs. Lemry, meine Englischlehrerin, die gleichzeitig meine Schwimmtrainerin ist, nennt mich manchmal Eric den Belesenen, weil ich verhältnismäßig viel weiß. Auch Eric der Rätselhafte hat sie schon zu mir gesagt.

»Ich kann mir nicht genau vorstellen, wie du innerlich konstruiert bist«, sagte sie. »Du treibst nicht den Sport, in dem du am stärksten wärst; du bist ein Schüler, der gerade da nichts Besonderes leistet, wo er die höchsten Fähigkeiten mitbringt, und du umgibst dich mit einer Anhängerschaft, die einfach nicht zu dir paßt.«

»Jeder hat eben seinen eigenen Stil!« antwortete ich, drehte eine Pirouette auf den Zehenspitzen durch die Tür und wurde meiner Rolle als Eric der Rätselhafte voll gerecht.

Wenn mein Bauchnabel ein Spundloch wäre, würde er viel besser zu meinem faßähnlichen Körper passen. Seitdem ich herausgefunden habe, daß ich besser dafür ausgestattet bin, zur Schule zu rollen anstatt zu laufen, habe ich immer wieder versucht, am genetischen Code meines Vaters herumzumeißeln, aber ich sehe immer noch wie ein Fettkloß aus und nicht wie Arnold Schwarzenegger. Das alles wäre ja nicht weiter schlimm, wenn mein Bauchnabel nicht fast unaufhörlich allen Blicken preisgegeben wäre, nämlich vier Stunden täglich, weil ich Schwimmer bin. Wahrscheinlich muß ich nicht erst erklären, daß unsere Trainerin nicht gerade einen weltberühmten Modedesigner angestellt hat, und darum sehe ich auch nicht wie auf dem Titelblatt einer Sportillustrierten aus, wenn ich auf dem Startblock stehe.

Das Aussehen allein würde ausreichen, um Burschen mit meinen Körperformen vom Wasser fernzuhalten – aber das Schwimmen ist ein Sport für denkende Menschen, und Mrs. Lemry ist eine Trainerin für denkende Schwimmer. Außerdem rettete sie mich vor Trainer Stone, der mich unbedingt zum Ringer machen wollte, als ich fast noch ein Baby war. Er behauptete, als Schwergewichtsringer würde ich unschlagbar sein. Mag schon stimmen. Aber die Vorstellung, dauernd eine eingedrückte Nase zu haben und Hautabschürfungen von der Matte an jeder unbedeckten Körperstelle, lockte mich nicht besonders, und wenn ich noch so viele Preise heimschleppen könnte. Ich bin zwar kein großer Schwimmer, aber ich bin gut – viel besser als man auf den ersten Blick glauben würde – und ich mag die Herausforderung der Stoppuhr und die Leute, mit denen ich dabei zu tun habe. Und ich mag auch die Heckwelle, die ich für den Burschen in der Nachbarbahn aufwerfe.

Achttausend Meter stehen auf dem Trainingsplan. Lemrys Trillerpfeife schrillt. »Los, bringen wir's hinter uns! Fünfundzwanzig Meter, fünfmal atmen!« Fünfmal atmen, keine Schwierigkeit!

»Fünfundzwanzig Meter«, schreit sie zwei Bahnen später, als wir uns am anderen Ende über den Beckenrand quälen. »Drinbleiben! Dreimal atmen!« Der Sauerstoffvorrat wird kostbar.

»Fünfundzwanzig Meter! Zweimal atmen!« Ernstlicher Sauerstoffmangel setzt ein.

»Und noch einmal! Habe ich etwas von Rausklettern gesagt? Einmal atmen!« Die Trillerpfeife.

»Fünfundzwanzig Meter! Hat vielleicht einer gehört, daß ihr das Becken verlassen sollt? Kein Zwischenatmen! Los, los, meine Damen und Herren, gleich haben wir's geschafft!« Die Pfeife. Der Sauerstoffmangel läßt uns fast zusammenbrechen.

»Fünfundzwanzig Meter ohne Zwischenatmung. Dann eine Wende und so weit zurück, wie ihr es schaffen könnt. Die letzte Bahn, Leute! Wenn euch schwarz vor Augen wird oder ihr freundliche Begrüßungsworte vom lieben Gott hört, dann taucht auf!« Wir pumpen uns so voll Luft, daß wir kaum noch hören können, was sie sagt; aber das könnte jeder von uns zwanzig sowieso auswendig aufsagen.

Ich prügele förmlich auf das Wasser ein. Nach fünfzehn Metern spüre ich den Druck in den Lungen und werde um vielleicht einen halben Beinschlag langsamer. Ich schlucke Wasser, um meinem Körper so etwas wie Atmung vorzugaukeln. Ich erreiche die Beckenwand, krümme mich zusammen, um möglichst viel Kraft für das Abstoßen zu gewinnen, atme nur gerade soviel Luft aus, um das Chlorwasser aus den Nasenlöchern zu bekommen, und schwimme weiter. In den letzten drei Jahren hat mich bei dieser Übung keiner aus dem Team übertroffen. Mark Brittain sagt, das läge daran, daß Wale ein Blasloch haben, aber Mark ist ja oft absichtlich unfreundlich. Tatsächlich liegt es daran, daß ich ziemlich brutal gegen mich selbst sein kann. Schließlich schwimme ich Langstrecken im Freistil.

Ich bin noch drei Züge von der Wand entfernt, als mein Kopf aus dem Wasser schnellt wie eine Markierungsboje und ein Geräusch aus mir hervorbricht, bei dem normalerweise Sanitäter herbeigestürmt kommen müßten. An den Rändern meines Blickfeldes wird alles dunkel, doch ich halte mich an der Bahnmarkierung fest und sauge Luft ein wie ein Industriestaubsauger. Eines Tages werde ich die vollen fünfzig Meter schaffen. Wenn ich frisch bin, schaffe ich das leicht, aber nicht am Ende eines dreistündigen Trainings.

»Gut gemacht, Moby!« schreit Lemry mir quer über das ganze Becken zu. »Bei dieser Einstellung kann dich nichts umbringen!«

Ich stand vor den großen Doppeltüren am Eingang des Hospitals zum Heiligen Herzen und atmete tief; mein gefrorenes Haar klebte mir um den Kopf wie ein Fahrradhelm, und mein Atem schoß mir aus dem Mund wie Abgase aus dem Auspuff eines Lastwagens. Ich hatte nur eine leichte Jacke an. Mein inneres Heizsystem arbeitete nach einer solchen Trainingseinheit noch stundenlang. Die Trainerin sagt mir zwar immer wieder, ich solle mich warm anziehen, ehe ich ins Freie ginge, aber wenn ich das tue, schwitze ich wie ein Walroß in der Sauna.

Sarah Byrnes lag da drinnen. Im achten Stock. Kinder- und Jugendpsychiatrie. Ich hatte den Besuch immer wieder verschoben, weil ich dachte, in ein paar Tagen wäre sie sowieso wieder draußen, aber nun war schon eine volle Woche vergangen. Sarah Byrnes. Das zäheste Mädchen, das ich kannte. Und plötzlich war sie einfach ausgeflippt.

Ich wollte nicht hineingehen. Einmal, ungefähr vor vier Jahren, war ich hier gewesen, als ein entfernter Vetter sich betrunken und dann einen Selbstmord versucht hatte. Ein richtiger Versuch war es eigentlich nicht. Er hatte einfach eine Überdosis Vitaminpillen geschluckt, und man hatte ihn für drei Tage zur Beobachtung behalten. Das einzige, was sie beobachten konnten, war ein ungewöhnlich gelber Urin. Ich habe ihn wahrhaftig nicht gern besucht. Das Haus war eigentlich ganz nett: dicke Teppiche und bequeme Sessel, jede Menge Bücher zum Lesen und allerlei Spiele. Aber die Leute da drinnen sahen alle so aus, als wäre etwas Wichtiges von ihnen abgeschält worden. Und man hatte das Gefühl, dasselbe könnte einem auch passieren.

Und jetzt war Sarah Byrnes da drin. Meine beste Freundin. Ein ganzes Jahr lang bin ich nur ihr zuliebe fett geblieben.

Ich schob mich durch die Eingangstür, ließ den Auskunftschalter links liegen und folgte den teppichbelegten Gängen bis zu den Aufzügen. Einer war offen und leer. Ich drückte auf die 8 und lehnte mich an die Wand, als ich ein »Halt!« hörte und ein vertrautes Gesicht sah, einen namenlosen Burschen aus der Schule, der einen Wagen mit Bettwäsche auf mich zuschob. Ich tastete nach der Knopfreihe neben der Tür, drückte absichtlich auf »schließen« und tat gleichzeitig so, als gäbe ich mir verzweifelte Mühe, die Tür am Schließen zu hindern. »Uff!« sagte ich, als die Tür zu war. Ich wollte keine Gesellschaft, wollte nicht erklären müssen, wen ich warum besuchte.

Nachdem ich mich angemeldet hatte, sah ich Sarah Byrnes auf einer allzu gepolsterten Couch sitzen und auf einen Fleck im äußeren Weltraum fünf oder zehn Zentimeter vor ihrer Nasenspitze starren.

Ich sagte »Hallo«, blieb ohne Antwort, setzte mich und berührte ihren Unterarm. Wenn ihr Verstand nicht hinter ihren Augen blitzt, ist Sarah Byrnes tatsächlich unglaublich häßlich. Als sie drei Jahre alt war, so erzählte sie wenigstens, hatte sie einen Topf voll kochender Spaghetti vom Herd gezogen und über sich geschüttet. Seitdem bedecken entsetzliche Brandnarben ihr Gesicht und ihre Hände. Ihr Vater, vielleicht der grausamste und bestimmt der unsensibelste Mensch, den ich jemals kennengelernt habe, ließ nur die unerläßliche ärztliche Behandlung zu, um sie außer Gefahr zu bringen. Es wurde so gut wie nichts getan, um ihr Aussehen wiederherzustellen. Er sagte, das würde ihr künftig zur Warnung dienen.

Eine Frau kam auf mich zu. »Du mußt Eric sein«, sagte sie.

Ich nickte. »Kommt sie wieder in Ordnung?«

»Ich bin Laurel«, antwortete sie und streckte die Hand aus. »Sarahs Betreuerin.« Sie war eine große Frau, nicht fett, aber stämmig und solide, vielleicht Anfang dreißig, mit einem Gesicht, das kein Make-up brauchte. Anziehend wirkte sie eigentlich nicht, aber warm und herzlich. »Um die Wahrheit zu sagen, ich weiß es nicht«, beantwortete sie meine Frage. »Bisher hat sie auf kaum etwas reagiert, obwohl ihr Arzt sagt, daß alle physischen Reaktionen normal sind.«

Ich studierte Sarah Byrnes Augen, während sie das Weltall zu studieren schien. »Was soll ich ihr sagen? Ich meine, kann sie mich überhaupt verstehen?«

»Ich weiß es nicht. Nimm einfach an, daß sie es kann. Rede mit ihr, wie du reden würdest, wenn sie dir Antwort gäbe«, sagte Laurel. »Mach alles so normal wie möglich.«

Ich nickte.

Die Schwester nahm Sarah Byrnes' Hand. »Sarah? Sarah, du hast Besuch.«

»Wenn Sie wollen, daß alles normal ist, dann müssen Sie Sarah Byrnes zu ihr sagen. Sie hört nur auf Sarah Byrnes.«

Laurel sah mich verständnislos an.

»Als wir in der Junior High waren«, erklärte ich, »hatte Sarah Byrnes genug von jedem neuen Einstein der Schule, der sich einbildete, er wäre das einzige Genie auf der ganzen Welt, das auf irgendwelche blöden Bemerkungen über ihren Familiennamen und ihren Zustand kam. Sie wollte nicht mehr darauf warten müssen, daß wieder jemand mit demselben Wortspiel herausplatzte, und so ließ sie sich lieber gleich von allen Sarah Byrnes nennen. Wenn man sie nur Sarah nennt, reagiert sie nicht.«

Laurel nickte. »Ich werde es den anderen sagen. Es ist wichtig. Gibt es sonst noch etwas?«

»Ich glaube nicht.«

»Gut, ich lasse euch jetzt allein. Sprich einfach

mit ihr über Dinge, die sie vielleicht berühren könnten.«

»Erinnerst du dich an die ›Knusprigen Schweineschwarten‹?« flüsterte ich ihr ins Ohr, sobald Laurel außer Hörweite war. Wenn überhaupt irgend etwas eine Reaktion bei ihr hervorrufen konnte, dann dies.

Sarah Byrnes starrte vor sich hin, und ich erinnerte mich…

Ich ließ mich auf den harten Stuhl vor dem Büro von Mr. Mautz fallen und stellte mir das Gespräch vor, das wir gleich führen würden. Der Stuhl ächzte unter meinem beachtlichen Gewicht, der Sitz verschwand unter meinen mächtigen Schenkeln. Sobald die Bürotür sich öffnete, gab es nur eines für mich: Ich durfte nicht lügen. Die Wahrheit wollte ich auch nicht gerade sagen, aber ich wollte nicht lügen. Das ist ein Unterschied, sagte ich mir. Sarah Byrnes hatte mich mit allen möglichen Auskünften über die Erklärung der Menschenrechte versorgt, die mir vielleicht helfen konnten.

Die Schulsekretärin, Mrs. Barker, lächelte mich über ihren Schreibtisch hinweg an, und ich entdeckte eine Spur von Mitleid in ihren Augen. Mrs. Barker hatte schon eine Menge Schüler auf diesem Stuhl gesehen – wahrscheinlich keinen häufiger als mich – und wußte genau, daß wir jedes bißchen Mitgefühl brauchten, wenn es uns auch kaum helfen konnte, sobald die Tür geöffnet wurde.

Ihr Telefon piepte, sie meldete sich ruhig und sagte dann: »Du kannst jetzt hineingehen, Eric.«

Ich verzog das Gesicht und hievte mich mühsam vom Stuhl hoch. Mrs. Barker lächelte noch einmal. »Vergiß nicht: Es wäre gesetzeswidrig, wenn er das mit dir anstellen würde, was er am liebsten täte!«

»Setz dich, Eric!« sagte Mr. Mautz und deutete auf einen anderen harten Holzstuhl, der ein Zwilling von dem im Vorzimmer sein mußte.

Ich setzte mich, schloß die Augen, nachdem ich die gefaltete selbstgemachte Zeitung auf seinem Tisch entdeckt hatte, und gab mir Mühe, die Furcht hinunterzuschlucken, die wie ein Strom brennender Lava aus meinem Magen in den Hals aufstieg. »Knusprige Schweineschwarten«. Schweißbäche, die so etwas wie mein Markenzeichen sind, liefen über meinen wohlgepolsterten Brustkorb in Richtung Gürtel. Bald schon würde mein Hemd durchweicht sein, und Mautz, ein alter Haudegen von einem Psychologen, würde mich in der Falle haben. Denk trocken!

Mautz breitete die Zeitung umständlich auf der Glasplatte seines Schreibtisches aus. Sie sah mindestens so gut aus wie die alle zwei Wochen erscheinende offizielle Schulzeitung, fand ich. Vielleicht sogar besser.

Mautz sah mich an. Seine hellblauen Augen durchbrachen meine hoffnungslose Verteidigung wie Laserstrahlen einen Ballen Zuckerwatte. Ich fragte mich, ob es wohl einen Leistungskurs für Schuldirektoren gab – »Stahlharter Blick« oder so ähnlich –, in dem sie das lernten.

»Hast du abgenommen, Eric?« fragte er, und sein Ton klang beiläufig, fast freundlich.

Ich ließ mich nicht austricksen. »Nein, Sir.«

Blinzelnd legte er den Kopf schief. »Vielleicht bist du gewachsen. Körperlich, meine ich.«

»Das bezweifle ich, Sir. Wahrscheinlich werde ich immer ein Fettkloß bleiben.«

»Du solltest dich nicht selbst herabsetzen, Eric«, sagte Mautz. »Das kann deiner Selbstachtung nur schaden.«

An dem Tag, an dem Mautz wirklich etwas an meiner Selbstachtung liegen sollte, wird Sarah Byrnes zur Miss Amerika gewählt. »Ich habe mich nicht herabgesetzt, Sir. Ich habe nur die Wahrheit gesagt.« Damals klammerte ich mich häufig ganz unsinnig am letzten Wort meines Gegenübers fest, wenn ich unter Druck stand, nur damit das Gespräch nicht vorankam.

»Wie dem auch sei«, sagte Mautz, »wir sind vermutlich nicht zusammengekommen, um über dein Gewicht zu reden, nicht wahr?«

»Wahrscheinlich nicht«, stimmte ich zu.

»Wahrscheinlich nicht?« Mautz' Augenbrauen wölbten sich bedrohlich bis zum Ansatz seines Bürstenhaarschnitts.

»Nun ja«, sagte ich, und die Schleusentore meiner Schweißdrüsen konnten dem wachsenden Druck nicht mehr standhalten, »ich weiß nicht so recht, warum Sie mich gerufen haben.«

»Wirklich nicht?« Mautz nahm die Zeitung und las ihren Titel. »›Knusprige Schweineschwarten‹. Was genau soll das bedeuten, Mister Calhoune? ›Knusprige Schweineschwarten‹?«

Es war kein gutes Zeichen, daß er mich mit meinem Familiennamen ansprach.

»Ich weiß nicht, Sir. Ist das vielleicht irgendein Snack?« Die Schweißschleusen barsten. Schweißbäche strömten südwärts. Hoffentlich war das Gummiband meiner Unterhose wasserdicht.

»Ja, es könnte wohl der Name eines Snacks sein«, sagte Mautz. »Es ist aber auch der Titel dieser sogenannten Zeitung hier.«

»So?«

»So!« ahmte er mich nach. »Ist das alles, was du zu sagen hast?«

Vorsicht, dachte ich. Nicht lügen! Ich nickte.

»Weißt du, woher ich weiß, daß dieses hier dein Werk ist?« fragte er.

Schweigen war die beste aller möglichen Antworten.

»Weil du der einzige Bursche dieser ganzen Schule bist, der so etwas schreiben kann. Du hast eine gewisse Begabung, mit Sprache umzugehen, Mister Calhoune, aber du setzt dieses Talent nicht gerade zu deinem Vorteil ein.«

»Vielleicht hat es jemand von der High School geschrieben«, schlug ich vor, »und hat es dann hier vor der Schule verteilt. Vielleicht wollte er irgendeinen Schüler hier in Schwierigkeiten bringen.«

Mautz lächelte. »Ja, es ist tatsächlich ein Schüler in Schwierigkeiten. Jeder Artikel in diesem Schmutzblatt handelt von irgend jemandem an dieser Schule.« Er beugte sich in seinem Plüschsessel mit der hohen Rückenlehne, den Sarah Byrnes immer seinen Thron nannte, ein wenig vor und sah mich voller Verachtung an. »Und jetzt frage ich dich eines ...«

Jetzt kommt es, dachte ich. Hoffentlich taugen deine Ratschläge etwas, Sarah Byrnes.

»Hast du diese Zeitung geschrieben?«

Ich atmete tief, und mein Hals wurde eng. »Ich berufe mich auf den fünften Zusatzartikel zur Verfassung«, preßte ich hervor, »weil ich mich mit meiner Aussage selbst belasten könnte.«

Im ersten Augenblick war Mautz völlig verblüfft.

Ich hielt den Atem an und riß die Augen auf.

»Was sagst du?« fragte er fast flüsternd, die Augen zusammengekniffen.

»Ich berufe mich auf …«

»Ich hab's gehört!«

Ich sank in mich zusammen, während er schnell wieder sammelte, was von seiner Fassung noch übrig war. »Du willst also lügen!«

»Ich lüge nicht. Ich berufe mich auf den fünften Zusatzartikel zur Verfassung. Das ist der, in dem gesagt wird …«

»Ich kenne den fünften Zusatzartikel, Mister Calhoune. Der wird vor Gericht verwendet, aber nicht im Büro des Direktors!«

»Sarah Byrnes hat in ihrem Vortrag über die Verfassung gesagt, daß es sich dabei um ein Grundrecht …«

»Aha, Sarah Byrnes steckt also auch hinter dieser Geschichte, wie?«

»Das habe ich nicht gesagt.«

»Du hast es auch nicht bestritten. Warum berufst du dich nicht wieder auf den fünften Zusatzartikel?«

Inzwischen schwitzte ich so stark, daß ich auf

dem Stuhl zu rutschen begann. »Okay. Wir berufen uns auf ...«

»Mit der Begründung, daß ihr euch sonst selbst belasten könntet?«

Ich nickte. »Hm.«

Mautz stand auf. Er war an die eins neunzig groß und brachte über zwei Zentner auf die Waage, obwohl er kein Gramm Fett am Körper hatte. Seine schwarz-grau gestreifte Krawatte lief über seinen mächtigen Brustkorb wie eine Achterbahnspur. Sein fast schwarzes Haar und der dunkle Bart dienten nur dazu, die Wirkung dieser gnadenlosen blauen Augen noch zu verstärken. Mr. Mautz konnte einem Angst einjagen. »Laß mich eines ganz deutlich sagen, Mr. Perry Mason«, sagte er, »ich finde mich damit ab, daß du dich auf den fünften Zusatzartikel berufst. Für diesmal. Und ich lasse auch noch diese ›Knusprigen Schweineschwarten‹ durchgehen. Für diesmal. Aber es wird an dieser Schule keine weiteren Publikationen ohne offizielle Genehmigung geben, und das bedeutet ohne meine Genehmigung! Und wenn ich so etwas noch einmal sehe, dann verspreche ich, dir das Leben zur Hölle zu machen. Hast du mich verstanden?«

Ich konnte nur noch nicken.

»Gut. Du kannst gehen!«

Ich stand auf, um genau dies zu tun. Die Hose klebte mir an den Beinen wie nasses Zellophan, und Schweiß tropfte mir wie Regen von der Stirn.

»Eric«, sagte Mr. Mautz, als ich schon die Tür erreicht hatte.

»Hm?«

»Du transpirierst heftig. Ich nehme das als ein Zeichen dafür, daß dir klar ist, was für einen Fehler du gemacht hast.«

Im Vorzimmer hob Mrs. Barker den Blick und lächelte. Sie suchte nach Anzeichen des Kampfes und fand sie in meinem farblosen Gesicht und meinem durchweichten Hemd. »Ach, Eric«, sagte sie und krauste die Nase. »Das ist wohl nicht gut gelaufen, wie?«

»Nicht besonders gut.«

Sie griff in die mittlere Schublade ihres Schreibtisches und zog ein Exemplar der »Knusprigen Schweineschwarten« daraus hervor. »Für ein Endprodukt ist das ein bißchen ungehobelt«, flüsterte sie lächelnd. »Aber ich habe schon Schlimmeres gesehen. Warum übrigens gerade ›Knusprige Schweineschwarten‹?«

Ich vergewisserte mich mit einem Blick, daß die Tür zu Mr. Mautz' Büro geschlossen blieb. »Verstehen Sie nicht? Sarah Byrnes ist knusprig, ich bin ein fettes Schwein, und Schwarten sind das, was übrigbleibt, auf das niemand besonders achtet. Wir drucken eben die Nachrichten, die in richtigen Zeitungen fehlen.«

»Sehr witzig«, sagte sie. »Gehe ich recht in der Annahme, daß die erste Ausgabe auch die letzte war?«

Ich schaute auf die geschlossene Tür, hob die Augenbrauen und zuckte die Achseln.

»Also – wie ist es gelaufen?« fragte Sarah Byrnes auf dem Gang vor meiner Matheklasse. »Hast du dich auf den fünften Zusatzartikel berufen?«

Ich schlug mir mit der flachen Hand auf die Brust, um das Preßlufthammerklopfen meines Herzens zu beruhigen, und atmete tief. »Ja, das habe ich.«

»Und?«

»Vor Gericht funktioniert das wahrscheinlich besser als hier«, sagte ich. »Und jetzt weiß er, daß du auch im Spiel bist, denn mein Gehirn war plötzlich ausgeschaltet, und ich habe ihm erzählt, von wem ich das mit dem fünften Zusatzartikel gelernt habe. Tut mir leid, Sarah Byrnes. Es ist mir einfach so rausgerutscht.«

»Ob er das weiß oder nicht, macht mir gar nichts aus«, antwortete sie. »Ich hoffe sogar, daß er es weiß. Eigentlich haben wir uns ja ein Extralob verdient. Ich habe da ein Buch gelesen, in dem steht, daß der beste Journalismus der sechziger Jahre von Untergrundzeitungen stammt.«

»Mautz hat gesagt, für diesmal will er's vergessen, aber wenn die Zeitung noch einmal herauskommt, will er mir das Leben zur Hölle machen.«

»Ist es jetzt vielleicht der Himmel?« fragte sie.

»Na ja.« Ich schaute an meinem Körper abwärts, das Ziel jedes Dickenwitzes, seitdem Eva im Paradies hinter Adam hergelaufen ist.

Genau wie Sarah Byrnes fragte ich mich, was der alte Mautz wohl anstellen konnte, um alles noch schlimmer zu machen. »Er könnte mich vielleicht zwingen, ohne Hemd zur Schule zu kommen«, sagte ich. »Oder er läßt mich einen BH tragen, wie es die lieben Mitschüler in der sechsten Klasse gemacht haben.«

Sarah Byrnes lachte. »Dann würde er gefeuert.

Deine Mom könnte die Schule auf ein riesiges Schmerzensgeld verklagen. Also, wenn du mich fragst, wir sollten an die Arbeit für die zweite Nummer der ›Knusprigen Schweineschwarten‹ gehen.«

# 2

»Also gut, Moby«, sagte Mrs. Lemry, »du hast uns in diese unmögliche Richtung gelockt, nun erkläre du uns auch, ob die Erde ein guter oder ein schlechter Ort zum Leben ist.« Es war der erste Tag des zweiten Halbjahres. Dreizehn von uns hatten sich in Lemrys Grundkurs »Zeitgenössisches amerikanisches Denken«, kurz ZAD, eingeschrieben. Teilnehmen durfte nur, wer bereit war, seinen Glauben und seine Überzeugungen kritisch zu betrachten. Gewissermaßen durch die Lupe. Es war ein Kurs von Mrs. Lemry, also mußte man schon ernsthaft bei der Sache sein.

»Wenn man die Alternativen bedenkt«, sagte ich als Antwort auf ihre Aufforderung, »dann ist sie wohl eher ein guter Ort.« Kichern.

»Damit sagst du im Grunde«, erklärte sie, »daß das Bekannte besser ist als das Unbekannte. Man kann allerdings mit guten Gründen behaupten, daß diese Überzeugung ein wirksames Mittel ist, die Menschen auf den Knien zu halten.« Sie schaute sich im Raum um und entdeckte nur mäßiges Interesse. »Ich habe diesen Kurs ›Zeitgenössisches amerikanisches Denken‹ genannt. Das macht sich gut auf dem Umschlag eurer Arbeitshefte. Der Untertitel lautet aber ›Verantwortung und Rechenschaft‹, denn ihr seid verantwortlich für alles, was ihr sagen werdet, und habt Rechenschaft darüber abzulegen. Wenn Mr. Calhoune mir sagt, daß die Erde angesichts der Alternativen ein guter Platz zum Leben ist, dann muß er auch definieren, was er unter ›gut‹ versteht, und er muß uns überzeugen, daß er die Alternative kennt. Mit anderen Worten, er muß vorsichtig sein, wenn er den Mund auftut. Wir müssen den Worten und Gedanken wieder Wert beimessen.«

Noch einmal ließ sie den Blick durch den Raum wandern. Interesse baute sich auf. Ich glaube, für die meisten in der Klasse ist es verlockend, über das zu reden, was sie denken. Besonders, wenn sie es mit einem wirklichen menschlichen Ausnahmewesen tun können. Das ist Mrs. Lemry meiner Meinung nach unbedingt. Zunächst mal ist sie ein erfreulicher Anblick. Sie ist klein und ungefähr so sexy wie man nur sein kann, wenn man nicht gerade Filmstar oder Bauchtänzerin ist. Ihr blondes Haar ist schulterlang, ihre dunkelbraunen Augen können durch einen hindurchblicken, und große, klirrende Ohrringe rahmen ihr feines Gesicht ein. Wer bei ihrem Anblick allerdings unsaubere Gedanken hat, der sollte sie lieber für sich behalten, denn bei jedem Anflug von Respektlosigkeit nimmt sie einen glatt auseinander. Lemry ist das lebendige Werbeplakat für die Rechte der Frau.

»Also starten wir doch einen Probelauf«, sagte sie. »Das Thema ist zwar ein wenig breit, aber fang ruhig an, Moby. Ist die Erde ein guter oder ein schlechter Ort?«

Ich stellte mir Sarah Byrnes vor, wie sie so häßlich, wie ein Mensch nur sein kann, im Hospital zum Heiligen Herzen lag und ins Leere starrte. »Ein schlechter Ort«, sagte ich.

»Warum?«

»Weil man nicht gewinnen kann. Wenigstens nicht auf die Dauer.«

»Begründe das, Moby.«

Ich sah mich im Raum um und begegnete erwartungsvollen Blicken. Alle wollten, daß ich den Anfang machte; sie wollten sehen, ob ich gefressen wurde. Sie trieben das Schwein zum Schlachter. Es war ein bißchen unheimlich, denn ich hatte zwar gute Freunde in der Gruppe, aber auch Todfeinde, und man läßt seine Feinde nicht gern wissen, was man denkt oder fühlt.

»Gestern abend habe ich Sarah Byrnes besucht«, sagte ich.

»Und?«

»Es war schlimm.«

»Sprich dich aus«, sagte Mrs. Lemry freundlich. »Du wolltest uns erklären, warum die Welt ein schlechter Ort ist, um darin zu leben.«

»Ich habe darüber nachgedacht. Sarah Byrnes sitzt da im Krankenhaus und starrt ins Leere. Sie spricht nicht, sie reagiert auf nichts. Als ich sie genau angesehen habe, als ich sie ohne ihr rasiermesserscharfes Mundwerk und ihr Feuer gesehen habe, ohne alles, womit sie uns sonst förmlich zerfetzt, sah sie aus, als wäre sie gar nicht mehr da. Und ich habe gedacht: Ich kann's dir nicht verdenken. An ihrer Stelle würde ich auch weggehen, denn die ganze Welt hat ihr keinen sicheren Fleck zu bieten. Jeden Tag beim Aufstehen weiß sie, daß sie ihr zernarbtes Gesicht zur Schule schleppen muß. Sie weiß genau, was jeder denkt und nicht ausspricht. Nirgends kann sie sich verstecken, und das hört niemals auf. Muß man da nicht sagen, daß die Erde ein schlechter Platz zum Leben ist?« Ich schaute zu meinem guten Freund Ellerby hinüber und suchte Unterstützung bei ihm, doch er starrte auf sein Pult.

Lemry war einen Augenblick still. »Es ist kein sehr gutes Gefühl, über einen Menschen zu sprechen, der nicht hier ist«, sagte sie endlich, »aber ich meine, es ist vielleicht ganz gut, wenn wir das Thema weiterverfolgen. Was meinen alle anderen dazu?«

Kathy Gould beugte sich ein wenig vor. »Das bedeutet doch nur, daß die Erde ein schlechter Ort für Sarah Byrnes ist.«

»Ja«, fing ich an, »aber es gibt Tausende von anderen Menschen, die …«

»Dann ist sie eben ein schlechter Ort für diese Menschen. Aber nicht für uns alle. Die Frage lautet doch, ob sie ein guter oder ein schlechter Ort ist, Punkt. Wenn sie schlecht ist, dann ist sie für alle schlecht. Oder wenigstens für die Mehrheit.« Kathy ist eine große Rothaarige, mit scharfem Verstand und dem Humor einer Trauerweide. Mir fiel es schwer, mir vorzustellen, daß sie bei dieser Diskussion für die Erde Partei ergreifen könnte.

Seit der Grundschule waren Depressionen ihre Hauptbeschäftigung und ihr einziger Lebenssinn.

Ich spürte einen Ärger in mir aufsteigen, den ich nicht sofort verstand, und ich wollte sie irgendwie verletzen, aber Lemry las meine Gedanken. »Wißt ihr«, sagte sie, »das ist ein sehr gutes Diskussionsthema für den Anfang, und es ist sicher auch sehr ergiebig, aber noch mal: ich hätte ein besseres Gefühl dabei, wenn der Mensch, über den wir reden, auch hier wäre und mit der Diskussion einverstanden wäre. Also brauchen wir zunächst vielleicht doch Beispiele, die nicht ganz so hautnah sind. Okay?«

Ich zog mich zurück, während alle anderen Beispiele aus dem wirklichen Leben brachten, aus Zeitungen, Filmen und was weiß ich woher, jedenfalls lauter Dinge, bei denen menschliche Freude und menschliches Leid im Widerstreit standen. Mir wurde klar, daß ich nicht über Philosophie reden wollte, sondern über Sarah Byrnes. Sie war meine beste Freundin, und sie lag im Sterben. Wir waren Freunde geworden, als ich so fett war wie sie häßlich ist, und ich hatte vor langer Zeit versprochen, sie niemals im Stich zu lassen; wir haben geklärt, daß meine Gefühle für sie nichts Selbstsüchtiges hätten, daß ich sie nicht nur mochte, weil wir beide »ultimativ häßlich« waren, wie sie es ausdrückte.

Im Grunde hatte Dale Thornton den Anstoß zu den »Knusprigen Schweineschwarten« geliefert. Er hat uns damals das Leben schwer gemacht, aber Dale war so groß, daß wir nicht einmal eine anständige Prügelei zustande brachten. Wenn wir ihn kommen sahen, trollten wir uns wie Pudel, denen ein Dobermann über den Weg läuft. Ich sage die reine Wahrheit: Dale konnte sich schon in der zweiten Klasse ein mächtig feines Leben allein von seinen Frühstücksgeld-Erpressungen leisten, ganz zu schweigen von seinen Schutzgeldforderungen.

Aber dann traf er mit Sarah Byrnes zusammen. Wenn man wie sie mit einem Vater zusammenlebt, der schon von Horrorfilmproduzenten als zu widerwärtig abgelehnt worden ist, und wenn man dann obendrein noch ein fast bis zur Unkenntlichkeit verbranntes Gesicht hat, wenn man Tag für Tag neugierige Blicke und gemeine Schimpfwörter zu ertragen hat, dann regt es einen nicht mehr besonders auf, wenn ein aufgeblasener Möchtegern-Gangster einem die Faust vors Gesicht hält und etwas haben will. Sarah Byrnes sprach immer eine ziemlich derbe Sprache, darum will ich lieber nicht genau wiederholen, was sie sagte, als Dale ihr zum erstenmal in die Quere kam, aber ich glaube, sie hat alles zweimal gesagt: Einmal über Dale und einmal über seine Mutter.

Nun weiß wahrscheinlich die halbe Bevölkerung unserer Stadt, daß Dales Mutter mit seinem Onkel durchgebrannt war und ihren Sohn bei seinem Vater zurückgelassen hatte, der nicht gerade ein Daddy wie Bill Cosby ist. Dale selbst hatte schon Dinge über seine Mutter gesagt, die fünfmal schlimmer waren als alles, was Sarah Byrnes sich ausdenken konnte. Aber er fühlte sich sehr beleidigt und schlug Sarah Byrnes genau auf die Nase.

Sarah Byrnes' blonde Zöpfe standen nach dem Schlag waagerecht von ihrem Kopf ab, und sie schlug so hart auf den Boden, daß die Luft aus ihren Lungen herausknallte wie aus einer platzenden Popcorntüte, aber sie sprang wieder auf wie ein Punchingball und war angriffsbereit.

»Gib mir einfach dein Geld, Narbengesicht«, sagte Dale, »dann lasse ich dich in Ruhe.«

Sie streckte ihm das Kinn entgegen und sagte: »Nimm's dir doch!« Und er schlug noch einmal zu.

Ich glaube nicht, daß Sarah Byrnes auch nur die kleinste Chance hatte, denn er war fast doppelt so groß wie sie und der geborene Schläger. Aber sie stand immer wieder auf, und bald waren die Schwellungen unter den Narben so gewaltig, und ihr Gesicht sah so grausig aus, daß sogar Dale es mit der Angst zu tun bekam und noch einmal sagte: »Gib dein Geld her! Gib mir einfach dein Geld, dann höre ich auf!«

»Mein Geld kriegst du erst, wenn ich tot bin«, sagte sie, und ihre Zähne waren so fest zusammengebissen, daß ich zu hören meinte, wie sie in ihrem Mund zerbröckelten. Dann wandte sie sich an mich. »Eric Calhoune, wenn er mich wirklich umbringt, dann sorgst du dafür, daß er nichts von mir kriegt!« Und ich sagte okay, obwohl ich ziemlich sicher war, daß ich mich aus dem Staub machen würde, wenn er sie umbringen sollte.

Dale starrte sie noch einmal an und ließ die Fäuste sinken. »Du bist es ja gar nicht wert«, sagte er. »Wahrscheinlich hast du sowieso kein Geld. Da nehme ich es lieber gleich deinem fetten Freund ab!«

Ich hatte meine Hände schon fast bis zu den Ellbogen in den Taschen, als ich Sarah Byrnes' Stimme hörte. »Wenn du ihm irgendwas gibst, dann bringe ich dich um!« sagte sie, und plötzlich hatte ich nur noch die Wahl, ob ich lieber von Dale Thornton oder von Sarah Byrnes umgebracht werden wollte. Galgen oder Todesspritze. Ich überlegte, daß ich vielleicht nur auf Lebenszeit zum Krüppel wurde, und dann brauchte ich wenigstens einen Freund, der meine Sachen herumtrug und so. Also zog ich ganz langsam die Hände aus den Taschen, stand da, zitterte wie eine Qualle auf einem Preßlufthammer und schwitzte, als wollte ich schmelzen.

Der alte Dale muß wohl ziemlich erschöpft gewesen sein oder frustriert, weil er so lange auf Sarah Byrnes eingeprügelt und so wenig erreicht hatte, denn anstatt mich zu zerquetschen, sagte er bloß: »Vergiß es!« Dann drehte er sich um und ging davon, aber da hatte ich vor Nervosität schon mindestens zwölf Pfund abgenommen. Meine Knie waren so weich, daß ich zu Boden fiel wie eine Eisenkugel und die Augen schloß. Aber dann ging ein Schatten an ihnen vorbei, und ich riß sie wieder auf. Zwei narbige Hände packten mich am Kragen und zerrten mich auf die Füße, und ich stand da und rang nach Luft, nur Zentimeter von Sarah Byrnes verunstaltetem Gesicht entfernt. »Du fette kleine Qualle!« schrie sie mich an. »Du wolltest doch tatsächlich diesem Verbrecher Geld geben!«

»Der wollte mich doch umbringen!«

Sie zog mich näher zu sich und sagte: »Jedesmal, wenn du dir etwas wegnehmen läßt, jedesmal, wenn du zeigst, daß du Angst hast, wirst du ein bißchen mehr umgebracht.«

Das wußte ich schon, aber die Gefahr, daß jetzt sie mich niederschlug, war noch nicht ganz vorüber. Ich wechselte das Thema. »He, ich dachte, wir wollten uns nicht gegenseitig beschimpfen. Aber du hast mich eben eine fette Qualle genannt!«

»Du hast recht«, sagte sie und ließ meinen Kragen los. »Erinnere mich morgen daran, wenn ich nicht mehr so wütend bin, daß ich dir am liebsten bei lebendigem Leibe das Fell über die Ohren ziehen würde. Dann sage ich meinetwegen, daß es mir leid tut.«

Nun, Sarah Byrnes hat sich niemals entschuldigt, und ich habe auch nicht damit gerechnet; aber am nächsten Tag, als sie mir nicht mehr böse war, fingen wir an, die »Knusprigen Schweineschwarten« zu planen. Und am Freitag jener Woche, unmittelbar vor der ersten Stunde, lag vor jedem Schüler der 8. Jahrgangsstufe ein Exemplar auf dem Pult. Die Schlagzeilen lauteten:

*Es geschah vor sechzehn Jahren*
MANN MIT SPATZENHIRN PAART SICH MIT AMÖBE
*Ihr riesenhaftes Machwerk heißt Dale*

und:

*Live aus dem Klassenzimmer*
KAUTABAK SETZT DALE SCHACHMATT

Das hatte vielleicht nicht das Niveau der Weltpresse, das wir eines Tages zu erreichen hofften, aber für den Anfang war es recht gut.

Die Glocke läutete und zerrte mich in die Klasse zurück, in der ich zuletzt nur noch körperlich anwesend gewesen war. Ich ließ meine Bücher in den Rucksack fallen, und als ich an Mrs. Lemrys Pult vorbeiging, hielt sie mich auf. »Du warst ziemlich abwesend«, sagte sie. »Wo warst du denn?«

»Möglichst weit weg von Kathy Gould«, antwortete ich.

»Konntest du ihre feurige Art nicht ertragen?«

»Heute nicht. Haben Sie einen Augenblick Zeit?«

»Einen Augenblick, ja. Du möchtest über Sarah Byrnes sprechen?«

»Ich weiß nicht. Ja. Sie sitzt einfach nur da. Es macht mir angst, wenn ich sie da so sitzen sehe, und sie ist ganz leer. Wie ein alter zerbeulter Eimer hat sie ausgesehen, oder so ähnlich. Irgendwie tot.«

»Hast du mit jemandem gesprochen?«

»Mit ihrer Betreuerin, einer Psychologin. Sie hat gesagt, ich soll immer wieder kommen und mich ganz normal benehmen und über Dinge reden, über die wir auch reden würden, wenn Sarah Byrnes antworten könnte.«

Lemry legte mir eine Hand auf die Schulter. »Das muß schwer gewesen sein.«

Ich lächelte. »Ja, aber nicht bloß, weil ich mir wie ein Idiot vorgekommen bin, als ich ein halbstündiges Gespräch mit jemandem geführt habe, der kein einziges Mal geantwortet hat. Sarah Byrnes ist wirklich wichtig für mich, und ... ich brauche es, daß ich auch für sie wichtig bin. Aber im Augenblick bin ich das nicht. Gar nichts ist wichtig. Mein Gott, ehe es das Schwimmtraining gab und Ellerby und Sie, da gab es schon Sarah Byrnes.«

Mrs. Lemry fing an, ihre Bücher zusammenzuräumen. »Vergiß nicht: Was gegenwärtig mit ihr geschieht, hat nichts mit dir zu tun. Du hattest recht, Moby. Sie muß jeden Morgen aufstehen und sich selbst ansehen. Vielleicht nimmt sie jetzt eine Art Urlaub von sich selbst.«

»Und wenn sie nie wiederkommt?«

Lemry hob die Augenbrauen. »Ich weiß es nicht. Ich bin kein Psychiater.«

# 3

Ellerby kam mit seinem Straßenkreuzer auf dem festgetretenen Schnee vor unserem Haus schlitternd zum Stehen und drückte auf die Hupe. Die gab so eine Art Tubaversion eines uralten Westernsongs von sich. Ellerby sprang aus dem Wagen und kam auf dem vereisten Weg auf das Haus zu. Zweimal setzte er sich beinahe auf den Hintern und rief meiner Mutter zu, sie solle doch rauskommen und Paarlauf mit ihm trainieren. Mutter öffnete das Küchenfenster und erklärte ihm, wenn er dieses Ungeheuer vor unserem Haus nicht wegräumte, würde sie eine örtliche christliche Terrorgruppe anrufen, aber Ellerby antwortete nur lächelnd: »Hallo, Mrs. Moby!«, ehe er dramatisch auf Hände und Knie fiel und sicher auf die Küchentür zukrabbelte.

Der Straßenkreuzer, ein Pontiac Baujahr 1973, war von der Motorhaube bis zur Kofferraumklappe mit Wolken bemalt. In altenglischer Schrift stand von der vorderen bis zur hinteren Stoßstange geschrieben: »Der Sünde Sold ist 1 Dollar 50.« – »Eine feste Burg ist unser Hund«, wurde arglosen Passanten auf der anderen Wagenseite mitgeteilt, ein Zeugnis für Ellerbys lebenslange Anhänglichkeit an den Familienrottweiler Dick. (Manchmal drohte er damit, mir den Hund zu schenken, damit man ihn dann Mobys Dick nennen kann.) Ellerby war ein treuer Hörer der christlichen Missionssendungen. Sein Wagen hatte in den zwei Jahren seit seiner Enthüllung mehr Vandalismus auf sich gezogen als die Berliner Mauer, aber Steve war ein ausgezeichneter Mechaniker. Er schleppte den Wagen nach irgendwelchen Beschädigungen einfach zur Werkstatt seines Onkels, klopfte die Beulen heraus und brachte alles in Ordnung, bis der Wagen wieder brandneu aussah.

Ellerby huschte an meiner Mutter vorbei, die in der Küche an der Spüle stand, und klopfte ihr leicht aufs Hinterteil. Sie hat es längst aufgegeben, damit zu drohen, daß sie ihm seine Zähne in einem Papiertütchen nach Hause nachschicken werde. »Man kann mich abartig nennen«, sagte er, »aber wenn ich einen Teenagerhintern bei einer sechsunddreißigjährigen Frau sehe, dann muß ich mich einfach darum kümmern.«

In meinem Zimmer ließ er sich auf den Stuhl neben meinem Bett fallen, auf dem ich lag und aufwärts auf die Innenseiten meiner Augenlider guckte, während die Byrds durch die Kopfhörer des CD-Players auf dem Brett über meinem Kopf dröhnten. Mutter versorgte mich mit der besten elektronischen Musikhardware, wenn ich nur für jede moderne Aufnahme auch eine CD mit Songs kaufte, die zwischen 1956 und 1975 aufgenommen worden war. Und nun bin ich süchtig und weiß kaum noch, was es auf MTV gibt, weil ich mit Bob Dylan und Buddy Holly und den Byrds und den Rolling Stones und den Dark Clark Five und den Turtles beschäftigt bin, die alle so klingen, als wären sie längst aus dem Stimmbruch raus.

So lag ich also ganz versunken da, und erst Ellerbys Hand auf meinem Fuß holte mich zurück.

Er nahm ›The Best of Buddy Holly‹ vom Stapel. »Mann, die Hälfte von den Leuten ist ja schon tot!«

Ich schaute auf die Uhr. »Mein Gott, ist es schon soweit?«

»Schon fast zu spät! Unsere Schuppen vertrocknen und fallen aus!«

Der gestrige Wettkampf gegen South Central war der einzige in dieser Woche, also hatten wir einen freien Samstag. Wenn das einmal vorkam, machte Lemry uns klar, daß wir nicht zu früh in der Saison unseren Leistungshöhepunkt erreichen dürften. Sie will immer, daß jeder dann die besten Zeiten schwimmt, wenn es darauf ankommt: bei den Regional- und den Staatsmeisterschaften. Alles andere ist nichts weiter als Vorbereitung darauf.

Die Trainingseinheit an diesem Tag war besonders gefürchtet. Das Sternchen neben dem Zeitplan am schwarzen Brett bedeutete, daß es sich um ein Spezialtraining handelte, und das war nur ein anderes Wort für gnadenlose Folter. »Spezialtraining«, das heißt: Wieviel könnt ihr aushalten? Lemry hatte das erst in letzter Zeit aus den tiefsten Tiefen ihres feindseligen Gehirns ausgegraben.

Ein solches Training bedeutet hundert – ja, genau hundert! – gestoppte Hundert-Meter-Strecken. Anfangs in Zwei-Minuten-Intervallen. Wenn man die hundert Meter in einer Minute schafft, darf man sich eine Minute ausruhen; braucht man eine Minute und neunundfünfzig Sekunden, dann bleibt einem genau noch eine Sekunde Pause. Aber das ist nicht alles. Um überhaupt im Training zu bleiben, muß man seinen persönlichen Zeitstandard erreichen oder unterbieten. Der Zeitstandard liegt entweder zehn oder fünfzehn Sekunden über der persönlichen Bestzeit unter Wettkampfbedingungen. Das hängt davon ab, wer man ist und was man schwimmt. Verpaßt man seinen Standard, muß man ausscheiden. Außerdem wird jede fünfzehnte Bahn Butterfly geschwommen. Wenn ich mir die Hölle vorstelle, dann sehe ich eine unendliche Bahn vor mir, die ich im Butterflystil schwimmen muß.

Ein vernünftiger Mensch würde seinen Standard nach ungefähr zwanzig Strecken verpassen und Feierabend machen. Aber kein Leistungsschwimmer ist auch nur annähernd ein vernünftiger Mensch. Die gemeinsame Quälerei hat etwas an sich, das einen dazu zwingt, unbedingt weiterzumachen, wenn man für sich allein längst aufgegeben hätte. Und – lieber würde ich meine Zunge in einen Bienenkorb stecken und heftig damit wackeln, als Lemry das hören zu lassen – wenn jemand sich soviel Mühe mit uns gibt wie sie, dann würde ich lieber absaufen als sie zu enttäuschen. Und das gilt auch für fast alle anderen im Team.

Ellerby und ich jagten mit seinem Missions-Straßenkreuzer durch die verschneiten Nebenstraßen von Spokane. Mahalia Jackson heulte das Vaterunser aus dem auf dem Dach befestigten Lautsprecher, und ich machte mich auf meinem Sitz ganz klein und zog die Kapuze tief ins Gesicht, damit mich keiner erkannte und ich vielleicht als Komplize beim Mißbrauch religiöser Texte verhaftet wurde.

Dieser Straßenkreuzer hatte zu einem Riß im Zusammenhalt unseres Teams geführt – vielleicht sogar zu einer Spaltung. Man könnte auch von einem Abgrund reden.

Im vergangenen Jahr hatte Markus Brittain, der drei Brüder namens Matthäus, Lukas und Johannes und eine Schwester namens Maria hat – mehr brauche ich wohl nicht zu sagen –, Lemry beschworen, sie solle Ellerby verbieten, mit diesem

Wagen zu den Wettkämpfen zu fahren, auch zu denen in unserer eigenen Schule, und vor allem solle sie seine gotteslästerlichen Mätzchen unterbinden, wenn er irgendwo unsere Schule oder das Team vertrete. Lemry hatte Mark daraufhin geraten, die amerikanische Verfassung zu lesen. Statt dessen hat Mark noch weitere fünfzig Stunden Missionsfernsehen geguckt und dann seine Beschwerde der Schulverwaltung vorgetragen, gestützt auf eine Erklärung, die fünfundzwanzig oder dreißig seiner getreuen Gefolgsleute unterschrieben hatten. Darin hat er gefordert, daß es Ellerby künftig untersagt sein solle, die Schule öffentlich durch seine widerlich babyblaue Abscheulichkeit zu vertreten, und daß er außerdem vom Schülerparkplatz verbannt sein solle, von nun an bis in alle Ewigkeit, Amen. Brittain hatte einen hochgestellten Freund, denn Mautz war inzwischen Vizedirektor am MacArthur College geworden, und Ellerby stand auf dessen Liste möglicher lebender Organspender noch um eine Haaresbreite über Sarah Byrnes und mir. Zum Glück für uns Verteidiger der westlichen Demokratie war Mr. Patterson, unser Direktor, ein Mann von Weitsicht und Gerechtigkeit, und er wußte, wenn er das auch niemals zugegeben hätte, daß sein Stellvertreter Mautz eine Eiterbeule am Hintern der Menschheit war. Jedenfalls hinderte Patterson Mautz daran, das MacArthur College in ein Gefängnis zu verwandeln, und das hieß auch, daß der Missionskreuzer weiterrollte, so sehr Mark Brittain und seine Jünger auch darunter litten.

Wahrscheinlich sollte ich noch erwähnen, daß Ellerbys Vater Prediger ist. Er ist der Mann mit dem steifen weißen Kragen in der Episkopalkirche St. Markus, in der Ellerby eine Robe trägt und jeden Sonntag die Kerzen anzündet. Und dann behauptete man von mir, ich sei ein Rätsel!

Im Freistil bin ich meine besten hundert Meter knapp unter zweiundfünfzig Sekunden geschwommen – für mich eine Wahnsinnsleistung –, und so liegt mein persönlicher Standard bei 1.02, weil Lemry netterweise nach oben abgerundet hatte. Ich bin am stärksten auf den langen Strecken, den 400 und 1.500 Meter Freistil. Deswegen schaffe ich die Standards vielleicht ein bißchen leichter als andere. Ellerby ist Butterfly-Spezialist, und seine Butterflyzeit ist fast so gut wie seine Freistilzeit – und das ist die schnellste im ganzen Team. Darum ist er bei diesem Training mir gegenüber im Vorteil. Wenn jede fünfzehnte Bahn Butterfly geschwommen werden muß, läßt mich das an Selbstmord denken – ihn baut das auf. Ich habe es vielleicht schon einmal gesagt: Irgendwas stimmt nicht bei Ellerby.

Eine solche Trainingseinheit dauert ungefähr drei Stunden, aber höchstens fünf oder sechs von uns würden die ganze Zeit durchstehen. Wer seinen Standard verpaßt, bleibt trotzdem am Beckenrand und feuert die anderen an. Und danach spendiert Lemry Pizza, die heiß und frisch aus Marys Pizzeria geliefert wird, und dazu ein paar Millionen Liter Cola. Wir sind zehn Jungen und zehn Mädchen im Team, und das gibt eine nette kleine Party. Allerdings sind die Chancen, ein bißchen intimer zu werden, nach einem solchen Training sehr gering. In meinem persönlichen Fall stehen die Aussichten so schlecht, daß die Buchmacher in Las Vegas Kopfschmerzen bekommen würden, wenn sie die Wettquote ausrechnen müßten.

»Bist du fit?« Mark Brittain führte die Runde auf der Bahn neben meiner an. Auch daran sieht man, was für ein Genie Lemry ist. Jeder von uns beiden würde lieber vom Dreimeterbrett auf angespitzte Pfähle springen, als vor dem anderen auszuscheiden. Über hundert oder zweihundert Meter kann Brittain mich immer schlagen, aber bei Dauerbelastungen bin ich in meinem Element. Vielleicht liegt er bei den ersten zwanzig Strecken vor mir, aber er kann es sich nicht leisten, allzu deutlich schneller zu sein als ich, sonst geht ihm auf die Dauer die Luft aus. In Butterfly sind wir ungefähr gleich stark, also hat er da keinen Vorteil. Er ist zweifellos der begabtere Schwimmer von uns beiden, aber er hat nicht die Zähigkeit eines Mannes, der acht Jahre lang von Sarah Byrnes verbal gefoltert worden ist. Ich habe sie.

»Ja, ich bin fit«, antwortete ich. »Und wie steht's mit dir?«

»Ich weiß nicht. In letzter Zeit war ich ein bißchen schlapp. Ich werde mein Bestes tun.« Ein ziemlich schwacher Psychotrick! Ich sollte glauben, daß es ihm große Mühe machte, an mir dranzubleiben, und dann wollte er mich schaffen. Auch wenn es im Grunde nur gegen die Uhr geht, kann man den Burschen auf der Nachbarbahn nicht einfach übersehen, vor allem nicht, wenn es Mark Brittain ist. Tut mir leid, Mark. Hier geht es um hundertmal hundert. Da kriege ich dich!

Unser Becken hat sechs 25-Meter-Bahnen. Ellerby, Brittain und ich führen die Gruppen in drei benachbarten Bahnen an, so daß wir einander immer sehen können. Wieder ein Geniestreich von Lemry, mit dem sie unsere Konkurrenzgefühle in Gang hält. Meine Gruppe und Brittains Gruppe bestehen aus vier Schwimmern, alle anderen nur aus dreien. Der stärkste Schwimmer startet zuerst, die anderen folgen ihm im Abstand von drei Sekunden. Man schwimmt immer rechts, genau wie auf der Autobahn. Überholt wird in der Mitte, und wenn man einen Schwimmer auf einer Strecke überholt hat, startet man auf der nächsten vor ihm.

Der Lärm von Lemrys Trillerpfeife hallte von den Hallenwänden zurück, und die Schwimmer von Brittains Bahn fielen alle auf ein Knie, falteten die Hände und senkten die Köpfe. Brittain sprach ein kurzes Gebet mit ihnen und bat Gott, jeden und jede das Beste leisten zu lassen. Auf der anderen Seite fiel Ellerby auf beide Knie, warf den Kopf zurück, streckte die Arme weit aus und bat Jesus lauthals, zu ihm zu kommen und die Bahnen für ihn zu schwimmen. Da die Antwort ausblieb, öffnete er ein Auge einen Spalt breit und fragte, ob dann vielleicht Johannes der Täufer zu Hause sei. »Verdammt!« sagte er, weil er wieder keine Antwort bekam. Das alles ist uralt, und Brittains Gruppe reagiert nicht mehr darauf. Lemry schüttelte seufzend den Kopf. Jeder Konflikt hilft uns durchhalten. Sie weiß, daß wir jedes bißchen Liebe und Haß brauchen, um diese Folter durchzustehen.

Die ersten zehn Strecken waren für jeden eine Kleinigkeit. Bei der fünfzehnten Strecke, der ersten im Butterflystil, kriegten wir die ersten Hinweise darauf, wie es ausgehen würde. Sieben Schwimmer schieden nach fünfundvierzig Strekken bei der dritten Butterflystrecke aus. Sechs davon waren Jungen. Die Mädchen hätten gern gejubelt, aber inzwischen war es unvorstellbar, auch nur eine Kalorie auf Worte zu verschwenden. Nach sechzig Strecken verloren wir zwei Mädchen. Nach der einundsechzigsten fiel der erste aus Brittains Gruppe aus, Ellerby brach das allgemeine Schweigen und fragte bei Gott nach, warum er seine Getreuen verlassen habe, aber dann hörte man nur noch das ständige Plätschern des Wassers, unterbrochen vom Platschen der Füße und Schenkel bei jeder Überschlagwende, Lemrys schrille Trillerpfeife und das mühsame Keuchen von elf schnaufenden, unter Sauerstoffmangel leidenden Idioten, die jedes Molekül atembarer Luft aus der chlorgesättigten Atmosphäre filterten.

Nach fünfundachtzig Strecken waren noch sieben von uns übrig, und ich blieb weniger als eine halbe Sekunde unter meinem Zeitstandard und verwünschte mich selbst wegen meiner an ein Wunder grenzenden Zeit über hundert Meter Freistil beim zweiten Wettkampf dieses Jahres. Sie lag nur zwei Zehntel über Brittains Bestleistung, so daß wir jetzt beide denselben Standard haben. Seit der fünfunddreißigsten Strecke schlug ich immer vor ihm an, wenn auch nur hauchdünn. Ich empfand es als Nachteil, daß ich das Tempo bestimmte, denn er wußte natürlich genau, daß ich meinen Standard nicht verfehlen würde. Das hieß, daß ich denken und schwimmen mußte, während er nur zu schwimmen brauchte. Meistens dachte ich über Gründe nach, warum ich diesen aufgeblasenen Angeber hassen konnte, denn Haß hilft mir am besten beim Durchhalten.

Nach neunzig Strecken schwammen wir zum letztenmal Butterfly. Dabei gibt es keinen Zeitstandard, aber Schmetterling bleibt Schmetterling, und langsam schwimmen ist ebenso anstrengend wie schnell. Wichtig ist nur die Erholungszeit zwischen den Strecken. Brittain und ich lieferten uns ein totes Rennen bei ungefähr 1.40. Ellerby schlug uns um gute zehn Sekunden, und zum erstenmal glaubte ich, daß ich die letzten zehn Strecken vielleicht doch nicht mehr schaffen würde. Zwanzig Sekunden Ruhepause waren wahrscheinlich nicht genug. Ellerby reckte den Daumen in die Höhe. Auf seiner Bahn war er jetzt allein. Diesmal wollte er das Tempo machen. Wenn ich die nächsten beiden Strecken schaffte, würde ich mich wieder erholen.

Während die Pfeife noch schrillte, tauchten wir ins Wasser, aber es fehlte die Kraft, die ich immer auf der ersten Bahn in mir spüre. Ich sah, daß Ellerby eine halbe Körperlänge vor mir aus der Wende kam, und ich wußte, daß ich den Rückstand auf der zweiten oder dritten Bahn aufholen mußte, wenn ich eine Chance haben wollte. Brittain blieb auf meiner Höhe und ließ mich für die Taktik sorgen. Und wenn ich versagte, dann hatte er sich jedenfalls nicht schlechter gehalten als ich. Das regte mich auf, und ich hatte eine gute zweite

Bahn und spürte, daß sich wieder ein bißchen Kraft in mir aufbaute, als ich die dritte Bahn in Angriff nahm. Am Ende der dritten ging mir die Luft aus, und ich funktionierte nur noch, weil ich wußte, daß ich jetzt nicht nachlassen durfte, denn sonst hatte ich gleich eine volle Minute aufzuholen. Ich biß die Zähne zusammen, spurtete noch einmal und schlug eine Zehntelsekunde unter meinem Standard an, genau gleichzeitig mit Brittain. Ellerby war eine halbe Körperlänge voraus.

Noch neunmal.

Zweiundneunzig war eine genaue Kopie von einundneunzig, und jetzt wußte ich, daß ich es schaffen würde. Nur drei Jungen waren noch übrig und vier Mädchen. Der Rest des Teams war wieder ausreichend bei Kräften, um uns lauthals anzufeuern und unsere Namen zu brüllen, wenn wir starteten oder anschlugen.

Vor dem Pfiff zur fünfundneunzigsten Strecke schaute ich an Brittain vorbei zu Ellerby hinüber, nickte und hob die Augenbrauen. Ellerby nickte zurück. Wir waren heiß. Wir wollten es schaffen und Brittain abhängen.

Ellerby hob zwei Finger – das bedeutete, daß wir diesmal zwei Sekunden unter unserem Standard bleiben würden, und ich nickte zustimmend. Wenn wir das durchziehen konnten, würde Brittain nicht begreifen, was los wäre; er erwartete, daß wir die Standardzeit immer nur noch rasierklingenscharf unterboten.

Als Lemry pfiff, berührten wir schon das Wasser, und ich tauchte tief und war wild entschlossen, diesmal eine schnelle erste Bahn zu schwimmen. Ellerby machte es genauso, und selbstverständlich hielt Brittain mit. Ellerby und ich quetschten Zehntelsekunden aus den Bahnen zwei und drei und legten dann alle Kraft in die vierte Bahn. Brittain hielt mit. Wir schlugen anderthalb Sekunden unter unserem Standard an.

Staunendes Verstehen spiegelte sich in Brittains Gesicht, als er zur Uhr schaute. Er ist kein Langstreckenmann, und für ihn war die Sache vorbei. Ich lächelte und keuchte: »Gut geschwommen!« Die sechsundneunzigste verfehlte er um eine volle Sekunde. Er war ausgeschieden. Ellerby, ich und zwei der noch verbliebenen Mädchen vollendeten die letzten drei Strecken. Der Bote von der Pizzeria klopfte schon an die Tür.

Mark Brittain war fix und fertig. Seiner Meinung nach mußte uns der Teufel geholfen haben.

Die Begeisterung über unseren Erfolg trieb mich in Höchstgeschwindigkeit durch die folgende Freßorgie, aber sobald ich meine letzte Pizza fast auf einmal verschlungen hatte, sackte ich in mich zusammen. Ich spürte, wie jeder Muskel Hitze ausstrahlte, und diese Hitze machte mich so müde, daß ich gleich dort auf den Fliesen hätte einschlafen können. Aber ich mußte noch Sarah Byrnes besuchen, also klatschte ich rundum alle erreichbaren Hände ab, brachte Ellerby dazu, mit mir duschen zu gehen und mich dann in seiner wunderschönen Kutsche heimwärts zu wiegen.

»Ich glaube, wir haben Brittain ganz schön übel mitgespielt«, sagte Ellerby.

»Das glaube ich auch«, bestätigte ich und rutschte tiefer in den Sitz.

»Man kann der Versuchung schwer widerstehen. Er ist so verdammt selbstgerecht. Der liebe Gott ist sein Privatbesitz. Manchmal wünschte ich mir, ich könnte auch so eine Religion wie er haben: keinerlei Verantwortung für das eigene Leben, aber auf alle herabsehen, die anders denken.« Er wischte die Gedanken mit einer Handbewegung weg. »Ach was, es lohnt ja gar nicht, darüber zu reden. Aber wir haben ihn fertiggemacht! Ich wußte, daß wir ihn schaffen würden. Und er ist so blöd, daß er nicht einmal auf seinen eigenen Körper geachtet und gemerkt hat, daß wir nur gegen ihn geschwommen sind.« Er schlug mit der Hand auf das Lenkrad. »Ach, ich liebe die Gerechtigkeit!« Dann schaute er mich von der Seite an. »Besuchst du deine Freundin?«

Ich nickte.

»Du magst sie.« Es war keine Frage.

Ich nickte wieder.

Er wollte mehr sagen, tat es dann doch nicht, und wir rollten über die stummen, schneebedeckten Straßen zu mir nach Hause und kicherten hin und wieder, wenn der eine oder der andere sich noch einmal Brittains dummes Gesicht vorstellte, als er gemerkt hat, daß wir ihn überlistet hatten.

Zu Hause sicherte ich mir Mutters Auto, und während ich über die vereisten Straßen durch South Hill zum Krankenhaus fuhr, dachte ich an die weit zurückliegenden Tage, als ich an Sarah Byrnes Halt gesucht hatte wie an der letzten Schiffsplanke in einem wildbewegten Meer. Sie hielt uns ihre Narben vor die Folterknechtsgesichter, und ich verkroch mich in meinen wabbeligen Leib wie eine Schildkröte in eine weiche Schale und sah zu, wie sie unseren Krieg allein durchstand. Ich kann es mir kaum noch vorstellen, wie ängstlich ich damals war, wie ich abends die Decke über den Kopf gezogen und darum gebetet habe, viel schneller älter zu werden, damit mich das alles nicht mehr so sehr bekümmerte. Es fällt mir auch schwer, mir heute vorzustellen, wie ich es geschafft habe, soviel zu essen wie damals.

In der Kinder- und Jugendabteilung der Klinik war an den Wochenenden nicht viel Betrieb. Es gab keinen Unterricht und keine Gruppentherapie. Ein paar größere Kinder lasen, andere spielten still. Kleine Kinder trotteten hinter Krankenschwestern und Psychologen her wie an Schnüren mitgezogene Spielzeugtiere.

Sarah Byrnes saß am selben Fleck auf derselben Couch, so wie ich sie zurückgelassen hatte. Laurel war nicht da, aber ein großer, kräftiger Bursche namens Sam hatte ihren Platz eingenommen. Er kam hinzu, als ich mich gesetzt hatte, ein Gespräch mit mir selber führte und hoffte, daß Sarah Byrnes auf irgend etwas anspränge, worüber sie gern reden würde.

»Hallo!« sagte er. »Du bist sicher Eric.«

Ich nickte und schüttelte seine ausgestreckte Hand. »Hat sich etwas verändert? Sitzt sie seit gestern hier auf der Couch?«

Sam schüttelte den Kopf. »Nein. Bei allem, was hier veranstaltet wird, ist sie dabei. Sie sagt nur kein Wort, das ist alles. Wir wissen genau, daß sie hört und versteht, denn sie tut alles, was wir auch tun.«

»Ißt sie ordentlich?«

Sam nickte. »Ihr Gewicht ist gut. Sie ißt zwar nicht viel, aber sie verbraucht ja auch nicht viel Energie.« Er hockte sich zu uns auf die Couch. »Hat es irgend etwas Bestimmtes gegeben, das diesen Zustand ausgelöst hat?«

»Nicht, daß ich wüßte. Sie saß im Kurs über zeitgenössisches amerikanisches Denken und ist einfach irgendwie weggetreten. Als es läutete, hat sie sich nicht gerührt. Mit dem, was wir besprochen haben, kann es nichts zu tun haben. Wir mußten nur die Fragen am Ende des Kapitels beantworten.«

Sam nickte und verzog das Gesicht. »Gut. Wenn dir irgend etwas einfallen sollte, oder falls du jemanden kennst, der ein wenig Licht in diese Angelegenheit bringen könnte, dann laß es uns wissen. Man hat mir gesagt, daß du ihr bester Freund bist. Je häufiger du kommst und zu ihr sprichst, desto größer ist die Chance, daß sie aus ihrem Schweigen herausfindet. Sprich von alten Zeiten, du weißt schon, von Dingen, die ihr vertraut sind.« Er schwieg ein Weilchen. »Was weißt du von ihrem Vater?«

Ich blickte von der Seite auf Sarah Byrnes und sagte: »Ich kenne Sarah Byrnes seit der Grundschule, aber sie hat mich nur dreimal zu sich nach Hause eingeladen, und dann war ihr Vater niemals da. Aber er ist ein gemeiner Kerl, soviel weiß ich. Unglaublich gemein. Ich weiß zum Beispiel, daß er nicht damit einverstanden war, ihr verbranntes Gesicht operieren zu lassen. Er scheint mächtig stolz auf ihre Tapferkeit zu sein.«

»Was sagt sie über ihn?«

»Ich erinnere mich, daß sie mir mit der Faust gedroht hat, als ich in der Unterstufe versucht habe, mit ihr über ihren Vater zu sprechen. Sie mag das Thema nicht.«

Sam kratzte sich den Kopf. »Das paßt zu dem, was wir festgestellt haben. Zweimal war er hier und ist jedesmal kaum zehn Minuten geblieben. Hat sie vielleicht noch andere enge Freunde? Irgendeinen, der etwas von ihr weiß oder sie vielleicht ein bißchen anstoßen könnte?«

»Hm, in der Junior High war mal ein Junge. Dale Thornton heißt er. Er war so etwas wie ein Freund und gleichzeitig ein Feind. Der ist aber nach der achten Klasse abgegangen. Meinen Sie, der könnte helfen?«

»Das hängt davon ab, wie sehr er Freund und wie sehr er Feind war.«

»Mehr Freund als Feind«, sagte ich. »Jedenfalls zuletzt.«

Der alte Dale hatte nicht gerade seinen besten Tag. Wenn es auch kaum einer von uns gewagt hätte, sich allein mit ihm anzulegen, fühlten wir uns doch gleich viel sicherer, wenn wir in der Überzahl waren. »He, Dale, ich hab' gesehen, daß du sogar auf die Titelseite gekommen bist«, wurde er aus allen Richtungen begrüßt, als er an jenem Morgen den Schulhof betrat, und darauf folgte dann eine ganze Reihe von Variationen, noch ehe die Schulglocke zum Unterricht läutete. Erst lächelte Dale nur und winkte ab, aber als er es zum drittenmal hörte, hatte er die »Knusprigen Schweineschwarten« gelesen.

Bis zur fünften Stunde hatte es sich herumgesprochen, daß Dale Thornton nach Eric Calhoune Ausschau hielt, und in einer Ecke der Pausenhalle war schon ein Wettbüro eingerichtet worden. Die Wetten standen drei zu eins, daß ich heute nicht mit allen meinen Körperteilen zu Hause ankommen würde. Man hatte gesehen, daß Dale vor dem Läuten zur Mittagspause auf dem harten Stuhl im Vorzimmer des Direktors gesessen hatte, und die Gerüchte wollten wissen, daß er die ganze Pause im Gespräch mit Mr. Mautz über die relativen Vorteile rauchlosen Tabaks im Klassenzimmer diskutiert hatte. Als er endlich gehen durfte, waren seine einzigen Worte: »Wo steckt dieser dicke Sack Calhoune? Der ist schon so gut wie tot!«

»Da muß er aber erst an mir vorbei«, sagte Sarah Byrnes und bemühte sich, mich von meinem Platz im Studiersaal zu locken.

»Dazu wird er höchstens fünfzehn Sekunden brauchen«, sagte ich. »Der einzige Schmerz, den du ihm dabei zufügen kannst, ist der Schmerz an seinen Knöcheln, die er dir auf die Nase haut. Mein Gott, ich bin tot! Ich bin so gut wie tot!« Ich saß da, starrte auf die Tischplatte und dachte nach. »Hol sofort Mrs. Simmons her! Wenn die mich auf Video aufnimmt, kriegt sie glatt den Nobelpreis. Ich bin ein biologisches Wunder: Ein lebendiger toter Mann!« Ich lachte hoch und nervös. »Ich wäre ein gutes Thema für die nächsten ›Knusprigen Schweineschwarten‹. Mein Gott! ›Knusprige Schweineschwarten‹! Was für eine tolle Idee!«

»Nun komm schon«, sagte Sarah Byrnes. »So schlimm ist es doch gar nicht. »Wir gehen in den

Physikraum. Auf dem Flur wird er dich nicht zusammenschlagen.«

»Meinst du? Und wieso nicht?«

»Weil er dann Ärger kriegt.«

»Aha. Und von wem? Von Mr. Mautz? Warum sollte ihn das kümmern? Mit dem hat er doch sowieso schon Ärger. Ich wette, Mautz hat ihm erzählt, wer den Artikel geschrieben hat. Ja, das ist es!« rief ich aus, als ich die Wahrheit begriff. »Das ist wie der Bandenkrieg in einer Großstadt! Der Polizei ist es völlig schnuppe, wenn eine Bande böser Buben eine andere Bande böser Buben zusammenschlägt. Damit erledigen sie doch nur gegenseitig die Arbeit der Polizei. Mautz kann zwar Dale Thornton nicht ausstehen, aber mich auch nicht. Er verschwendet keine einzige Kugel. Ich sehe es genau vor mir. Er wird erst auftreten, wenn ich an meinem eigenen Blut erstickt bin, wird meine Mom anrufen und sagen, wie leid es ihm tut. ›Ich konnte einfach nicht schneller da sein. Es tut mir so furchtbar leid, Mrs. Calhoune. Vielleicht können Sie ja noch ein anderes Kind bekommen. Ein besseres … Ich sehe keinen Grund, warum …‹«

»Eric!« sagte Sarah Byrnes. »Beruhige dich gefälligst, ja? Dale Thornton wird dich nicht auf dem Flur erwischen, weil er niemals auf dem Flur ist. Er ist draußen und raucht irgendwo. Und jetzt gehen wir in den Physikraum, da können wir planen, wie wir davonkommen.«

Ich rutschte von meinem Stuhl und folgte Sarah Byrnes. Was kam es schon darauf an, wohin ein toter Mann noch ging?

»Es ist wichtig, daß du da heil herauskommst«, sagte Sarah Byrnes unterwegs. »Ich habe eine Menge Geld auf dich gesetzt.«

# 4

»Hast du Sarah Byrnes besucht?« fragte meine Mutter, als ich nach unserem Dreistundentraining knieweich und schlapp heimkam. Sie trug einen grün-blauen Jogginganzug, und ihr Haar war zu einem Pferdeschwanz zurückgebunden. Nur ein paar Locken klebten an ihrer Stirn. Sie kam wohl gerade vom Laufen.

Ich nickte. Beinahe wäre ich eingeschlafen, als ich neben Sarah Byrnes auf der Couch saß und mir immer neue Dinge ausdachte, die ich zu dieser Backsteinwand sagen konnte.

»Und?«

»Das wäre eine gute Zeit für meine Hausaufgaben gewesen.«

»Noch immer keine Reaktion? Was sagt denn ihr Therapeut?«

»Immer dasselbe. Ich soll mit ihr über Dinge reden, an die sie sich vielleicht erinnert. Weißt du noch die Sache mit den ›Knusprigen Schweineschwarten‹?«

Mutter lachte. In diesem düsteren Abschnitt

meiner Lebensgeschichte hat sie mehr Zeit in der Schule verbracht als ich selber. Sie hat damals das Papier und den Drucker geliefert, aber das weiß Mautz bis heute nicht. »Ja, und ob ich mich erinnere! Hast du darüber mit Sarah Byrnes gesprochen? Kein Wunder, daß sie darauf lieber nicht geantwortet hat.«

»Irrtum! Sie hat unsere Zeitung bis zur letzten Zeile geliebt. Wenn es keinen Ärger in den eigenen Reihen gegeben hätte, dann hätten wir die Zeitung mit in die High School genommen. Schließlich haben wir Mautz ja auch mitgebracht.« Ich nahm eine halbvolle Flasche Gatorade aus dem Kühlschrank, ließ es durch die Kehle laufen wie ein Collegestudent eine Flasche Budweiser und stellte die leere Flasche wieder zurück.

»Ich bring' dich um!« sagt Mom, und ich kam zur Vernunft, packte die Flasche, ehe sich die Kühlschranktür noch schließen konnte, und warf sie in den Mülleimer. Von allen meinen Fehlleistungen haßte Mutter es am meisten, wenn ich leere Flaschen dorthin zurückstellte, wohin sie nicht mehr gehörten.

»Ich habe nichts dagegen, wenn du für den Rest deines Lebens sieben Zentner wiegst, und ich werde dir meinetwegen die Nase putzen, bis du vierzig bist«, hat sie mir einmal erklärt, »aber wenn du noch einmal eine leere Flasche in den Kühlschrank stellst, kannst du was erleben!«

»Erinnerst du dich noch an Dale Thornton?« fragte ich.

»Den Burschen, der manchmal hergekommen ist und dir dein Essensgeld abgepreßt hat?«

»Ja.«

»Selbstverständlich erinnere ich mich. Ein ziemlich unangenehmer Typ. Warum?«

»Einer der Psychologen in der Klinik, Sam heißt er, hat mich gefragt, ob Sarah Byrnes noch andere Freunde hat. Dale war der einzige, der mir eingefallen ist. Mann, ist das blöd! Ihren einzigen Freund außer mir hat sie seit über drei Jahren nicht mehr gesehen!«

»Ja, das ist übel«, stimmte Mom zu. »Hat der Psychologe gemeint, Dale könnte irgendwie nützlich sein?«

»Das wußte er auch nicht. Wahrscheinlich war es bloß so ein Herumstochern im Nebel.«

»Ist Dale denn noch in der Gegend?«

Ich lachte. »Keine Ahnung. Wenn ich ihn aufstöbern sollte, dann würde ich wahrscheinlich im Staatsgefängnis anfangen. Aber auf der Heimfahrt ist mir etwas eingefallen, das er einmal gesagt hat.«

»Und was war das?«

»Einmal war er richtig sauer auf Sarah Byrnes, als sie über seine Familie hergezogen ist, und er hat gesagt, daß er ihre Geschichte mit dem Spaghettitopf nicht glaubt!«

»Von dem ihre Brandwunden stammen?«

»Ja. Damals habe ich gedacht, er wollte sie bloß wütend machen. Das ist ihm ja auch gründlich gelungen. Jedenfalls habe ich manchmal darüber nachgedacht. Hätte sie so heftig reagiert, wenn er nicht die Wahrheit gesagt hätte? Sie hätte ihn fast in Fetzen gerissen.«

Das Gespräch endete, weil Mutter sich zum Ausgehen fertigmachen mußte. Ihr neuester

Freund, ein Bursche namens Carver Middleton, über den ich mir noch kein rechtes Urteil gebildet hatte, wollte mit ihr zu einer Ausstellung von Freizeitfahrzeugen im Handelscenter gehen. Genau so stelle ich mir einen tollen Abend in der Stadt vor.

Ich übertreibe bestimmt nicht, wenn ich sage, daß Dale Thornton an seinem Porträt in den »Knusprigen Schweineschwarten« Anstoß genommen hat. Er war nicht so publicitysüchtig, wie wir vielleicht erwartet hatten. Es war schon schlimm genug, sich mit ihm anzulegen, wenn man nicht genug Geld bei sich hatte, um ihn bei guter Laune zu halten, aber es war etwas ganz anderes, ihn wirklich wütend zu machen. Ich kann wahrhaftig von Glück sagen, daß ich nicht das erste Opfer in einem Serienmordfall Dale Thornton geworden bin.

Am Ende des Schultages, an dem unsere erste Ausgabe erschien, habe ich ernsthaft daran gedacht, mich in den Heizungskeller der Schule einzuschließen, bis ich sicher sein konnte, daß Dale mit seinem ersten Raubüberfall auf irgendeinen anderen Schüler beschäftigt war. Aber Sarah Byrnes meinte, sie könnte mich unter Geleitschutz hinausschmuggeln. Ich glaubte auch, daß ich eine Chance hätte, denn Sarah Byrnes war – und ist – ein Mädchen, das mit dem Dollar vorsichtig umgeht, und sie hatte gleich drei Dollar darauf gewettet, daß ich mit all meinem Blut in den Adern nach Hause kommen würde.

Ich trieb mich auf dem Schulgelände herum,

unterhielt mich mit Mr. Webb, einem der wenigen Lehrer, die ich leiden konnte und der mich wohl auch mochte. Mr. Webb war eine der kleinen Oasen für diejenigen von uns, die ständig in den Wüsten der Demütigung zu leben hatten. Eines Tages werde ich mal zur Junior High gehen und mich bei ihm bedanken. Jedenfalls wußte er, daß Dale hinter mir her war, und erbot sich, Sarah Byrnes und mich nach Hause zu fahren; aber Sarahs Wette galt nicht mehr, wenn ich in ein Auto stieg oder ein Erwachsener mir half.

Ich sagte: »He, was ist eigentlich wichtiger – dein Bankkonto oder mein Leben?«

Sarah Byrnes schaute mich an, als hätte ich mich vor ihren Augen in ein hilfloses Baby verwandelt. »Mann, kannst du froh sein, daß du mich hast«, sagte sie. »Wenn du damit anfängst, dir von Erwachsenen helfen zu lassen, dann wird Dale einfach warten, bis einmal keiner in der Nähe ist. Und beim Warten wird er immer wütender. Und dann haut er dir nicht nur den Hintern voll, du wirst auch jeden Tag Angst haben, bis es endlich passiert. Aber so, wie wir es jetzt machen, wirst du jedesmal ein bißchen schlauer, wenn du ihn überlistest. Wie die Waldtiere, verstehst du? Und bald bist du so gut, daß dich niemals einer erwischt. Du mußt immer nur ans Überleben denken, Eric. Verlaß dich auf mich.«

Einer der Gründe, warum ich mich an Sarah Byrnes hielt, abgesehen davon, daß ich fett war und sie häßlich, war ihr Verstand. Mich hat man immer für ziemlich schlau gehalten (ein Genie, wenn man mich fragt), aber ich war immer nur

Watson, und Sarah Byrnes war Sherlock Holmes. Jedenfalls kamen mir in meiner verzweifelten Lage, in der ich vor Angst wie versteinert war, ihre Überlegungen vernünftig vor. Wenn ich jetzt daran zurückdenke, glaube ich freilich eher, daß es ihr um das Geld ging und weniger darum, mich in eine Art Fluchtkünstler zu verwandeln. Zu ihrer Verteidigung muß ich allerdings sagen, daß ich, unmittelbar bevor ich das Bewußtsein verlor, noch gehört habe, wie sie Dale zugeschrien hat, daß sie die Zeitung gemeinsam mit mir geschrieben hatte.

Das half nicht mehr. Dales letzte Worte waren: »Mautz hat nur gesagt, daß er es war.«

Um noch einmal ein bißchen zurückzugehen: Ich stand also bei Mr. Webb und lehnte die Einladung ab, mich heimfahren zu lassen, während Sarah Byrnes unten im Hausmeisterraum war, um einen leeren Heizkörperkarton zu holen und dazu Mr. Ottos Sackkarre. Mr. Otto erzählte sie, da wäre ein großes Ausstellungsstück vom Physikraum in den Abstellraum zu transportieren, damit niemand vor der Physikausstellung daran herumspielen könne. Wenn es darum ging, eine gute Lüge zu erzählen, war Sarah Byrnes sehr für Details. Sie brachte Mr. Otto sogar dazu, auf die Seite des Kartons GEFÄHRLICH-BRENNBAR! zu schreiben, weil eine Erwachsenenhandschrift offizieller wirkte.

Ich sollte in den Karton klettern, damit Sarah Byrnes mich zehn oder zwölf Häuserblocks weit bis zum Anfang des Parks karren konnte. Dort sollte ich herausspringen und wie der Blitz zwischen den Bäumen verschwinden. Dale Thornton würde vermutlich in der Halle oder draußen am Parkplatz warten, bis ich auftauchte, und ich würde von hinten unser Haus erreichen, und Sarah Byrnes damit zu großem Reichtum verhelfen, den sie mit mir teilen wollte, wenn auch nicht gerade halbe-halbe, weil ich schließlich nur den Körper einsetzte, sie aber das Hirn.

Soviel darüber, wie klug Sarah Byrnes und wie dumm Dale Thornton war.

Dale Thornton warf einen Blick auf Sarah Byrnes, die einen anderthalb Zentner schweren brennbaren Eric Calhoune den Gehweg entlang schob, und folgte ihr so weit, daß kein Geschrei mehr bis zur Schule dringen konnte. Dann ging er so dämlich vor wie der tapsige Trottel, der er meiner Meinung nach immer sein und bleiben würde.

Ich wurde in der völligen Dunkelheit innerhalb des Kartons durchgerüttelt und fühlte mich wie eine Fledermaus bei einem Erdbeben in einer tiefen Höhle, bis ich hörte: »He, du?«

»Was?« flüsterte ich.

»Psst!«

Ich psste.

»Nicht atmen«, sagte sie, als ob ich dazu noch in der Lage gewesen wäre.

Ich brauchte doch nur ein bißchen Angst und einen etwas beengten Raum, um ihn sofort in eine Dampfsauna zu verwandeln. In einem winzigen Raum mit einer Riesenangst mußte ich sehr bald verbrennen.

Ich schloß die Augen, was nicht besonders half, weil es ohnehin schon dunkler als in einem Grab war, hielt den Atem an und lauschte.

»He, Narbengesicht!«

Sarah Byrnes antwortete nicht, und wir rollten weiter.

»Narbengesicht!« Schon näher. Wir rollten noch immer. Dann spürte ich, daß wir anhielten.

»Was ist in dem Karton?«

»Nichts, was einen Blödmann wie dich etwas angeht«, sagte Sarah Byrnes. »Das ist mein Modell für die Physikausstellung. Ich nehme es mit nach Hause.«

»Laß mal sehen!«

»Bleib weg!«

»Nur mal gucken. Ich möchte dein Physikmodell gern sehen.«

»Du kannst doch kein physikalisches Modell von einem Karton Fischblasen unterscheiden«, sagte Sarah Byrnes. »Ich warne dich, Dale Thornton. Laß mich in Ruhe!«

»Brenn ... bar, he?«

»Ja, brennbar!« bestätigte sie.

»Aha. Das heißt, daß es leicht Feuer fängt, nicht wahr?«

»Und daß es leicht explodiert. Du solltest lieber die Finger davon lassen.«

Ich hörte das Klicken eines Feuerzeuges. »Mal sehen«, sagte Dale. »Nur mal sehen, ob es wirklich explodiert.«

»Hör lieber auf damit!«

»Weißt du, was ich denke, Narbengesicht?«

»Ich glaube nicht, daß du denken kannst.«

»Ich glaube, wenn dieses Ding da wirklich explodieren würde, dann sähe es aus wie einer der Wale, die manchmal an den Strand geschwemmt werden. Du weißt doch: wie in Kalifornien. Ich glaube, du hast einen alten dickarschigen Wal in dem Karton.«

»So ungefähr habe ich mir deine Gedanken vorgestellt«, sagte Sarah Byrnes. »Mein, Gott, was bist du dumm!«

»So, bin ich das? Weißt du was, ich zünde das Ding da einfach mal an. Und wenn das, was in dem Karton ist, nicht gut gebraten und mit einem Apfel im Mund rauskommt, dann lasse ich dich laufen.« Wieder hörte ich das Feuerzeug, stellte mir vor, wie ich gegrillt aussehen würde, heulte plötzlich auf und hämmerte mit den Fäusten gegen Deckel und Seitenwände des Kartons wie ein ganzer Wurf junger Katzen, die zum Teich getragen werden. Sobald ich frei war, rannte ich los, aber meine Flucht währte keine drei Schritte lang.

Und dann entdeckte ich Dale Thorntons wirkliche Reaktion auf eine Demütigung.

Ich hätte gleich an Ort und Stelle mein Ende erleben müssen, nicht wahr? Bewußtlosigkeit. Drohung mit schwerem körperlichen Schaden; keine »Knusprigen Schweineschwarten« mehr, nicht wahr?

Falsch.

»Den bösen Buben können wir jetzt wohl begraben«, sagte ich und deutete mit einem Nicken auf ein Exemplar der »Knusprigen Schweineschwarten«, während ich das Zellophan von einer Packung Butterkekse riß, die ich gekauft hatte, um den pulsierenden Schmerz in meiner linken Gesichtshälfte zu besänftigen. Sarah Byrnes und ich hatten uns in die Sicherheit meiner Bodenkammer verkrochen.

Sie schüttelte den Kopf. »Ganz und gar nicht. Die machen uns die Hölle heiß, also machen wir ihnen auch die Hölle heiß.«

Ich sagte: »Großartig! Wir verletzen ihre Gefühle, und die verletzen unsere Gesichter. Ein Glück, daß du so schlau warst, Sarah Byrnes!«

»Was ist denn los mit dir, Eric? Ich habe dich für einen zähen Burschen gehalten. Da wirst du von so einem kleinen Schlägertypen ein bißchen verhauen, und schon fällst du in dich zusammen. Weißt du denn nicht, welchen Zoll an Menschenleben unsere Vorväter für die Pressefreiheit gezahlt haben?« Und dann ernsthafter: »Begreifst du nicht, daß Worte für Leute wie uns die einzigen Waffen sind, mit denen wir zurückschlagen können?«

Ich hielt ihr die Butterkekse hin, doch sie schlug meinen Arm beiseite. Ich sagte: »Sie sind dafür gestorben, damit wir es nicht mehr brauchen. Außerdem sollte unsere Zeitung anonym sein. Es hat keinen Zweck mehr, wenn sie es nicht ist. Wenn die anderen wissen, wer wir sind, kann jeder, über den wir schreiben, uns zu Mus hauen.«

Sarah Byrnes starrte auf die kahle Glühbirne an der Decke unmittelbar hinter meinem Kopf, um anzudeuten, daß meine Worte auf taube Ohren trafen.

»Hör zu, Sarah Byrnes!« sagte ich. »Es war vielleicht eine gute Idee. Aber sie ist nur so lange gut, wie wir nicht umgebracht werden.« Ich rückte näher und berührte ihr Knie. »Mann, ich hatte Angst! Ich habe geglaubt, Dale Thornton würde mich wirklich umbringen. Gegen Ende habe ich noch gehört, daß er mich geschlagen hat, aber ich habe es nicht mehr gespürt, so als wäre ich schon ein bißchen tot.«

»Da hast du etwas sehr Wichtiges über den Schmerz gelernt«, sagte sie. »Wenn du es nicht mehr aushalten kannst, dann hört dein Körper auf zu fühlen, weil er eben dein Freund ist.«

»Wenn mein Körper mein Freund wäre, dann wäre er schneller gelaufen.«

»Aber du hast recht«, fuhr Sarah Byrnes fort. »Wenn sie wissen, wer wir sind, hat es keinen Zweck mehr. Sie werden die ›Knusprigen Schweineschwarten‹ dann ebenso behandeln wie uns.« Sie beugte sich vor und nahm mir die Butterkekse aus der Hand. Dann sagte sie: »Hör mal, wer ist hier eigentlich der wirkliche Feind?«

Ich betastete mein Auge. Meine ganze linke Gesichtshälfte war taub und dick angeschwollen. »Das ist ganz einfach«, sagte ich. »Schau dir dein Gesicht an, und dann meines. Dale Thornton ist der Feind.«

»Ich bin früher jeden Sommer für ein paar Wochen bei meiner Tante gewesen, einer Schwester meines Vaters. Sie lebt nicht mehr. Und weißt du, was meine Tante getan hat, wenn sie böse auf mich war?« Sie wartete keine Antwort ab. »Sie hat meinem Vetter erzählt, ich hätte sein Fahrrad benutzt, seinen Schokoriegel gegessen oder irgend etwas ganz Geheimes über ihn verraten.«

»Und?«

»Und weißt du, warum? Weil uns das gegeneinander aufgehetzt hat. Wir haben versucht, einander umzubringen, und sie konnte uns bestrafen, wie sie wollte, denn Streiten war verboten. Mein Vater ist nicht der einzige in unserer Familie, der Menschen wie ein Stück Dreck behandelt. Seine ganze Familie ist so.«

»Dann ist die Familie von deinem Dad der eigentliche Feind?« fragte ich, als wollte ich einen Witz machen.

Sarah Byrnes verdrehte die Augen. »Seine Familie ist der Feind der ganzen Menschheit«, sagte sie, »aber darauf kommt es gar nicht an. Wer hat denn wohl Dale Thornton erzählt, daß wir die ›Knusprigen Schweineschwarten‹ geschrieben haben?«

»Mautz.«

»Wer hat zu dir gesagt, die ›Knusprigen Schweineschwarten‹ seien dreckiger Müll?«

»Mautz.« Ich verstand allmählich.

»Bingo! Zu dir sagt er, daß sie ein Stück Müll sind, aber den Müll verwendet er dann, um sich an Dale Thornton für den Kautabak, den der während des Unterrichts in der Backe hatte, zu rächen. Dale wird bestraft, weil ihm danach so schlecht wurde, daß er die Schule geschwänzt hat, wahrscheinlich wird er daraufhin zu Hause verprügelt. Dann läßt Dale seine Wut an dir aus, weil er von Mautz weiß, wer diesen Müll über ihn geschrieben hat. Mautz lehnt sich zurück und raucht eine Zigarre. Er hat alle Leute, die er haßt, gegeneinander ausgespielt. Also? Wer ist der Feind?«

Das war genau meine Theorie, wie die Polizei Straßengangs gegeneinander kämpfen läßt. »Mautz«, sagte ich.

»Richtig.«

»Und was können wir dagegen tun?«

Sarah Byrnes schüttelte den Kopf. »Junge, bist du beschränkt! Ich suche nach einem, der mir intellektuell gewachsen ist, und ich kriege dich! Also: Quizfrage für zwanzig Punkte. Wer hat im Zweiten Weltkrieg auf der richtigen Seite gekämpft?« In Sozialkunde hatten wir kürzlich den Zweiten Weltkrieg behandelt.

»Das ist leicht«, sagte ich. »Die guten alten Vereinigten Staaten.«

»Richtig. Der Kandidat hat zwanzig Punkte. Und nun für vierzig Punkte: Und gegen wen haben die guten alten Vereinigten Staaten gekämpft?«

»Gegen Deutschland und Japan. Und gegen Italien, glaube ich.«

»Wieder richtig. Der Kandidat hat vierzig Punkte! Und jetzt für den doppelten Einsatz und alle verdoppelten Einsätze, die noch im Spiel sind: Wer kämpfte mit den guten alten Vereinigten Staaten?«

»England.«

»Wer noch?«

»Rußland.«

»Richtig. Und nun eine Million Punkte und das Recht, noch mindestens zwölf ›Knusprige Schweineschwarten‹ zu veröffentlichen: Rußland, bis 1991 unser schlimmster Feind auf der Welt; das Reich des Bösen. Und warum haben wir dann wohl im Zweiten Weltkrieg an der Seite der Kommunisten gekämpft?«

»Vielleicht waren sie damals anders. Vielleicht waren sie noch keine Kommunisten. Das ist ja alles so lange her.«

»Boing! Zurück auf Null. Dein Trostpreis ist, daß du drei Tage und drei Nächte mit meinem Dad in einem Zimmer eingesperrt wirst. Sie waren genau dieselben. Sie haben mit uns gekämpft, weil wir einen gemeinsamen Feind hatten. Hätte dieser gemeinsame Feind gewonnen, dann hätte er Amerika und Rußland zu Würstchen verarbeitet. Und jetzt das Finale. Keine weitere Chance mehr. Jetzt geht es um alles Geld auf einmal und um die Chance, lange genug mein Freund zu bleiben, bis wir eine zweite Ausgabe herausgebracht haben: Unser neuer Freund und Mitarbeiter wird …«

»Teuflisch!« sagte ich, und die Birne über meinem Kopf flammte hell auf.

»Du bist nahe dran!«

Ich erstarrte. Wir sollten uns mit Dale Thornton anfreunden!

Als sie von ihrer Ausstellung der Freizeitfahrzeuge heimkamen, fanden Carver und meine Mutter mich langgestreckt auf der Couch liegen. Ich wußte sofort, daß Mitternacht vorüber war, denn auf dem Bildschirm gab es nur noch nackte Haut in üppigen Farben. Das Nachtprogramm ist immer am besten.

Mom sah auf den ersten Blick die Frau, die sich vor dem körperhohen Spiegel selbst streichelte, und sie stieß Carver den Ellbogen in die Rippen. Carver war offenbar verlegen – wahrscheinlich wegen seinem unsicheren Verhältnis zu mir –, aber das war gar nicht nötig, weil Mom in sexuellen Dingen immer sehr offen zu mir gewesen ist und ich deshalb nicht so reagiere, wie viele meiner

Klassenkameraden es wohl täten, wenn sie sähen, daß ihre Mütter kribblig werden.

Aber ich beschloß, ihm ein wenig auf die Nerven zu fallen, deshalb sagte ich: »Mom, ich habe das Video über Safer Sex hier. Soll ich's einschieben?«

Die Frau auf dem Bildschirm hatte sich vom Spiegel abgewandt und näherte sich dem Burschen auf dem Bett, der aussah, als hätte er den Intelligenzquotienten einer Salatgurke. »Ich sollte dir lieber die Augen verbinden«, sagte meine Mutter. »Carver ruft den Kinderschutzbund an, wenn er sieht, daß ich dich so was angucken lasse.«

Carver brachte ein verlegenes Lachen zustande und sagte: »Was haben die doch gleich für eine Telefonnummer?« Ein schwacher Versuch.

»Was hinter meinen Augenlidern passiert, ist entschieden heißer als das da«, sagte ich.

Carver zog sich ins Badezimmer zurück.

»Wenn er wiederkommt, hörst du damit auf, klar?« wisperte meine Mutter. »Ich will nichts mehr hören. Für unsere Familie ist Carver ein wenig zurückhaltend.«

»Ich kenne Oben-ohne-Tänzerinnen, die für diese Familie ein wenig zu zurückhaltend wären«, sagte ich. »Carver ist für das harmloseste Popkonzert zu zurückhaltend. Mein Gott, Mom, kannst du nicht was Lebendigeres finden?«

Wir hörten die Toilettenspülung rauschen. »Entweder du gewöhnst dir Manieren an«, sagte Mom, »oder du darfst künftig für dich allein kochen und putzen.«

»Ja, liebste Mama!«

# 5

Meine Mutter ist Schriftstellerin. Eine richtige; nicht bloß eine, die ein Manuskript in der Schreibtischschublade hat, das sie eines Tages einmal vollenden wird, wenn ihr Kind endlich verhaftet wird oder zum College geht. In der örtlichen Tageszeitung schreibt sie eine regelmäßige Kolumne über Frauen im Sport, und sie hat schon drei Artikel in der Sportillustrierten veröffentlicht. Zwei davon waren nur Raumfüller, aber einer handelte von einem Mädchen, das durch den Ärmelkanal geschwommen ist. Man hat sie zu diesem Mädchen nach Südkalifornien geschickt und sie sogar in einem Motel untergebracht, das selbst im Bad ein Telefon hatte. Ich weiß es, denn sie hat mich von dort aus angerufen.

Mutter hat immer die besten Laserdrucker und das neueste Textverarbeitungsprogramm, das so raffiniert ist, daß es einen immer Schritt für Schritt richtig weiterleitet. Darum konnten Sarah Byrnes und ich unseren Lesern ein Blatt von Spitzenqualität mit Nachrichten aus dem Untergrund liefern. Schon in der Grundschule hat Mom mir beigebracht, richtig mit ihrer Ausrüstung umzugehen, weil sie mich dazu bringen wollte, ein Tagebuch zu führen. Dann hat sie mir beigebracht, wie ich das Tagebuch im Computer verstecken konnte, aber nicht einmal sie selber hat es dann ohne Code wieder herausbringen können. So dumm bin ich nicht, daß ich meine Gedanken über mich und andere zu Papier bringe, wo sie jemand zufällig finden und mich dann dafür umbringen könnte.

Jedenfalls hatten Sarah Byrnes und ich beschlossen, erst einmal von Dale Thornton abzulassen, zumindest bis unsere Wunden verheilt waren, und uns auf einen bösartigen Aufsatz über Mautz' Familie zu konzentrieren.

Ich sah gerade den Artikel noch einmal durch, als es an der Tür läutete. Ich schaute aus dem Fenster, um festzustellen, ob ich aufmachen wollte, und dort stand direkt neben Sarah Byrnes Dale Thornton, der zu allem entschlossen aussah. Sarah Byrnes brachte diesen künftigen Autobahn-Heckenschützen in mein trautes Heim.

Mein Gott, ich verspreche, niemals mehr im Warenhaus zu klauen oder an mir herumzuspielen, wenn ich nichts anhabe, wenn du mich nur bitte, bitte diesen Tag überleben läßt!

Quer durch unsere Bodenkammer starrte ich Dale Thornton an, der im Gegensatz zu Sarah Byrnes mein Angebot von Schokokeksen nicht abgelehnt hatte und jetzt dabei war, die Packung zu leeren. Ich fühlte mich überfallen und fragte mich, ob General Eisenhower die Russen in sein Haus gelassen hat, als er ihnen angeboten hatte, im Zweiten Weltkrieg an ihrer Seite zu kämpfen. Wenn ja, dann hatte Mamie Eisenhower, seine Frau, bestimmt nicht das gute silberne Besteck aufgelegt.

»Das ist also euer Versteck, ihr Freaks«, sagte Dale mit vollem Mund. Er war in einen Bohnensackstuhl gesunken, betrachtete neugierig den

Raum und hielt den Beutel mit den Keksen fest, als wäre er auf der Titanic, und der Kapitän hätte gerade gerufen: »Rettet Frauen und Kinder zuerst!« Eine selbstgemachte Tätowierung mit dem Text »Geboren, um die Hölle zu besiegen« auf einem Banner quer über ein ziemlich schlecht getroffenes Harley-Davidson-Zeichen zierte seinen rechten Unterarm. Er trug Jeans mit unzähligen Löchern, und ein schwarzes Hemd von den Twisted Sisters. Die Reservepackung Zigaretten hatte er in den aufgerollten Ärmel geschoben. Das Hemd zeigte auch schon deutliche Alterserscheinungen. Sein braunes, lockiges Haar klebte ihm auf der Stirn, und meine Geruchsnerven sagten mir, daß die Thorntons wieder mal einen Badetag vertragen könnten.

Sarah Byrnes folgte Dales mißtrauischen Blikken durch unser Bodenkammerversteck. »Schön, nicht?« sagte sie.

»Habe schon schöner gewohnt.«

»Ja, vielleicht bevor du die Polizeisirenen gehört hast«, sagte Sarah Byrnes, und ich schloß die Augen und hielt den Atem an. »Ich bin bei eurem Haus gewesen, Dale Thornton. Ihr habt einen Haufen alter Autowracks auf dem Hof, und in jedem davon würde ich lieber wohnen als in eurem Haus. Und irgendwo muß da wohl auch noch eine Zucht von klapprigen Hunden sein. Mir macht es nichts aus, wenn ihr so wohnen wollt, niemand kann was für seine Familie, aber sag gefälligst nicht ›Habe schon schöner gewohnt‹, als ob du in einem Schloß wohnen würdest!«

»Habt ihr mich hierher eingeladen, damit ich die Kekse aufesse, oder wollt ihr etwas mit mir bereden?«

Ich sah Sarah Byrnes an. Schließlich war es ihre Idee.

Sie sagte: »Was ist passiert, als du kürzlich aus der Schule nach Hause gekommen bist? Hat der alte Mautz deinen Dad angerufen und ihm von dem Kautabak erzählt?«

»Das geht dich gar nichts an!« fauchte Dale. »Nichts hat er gemacht.«

»Ach, wirklich?« forderte Sarah Byrnes ihn heraus. »Hast du dich darum drei Tage lang nicht in der Schule sehen lassen und hast dann noch mal drei Tage lang diesen komischen Rollkragenpullover getragen?«

»Den Pullover hat mir mein Bruder geschenkt, Narbengesicht!«

»Deswegen brauchst du ihn noch lange nicht anzuziehen.«

Nun biete ihm schon endlich einen Vertrag an, mahnte ich innerlich und konnte ums Verrecken nicht begreifen, warum sie ihn unbedingt erst aufregen wollte. Dabei konnte leicht jemand verletzt werden, und ich saß am weitesten von der Tür entfernt.

»Also, was hat dein Daddy wirklich getan?«

»Was dein Dad auch getan hätte.« Er deutete mit dem Kopf auf mich. »Oder der von dem Dicken da. In den Hintern hat er mich getreten. Aber was geht dich das an?«

»Ich frag' ja nur.«

Ich wollte Dale gerade erklären, daß ich keinen

Dad habe, und daß meine Mutter niemals gewalttätig die Hand gegen mich erhoben hat, wenn man von dem einen Mal absieht, als ich drei Jahre alt war und in die Heizungskontrolle gepinkelt hatte, als draußen gerade eine wochenlange Kälteperiode war. Aber ich überlegte es mir noch mal. Wenn Dale Thornton gern glauben wollte, daß ich regelmäßig versohlt werde, sollte er doch. Ich mußte mich erst einmal erholen, ehe ich mich wieder mit ihm streiten konnte.

»Ich habe noch was zu erledigen«, sagte Dale. »Ich habe nicht den ganzen Tag Zeit, hier herumzusitzen und mit euch Freaks zu reden. Was wollt ihr denn eigentlich. Und habt ihr noch was anderes zu essen?«

Aus reinem Selbsterhaltungstrieb tauchte ich hinter die verstaubte Couch und kam mit einem riesigen Beutel Maischips wieder. »Jaaa!« sagte Dale und riß ihn mir aus der Hand, ehe ich mich noch setzen konnte. Gleich darauf verstreute er die guten Chips über den Boden. »Verdammt!« sagte er. »Die Beutel sind immer so gemacht, daß man sie kaum aufkriegen kann.«

»Die Sache ist die«, sagte Sarah Byrnes, während Dale sich meine Chips ins Gesicht stopfte. »Mautz hat Eric die Hölle heiß gemacht und ihm gesagt, die Zeitung sei der reinste Müll. Aber die Information darin hat er dann verwendet, um dich zum Kochen zu bringen. Und was meinst du wohl, wer die meiste Freude daran gehabt hat, daß du Eric in den Hintern getreten hast?«

»Ich!« sagte Dale und nickte zu mir herüber. Salzige Krümel klebten an seiner Unterlippe.

Sarah Byrnes schüttelte den Kopf. »Für dich kann das doch keine große Sache gewesen sein, falls du nicht völlig hirnlos bist.« Sie sah mich fast angewidert an. »Von jedem anderen hättest du einen besseren Kampf haben können. Mautz hat selbstverständlich den größten Spaß daran gehabt. Er hat Eric fertiggemacht und brauchte keinen Finger zu rühren, weil er dich dazu gebracht hatte, die Arbeit für ihn zu erledigen.«

Dale brachte eine fast gelungene Imitation eines nachdenklichen Gesichts zustande. »Vielleicht hast du recht«, sagte er endlich. »Und was weiter?«

»Also wollen wir die Zeitung weiter drucken, und wir wollen dafür nicht umgebracht werden. Wir haben dir ein Geschäft vorzuschlagen.«

»Dann los!«

»Du wirst unser Beschützer, und dein Name wird niemals mehr in den ›Knusprigen Schweineschwarten‹ auftauchen, falls du nicht gerade vom Kongreß der Vereinigten Staaten die Ehrenmedaille verliehen bekommst. Du kannst auch zur Redaktion gehören. Jede Woche kannst du dir ein Thema aussuchen, über das du schreiben willst, und wir machen für dich die ganze Arbeit. Das wird dann beinahe so aussehen, als ob du kein Analphabet wärst.«

Den letzten Satz überhörte Dale, aber der Rest klang anscheinend verlockend für ihn. Trotzdem versprach er nichts. Nachdem er gegangen war, meinte Sarah Byrnes, wir hätten jetzt alle Freiheit, uns weiterhin auf den fünften Zusatzartikel zu berufen und unser Wochenblatt herauszubringen.

Es ist mir fast unmöglich, anderen Menschen gegenüber, ob es sich nun um Freunde oder um Feinde handelt, zuzugeben, was mir wichtig ist. Ein Psychologe, mit dem Mutter mal befreundet war, hat gemeint, das gehöre einfach zur Pubertät. Teenager lösten sich von ihren Eltern und von anderen Autoritätspersonen, um ihre Unabhängigkeit zu gewinnen. Dazu müssen wir uns selbst für unsterblich halten und sind deshalb gar nicht in der Lage, uns unseren emotionalen Wahrheiten zu stellen.

Also gut, laßt mich eines in aller Klarheit sagen: Ich bin nicht unsterblich. Ich habe über zehn Stunden mit Sarah Byrnes in der psychiatrischen Klinik verbracht, und Sarah Byrnes ist einer der zähesten Menschen, die ich kenne. Und wenn das Leben Sarah Byrnes zum Aufgeben zwingen kann, dann kann es das bei mir mit verbundenen Augen.

Tatsächlich hat es nur einen einzigen Grund, wenn ich Leute nicht zu nahe an mich und meine Gefühle heranlasse: Ich kann es nicht ausstehen, verlegen zu werden. Ich kann es mir einfach nicht leisten. Jahrelang war ich ständig verlegen, weil ich fett war und ungeschickt und furchtsam. Ich wollte gern so cool sein wie Sarah Byrnes, sicher und aufrecht dastehen und überhaupt nicht daran denken, was mein Gürtel zu umspannen hatte. Aber ich war wie gelähmt, und so entwickelte ich diese beinahe glaubwürdige Komödie: Ich bin der Bursche, dem nichts etwas ausmacht. Wahrscheinlich ist es bei den meisten anderen Kids auch nicht viel anders. Aber ich bin nicht dumm. Ich glaube, daß es wichtigere Dinge gibt, mit denen man sich beschäftigen muß.

Darum mag ich den Kurs ›Zeitgenössisches amerikanisches Denken‹ bei Lemry. Kurz ZAD. Lemry sorgt dafür, daß jeder Gedanke beachtet wird, und sie verteidigt heftig die Gefühle jedes einzelnen, wenn jemand es damit nicht so genau nimmt. Man kann jede vorgetragene Idee bejubeln oder bekämpfen, aber man darf dabei keinen Menschen verletzen. Für mich ist das der wichtigste Kurs überhaupt, und ich bin froh, daß meine Freunde und meine Feinde sich auch eingetragen haben.

Ellerby ist dabei und Mark Brittain.

Und Jody Mueller auch.

Ich überrollte Brittain beinah, als ich im letzten Augenblick vor dem Läuten noch in die ZAD-Klasse stürzte. Er stand gleich hinter der Tür und redete mit seiner Freundin – die eigentlich meine sein sollte, davon aber nichts weiß – Jody Mueller, das bestaussehende Mädchen unserer Schule und vielleicht der ganzen Milchstraße.

»He, Moby, immer mit der Ruhe!« Brittain tat so, als ob er mich mochte, dabei stehe ich auf seiner Liste gleich hinter Ellerby für einen Platz in einem tiefen Grab mit einem kleinen Luftrohr, das direkt in eine Omnibusgarage führt.

Ich sagte: »Tut mir leid.« Tat es nicht, aber bis Jody einmal begriff, daß Schönheit nur so tief wie die Haut reicht, möchte ich in ihren Augen halbwegs höflich erscheinen.

Brittain streckte die Hand aus. »Ihr zwei habt mich kürzlich ganz schön reingelegt.«

»Ich weiß gar nicht, wovon du redest.«

»Beim Training. Das war ein geschickter Schachzug.«

Ich lächelte und hob die Augenbrauen. Es war wirklich ein guter Schachzug gewesen. Ich wandte mich meinem Platz zu, als es läutete, aber Mark hielt mich an der Schulter zurück. »Darf ich dich etwas fragen?« Jody stand stumm daneben.

»Ja, sicher.«

»Warum macht ihr das?«

»Was meinst du?«

»Du und Ellerby, ihr müßt mich doch richtig hassen. Ich schlage siebenundneunzig Strecken lang neben dir an, und ihr trickst mich so aus, daß ich bei den letzten drei untergehe. Ich kann mir nicht vorstellen, daß ich das einem von euch antun würde.«

Ich konnte es mir schon vorstellen. Mein Blick schweifte ab zu Jody. Wahrscheinlich glaubte sie, Brittain sei das Opfer von ein paar gefühllosen, heidnischen Wassermännern geworden.

»Wir waren bloß ein bißchen aggressiv«, sagte ich bedächtig und hoffte, daß ich mir meine künftige Frau nicht zur Feindin machte. »Aber du hattest ja sowas wie einen Freifahrschein. Ich habe das Tempo gemacht, und du hast dich bloß angehängt. Dann hat Ellerby das Tempo gemacht, und du hast dich wieder angehängt. Kein einziges Mal hast du selbst die Führung übernommen.«

»Ihr hättet ja bloß zu fragen brauchen«, sagte er. Und dann: »Ihr habt nicht sehr christlich gehandelt, das ist alles.«

In einem Gespräch mit Mark Brittain kam man

nie sehr weit, ohne dieses Wort zu hören. Das reizte mich, denn eigentlich meinte er ja: »Ihr seid böse, und ich bin gut, und Gott weiß das.« Ich hätte ihm gern erzählt, daß ich kein Christ sei, aber das hätte mich bei Jody nicht in ein besseres Licht gerückt. Sie gehört zu Marks Kirchengemeinde. Also schaute ich nur zur Seite.

»Ihr könntet ein bißchen sensibler sein, Calhoune. Ihr fahrt in diesem Wagen umher, spottet über ernste Dinge, seid blasphemisch und habt nicht viel Gefühl für die Menschen, die ihr damit vielleicht verletzen könntet.«

Ich saß in der Klemme. Ich meine, ich konnte einen Burschen nicht ernst nehmen, der Worte wie »blasphemisch« gebraucht, aber andererseits wollte ich vor Jody nicht wie der schlimmste Antichrist dastehen. Am liebsten hätte ich Brittain einfach umgehauen, aber das würde mich auf Jodys Sympathieskala noch weiter abrutschen lassen. Ich war ziemlich verlegen, und wenn Brittain noch viel gesagt hätte, dann hätte ich vielleicht doch noch ein bißchen verbale Chirurgie an ihm geübt.

Brittain sah verletzt aus. Mein Porträt als Ungeheuer war komplett. Ich nahm mir vor, daß er beim Nachmittagstraining auf keiner einzigen Bahn vor mir anschlagen sollte. Er und Jody gingen zu ihren Plätzen, und ich sagte noch schnell: »Eine hübsche Bluse, Jody!« Ein großartiger Schachzug, Moby!

»Parkt euch!« sagt Lemry und schaute in ihre Anwesenheitsliste. Dann ging sie zu ihrem Tisch und setzte sich darauf. »Am Ende der letzten

Stunde habe ich jeden von euch gebeten, ein Thema zur Diskussion vorzubereiten – etwas, das mit einem sozialen, psychologischen oder religiösen Konflikt zu tun hat. Es sollte außerdem etwas sein, das für euer persönliches Leben von Bedeutung ist. Jetzt, heute. Ich habe euch Möglichkeiten angedeutet wie Krieg, Hunger in der Welt, Abtreibung, Heimatlosigkeit, Kinderrechte, religiöse Überzeugungen, politische Ideologien und so weiter. Ich erwarte nur, daß ihr bereit seid, euer Thema unter einem sehr persönlichen Blickwinkel zu betrachten, das heißt, es muß erkennbar werden, auf welche Weise es euch selbst betrifft.« Sie schaute sich schnell im Raum um. »Will jemand vorkommen und die Ungläubigen retten, ich meine, diejenigen, die nicht geglaubt haben, daß es mir mit dieser Aufgabe für euch ernst war?«

Ellerbys Hand schoß aufwärts. Das war eine Überraschung. »Das mit der Rettung ist gut«, sagte er. »Ich möchte über Religion sprechen.«

»Solange du nicht eine Gebetsstunde mit uns veranstalten willst. Sonst ist es ungesetzlich.«

»Da können Sie beruhigt sein«, antwortete Ellerby. »Ich werde nicht den Vorbeter spielen. Das überlasse ich Brittain.«

»Und keine persönlichen Bemerkungen«, mahnte Lemry.

Ellerby nickte zustimmend. »Ich habe ein Tonband mitgebracht«, sagte er. »Das möchte ich gern abspielen.«

Lemry hatte alle nötigen Hilfsmittel zur Hand, denn sie hatte uns selbst ermutigt, Material mitzubringen, das die Diskussion anregen könnte.

»Es ist ein Lied«, sagte Ellerby. »Heutzutage nimmt ja jeder alles auf, aber das ist der erste Mensch, dem ich zugehört habe.« Er schob die Kassette ein und verteilte ein Textblatt. Manche Zeilen waren unterstrichen. Außerdem hatte er noch eine Farbkopie eines NASA-Fotos der Erde vom Mond aus gesehen. Das Lied war ›From A Distance‹ von Julie Gold und wurde von einer Countrysängerin namens Nancy Griffith gesungen.

Nancys nasaler Gesang rief erst ein paar Bemerkungen von den Heavy-Metal-Fans hervor, aber wir beschäftigten uns bald mit dem Text, der erklärte, daß ›From A Distance‹ betrachtet, vielleicht aus dem Weltraum, die Welt gut aussieht. Die Luft scheint frisch und blau zu sein, die Berge tragen weiße Kappen aus reinem, zu Eis gewordenem Schnee. Kein Schmutz ist an den Meeresküsten zu sehen. Aus der Ferne kann man die guten von den bösen Menschen nicht unterscheiden, und wenn das stimmt, dann gibt es auch keinen Grund zum Streit. Es gibt keine Gefahren und keine Krankheiten, an denen Menschen sterben. Alles ist ein einziges großes Ganzes, das die Fürsorge aller braucht wie ein wunderschönes Haus mit einem Garten. Und dann, im letzten Vers, heißt es, daß Gott uns von dort aus betrachtet: Aus der Ferne.

Es ist ein guter Song. Ein großer Song.

»Das hat etwas Geniales«, sagte Brittain sofort. »Mußte man nicht damit rechnen, daß ein theologisches Wunderkind in einem gotteslästerlichen Missionswagen uns seine religiösen Ansichten durch eine Westernsängerin vermitteln läßt?«

»Wenn dein Feind dich beleidigt, Reverend«, sagte Ellerby, »dann triff dich mit ihm nach dem Unterricht hinter der Turnhalle.«

Lemry schaute sich mit übertriebener Entrüstung im Raum um. »Hat irgend jemand von euch gehört, daß ich gesagt habe: Keine persönlichen Bemerkungen?« Ihre Augenbrauen wölbten sich himmelwärts, während sie auf jeden mit spitzem Zeigefinger deutete. »Das sind nun einmal die Regeln. Seid froh, wenn ich die beim nächsten Training nicht gewaltsam durchsetze.«

Sie hatte ihren Standpunkt völlig klar gemacht: Bringt ihr meinen Kurs durcheinander, dann lasse ich euch schwimmen, bis euch die Arme abfallen!

Lemry fragte: »Also, was willst du sagen, Mr. Ellerby?«

»Meine These ist, daß Gott einen Prototyp für eine recht ordentliche Vervielfältigung geschaffen hat, daß er uns einen vollkommen geeigneten Platz zum Leben gegeben hat und eine Reihe von guten Ratschlägen, von denen die meisten zumindest von meinen Brüdern mißverstanden werden. Und dann hat er sich zurückgezogen, um zuzusehen, was wir daraus machen.«

Ich war überrascht. Ich wußte gar nicht, daß Ellerby zu irgendwelchen philosophischen Überlegungen fähig war. Ich dachte, er führe nur mit seinem Missionskombi durch die Welt und hielte Ausschau, wen er auf die Palme bringen könnte und wie hoch.

Lemrys Augen blieben an mir haften. »Moby?«

Ich hob die Hände zum Zeichen der Kapitulation. »Ich gehe religiösen Diskussionen weit aus dem Weg. Ich habe die Absicht, mich am Spätnachmittag des Tages, an dem ich abends sterben werde, taufen zu lassen. Dann habe ich keine Zeit mehr zum Sündigen, und mich erwartet ein Plätzchen im Himmel.«

»Hübsch«, sagte sie. »Und feige. Jody?«

Verflixt, ich hätte irgend etwas Biblisches sagen sollen.

Jody warf Mark einen Blick von der Seite zu und sagte ganz einfach: »Ich glaube, daß Gott schon etwas genauer hinsieht.«

Damit blieb man nach jeder Seite offen. Man brauchte sich nicht mit der ganzen Christenheit über den einen oder den anderen Weg zu streiten. Soweit ich weiß, hat meine Mutter keinerlei religiöse Überzeugungen, also wurde ich auch mit keinen erzogen. Ich kenne ein paar biblische Geschichten, weil ich mit meinen Freunden zur Sonntagsschule gegangen bin, als ich noch kleiner war, aber das waren eben meistens nur gute Geschichten. Ich sah zwar, daß ich bei Jody ein Stück vorankäme, wenn ich hier schnell ein bißchen religiös würde, aber schließlich konnte ich meinen Freund Ellerby nicht im Stich lassen. Steve steht in dem Ruf, ein verbaler Unruhestifter zu sein, und ich würde ihn von einer Sekunde auf die andere gegen Jody eintauschen, aber niemals gegen Mark Brittain. Ich kann also durchaus einsehen, warum die USA und Rußland im Zweiten Weltkrieg auf derselben Seite gekämpft haben – aber ich bin die Schweiz.

Leb wohl, Jody, meine große Liebe!

»Gib uns noch etwas mehr Informationen,

Steve«, sagte Lemry. »Wenn du recht hast – was bedeutet das dann?«

»Ich bin nicht sicher, was es alles bedeuten könnte«, sagte er. »Aber ich will gern sagen, warum ich das Thema eingebracht habe. Vor ein paar Tagen, als Moby versucht hat herauszufinden, ob die Erde ein guter oder ein schlechter Ort zum Leben ist, und dabei Sarah Byrnes als Beispiel gewählt hat, war ich durchaus bereit, ihm zuzustimmen. Keine Frage, sie hat einen harten Weg zu gehen. Aber als ich gründlicher darüber nachgedacht habe, ist mir klar geworden, daß die Welt für mich ein guter Ort ist, jedenfalls meistens, und das hat mich dazu gebracht, über Fairneß nachzudenken. Wenn Gott fair ist, wie läßt sich dann erklären, daß Sarah Byrnes und ich auf demselben Planeten leben? Und wenn er Frömmigkeit und öffentliches Gebet und all das wirklich belohnt, wie Brittain zu glauben scheint, wieso läßt er mich dann mit meinem Wagen herumfahren, ohne mir die Reifen aufzuschlitzen, und wieso läßt er zu, daß ich Brittain in der Schwimmhalle fertigmache?«

Lemry mahnte: »Sei vorsichtig …«

Er fuhr fort: »Ich hatte einmal eine Sonntagsschullehrerin, und jedesmal, wenn ich ihr eine schwierige Frage gestellt habe – etwa: ›Wie kommt es, daß Jack, the Ripper niemals geschnappt worden ist?‹ Oder: ›Wieso mußte mein großer Bruder sterben, obwohl er die besten Noten hatte und zum Predigerseminar gehen wollte?‹ –, dann hat sie gesagt: ›Der Herr geht seine eigenen, geheimnisvollen Wege, die wir nicht verstehen können.‹« Ellerby lehnte sich jetzt vor, und seine Spannung verriet sich durch das Pochen an seiner Schläfe. »Aber ich glaube, daran ist gar nichts Seltsames und Geheimnisvolles. Ich glaube, wenn diese Dinge in Gottes Gewalt lägen, dann würde er anders entscheiden, dann würden sie anders laufen. Aber sie liegen nicht in seiner, sondern in unserer Gewalt.«

Ich schaute hinüber, um zu sehen, wie Jody darauf reagierte, konnte aber nichts von ihrem Gesicht ablesen. Brittain hingegen schien Schwierigkeiten mit seinem Blutdruck zu haben, und er platzte heraus: »Das ist doch alles Blödsinn! Aber die Menschen denken gern so, weil sie auf diese Weise machen können, was ihnen gerade gefällt. Das ist ein Ausweg, um nicht vor Gott verantwortlich zu sein.«

Ellerby beachtete ihn gar nicht, sondern fuhr fort: »Aus der Ferne«, sagte er, »sieht mein Wagen wie jeder andere Wagen auf der Autobahn aus, und Sarah Byrnes sieht nicht anders aus als wir alle. Und wenn sie Hilfe bekommt, dann entweder von sich selbst oder von uns. Ich will euch sagen, warum ich das zur Sprache gebracht habe. Weil ich nämlich vor ein paar Tagen, als ich gesehen habe, wie schwer es für Moby ist, sie in der Klinik zu besuchen, mich geschämt habe, daß ich sie nicht besser kenne, daß ich jemals gelacht habe, wenn einer einen Witz über sie gemacht hat. Ich habe mich geschämt, daß ich mit einem Mädchen zwölf Jahre lang gemeinsam zur Schule gehe, und ihr dann einfach den Rücken kehre, wenn sie unerträgliche Schmerzen haben muß. Ich habe mich geschämt, daß ich nicht einen Weg gefunden habe, sie einzubeziehen, wie Moby es getan hat.«

Mein Gott! Ich fühlte, daß mir die Tränen kommen wollten, und ich sah, daß Ellerbys Augen feucht wurden. Lemry sollte sich beeilen, diese Klasse wieder in den Griff zu bekommen, ehe eine Therapiegruppe daraus wurde.

»Dein Thema ist also«, sagte Lemry ruhig, »das Nebeneinander von Gott und Mensch im Weltall?«

Ellerby schüttelte den Kopf. »Mein Thema ist die Scham!«

# 6

Quer durch die Krankenstation sah ich Virgil Byrnes neben Sarah Byrnes auf der Couch sitzen, die Augen auf ihre Schläfe gerichtet, die Zähne zusammengebissen, als müßte er eine Murmel dazwischen festhalten. Er sprach, aber seine Lippen bewegten sich kaum. Er trug sein traditionelles Schwarz und wirkte eckig wie ein Falke mit seinem furchteinflößenden, gefährlichen Profil. Ihre Augen konnte ich nicht sehen, aber Sarah Byrnes' Kopf bewegte sich um keinen Millimeter, und ich nahm an, daß sie auf ihren Lieblingsfleck starrte. Mr. Byrnes lehnte sich zurück, atmete tief, brachte dann für einen Augenblick den Mund nahe an ihr Ohr und stand auf, um zu gehen.

Virgil Byrnes ist wirklich ein Kerl, der einem angst machen kann, einer von den Männern, von denen man sich einfach nicht vorstellen kann, daß sie auch mal ein Kind waren; einer von den Männern, die von Hunden mit wachsam gespitzten Ohren mißtrauisch umkreist werden. Mr. Byrnes redet nicht viel, doch sein Blick läßt sogar Mautz so friedlich wie Bambi wirken. Aber am bezeichnendsten für ihn ist, wie deutlich sich Sarah Byrnes in seiner Gegenwart fürchtet. Es gibt nicht viel, wovor sich Sarah Byrnes fürchtet, aber wenn man nur den Namen ihres Vaters erwähnt, dann wachsen die Chancen, daß man ein blaues Auge und eine blutige Nase davonträgt.

Ich stand an den hintersten Tisch gelehnt und gab mir Mühe, unsichtbar zu werden, als er auf den Ausgang zusteuerte, aber er hatte mich entdeckt und kam auf mich zu. Sein schwarzer, breitkrempiger Hut hing ihm tief über die Augen, und eine zerschlissene schwarze Sportjacke spannte über den Schultern. Sein graues Hemd war bis oben zugeknöpft, und seine dunkle weite Hose vervollständigte das Bild des Todes, der mitten in einer dunklen, regnerischen Nacht kommt. Das klingt vielleicht ein bißchen dramatisch, aber ich will damit sagen, daß Sarah Byrnes' Daddy einem wirklich eine Gänsehaut über den Rücken jagen konnte. »Du bist doch Eric Calhoune«, sagte er, als er dicht vor mir stand.

»Ja, Sir.«

Er schaute zu Sarah Byrnes zurück, dann wieder auf mich. »Sagt sie dir irgendwas?«

»Nein, Sir.«

Er schwieg eine ganze Weile und blickte mir starr in die Augen. Ich hielt dem Blick stand und nahm mir vor, nicht zu blinzeln oder wegzuschauen, während meine Schweißdrüsen aufplatzten wie eine Tüte Popcorn. »Wenn sie etwas sagt, dann laß es mich wissen.«

»Ja, Sir.«

Die Stationsschwester stand neben der offenen Tür, ein Schlüsselbund in der Hand, und Mr. Byrnes verschwand auf den Flur.

Ich hatte den Eindruck, eine spöttische Bewegung auf Sarah Byrnes Lippen' wahrzunehmen, als ich mich zu ihr setzte, aber mir war klar, daß es Einbildung sein mußte, und ich dachte unwillkürlich an das, was Dale Thornton gesagt hatte.

»Wir könnten doch was über Elgin Greene schreiben, diese Ratte«, sagte er und ging auf dem Holzfußboden unserer Dachkammer auf und ab. »Der kleine Golfball – an dem klebt doch bestimmt 'ne böse Geschichte. Die könnten wir aufdecken.« Dale war anscheinend schon mit dem Inhalt, wenn auch nicht mit dem Geist unserer Zeitung vertraut.

Ich saß am PC, das Kinn in die Hand gestützt, schaufelte mit der anderen unablässig Bonbons in mich hinein, und meine Hirnblockade war so enorm wie der Gestank, der Elgin Greene umgab.

Sarah Byrnes lag auf der Couch, die Fersen gegen die Armlehne gestemmt, und trommelte mit den Händen den Begleitrhythmus für das Kingston Trio, von dem gerade einer wie ein Hund durch die Everglades streunte, auf ihren Bauch. »Ich habe dir schon tausendmal gesagt, daß wir uns nicht mit Kerlen wie Elgin Greene anlegen. Er ist einer von uns, wenn auch hilflos.«

»Der alte Greene ist nicht hilflos. Wenn du in der falschen Windrichtung von ihm stehst, dann ist er ganz schön mächtig.« Er lachte und nickte. »Jawohl, ein Aufsatz über Elgin Greene, das ist genau das, was wir brauchen.«

»Wir greifen nur Leute an, die gemein zu uns sind«, sagte Sarah Byrnes. »Stell dir vor, wir sind gute Menschen, und wenn dir das auch noch so wenig einleuchtet. Wir sind die Verteidiger der Underdogs. Underdogs nennen Elgin Greene einen Underdog. Wir wollen ihm das Leben nicht noch schwerer machen, und das ist alles.«

»Dann mach doch einen Vorschlag«, sagte Dale. »Du bist doch so mächtig schlau mit deinem tollen Gehirn hinter deinem verbrannten Gesicht.« Dale wurde bissig. Es gehörte nicht viel dazu, ihn wütend zu machen. »Das ist doch der einzige Grund, warum du so mächtig schlau bist. Du verlierst nichts von deiner Schlauheit, weil sie so gut eingepackt ist.«

Keine blöde Bemerkung über ihre Brandnarben konnte Sarah Byrnes auch nur annähernd aufregen, außer vielleicht früher, in der ersten Klasse. »Ach, Dale«, sagte sie höhnisch, »du bist ja so verdammt clever. Ich wette, alle Mädchen werden schwach, wenn sie dich sehen. Hast du schon eine Menge Verabredungen für das Wochenende?«

»Halt's Maul«, sagte er. »So verdammt schlau bist du gar nicht. Du denkst bloß, mit deinen Narben könntest du alle einwickeln, aber ich lasse mich von dir nicht täuschen. Die Narben stammen nicht von einem Topf Spaghetti. Ganz bestimmt nicht!«

In einer Sekunde war Sarah Byrnes von der Couch, und ihre Zähne waren zusammengebissen wie eine zugeklappte Bärenfalle. »Du hältst besser den Mund!«

Dale lachte. »Ich halte den Mund, gut. Aber das ändert nichts an der Wahrheit.«

Ich sagte: »Warum redest du denn solches Zeug, Dale? Mann, du mußt ganz schön vorsichtig sein, wenn du einem von uns Klatsch erzählen willst. Wir jedenfalls heben uns das für Feinde auf.«

»Das ist kein Klatsch. Reine Tatsache. Ich weiß es genau, so wie Sarah Byrnes wußte, daß ich Prügel von meinem Alten bezogen habe, als er das mit dem Kautabak gehört hat. Ich habe sie mit ihrem Vater gesehen. Sie hat eine beschissene Familie, genau wie ich.«

Das Feuer flammte in Sarah Byrnes Augen. »Du bist ein Thornton. Du würdest die Wahrheit doch nicht mal erkennen, wenn ich dir in den Hintern beißen und dir dabei die Brieftasche klauen würde!« Sie setzte sich wieder. »Weißt du was? Ich habe sowieso genug von dieser Zeitung. Vielleicht sollten wir einfach aufhören. Was wir sagen wollten, das haben wir ja gesagt.«

Ich wollte aufspringen und ihr widersprechen, aber wenn ich vor Dale zeigte, daß wir uns nicht einig waren, dann würde ich es ausbaden müssen, sobald er fort war. Acht Nummern hatten wir herausgebracht, und dabei hatten wir mit viel Phantasie jedes Lebensjahr aus Mautz' angeblich dunkler Vergangenheit in allen Einzelheiten ausgebreitet.

Ich wollte ganz gewiß die Zeitung nicht einstellen, solange wir nicht unsere mehrteilige Serie vollendet hatten, und der Streit zwischen Dale Thornton und Sarah Byrnes beschwor genau diese Gefahr herauf. Wenn ich auch für die Wortschmiede aller Artikel zu neunzig Prozent verantwortlich war, hatte ich doch ganz bestimmt nicht den Mut, ohne Sarah Byrnes' feurige Entschlossenheit weiterzumachen. Ohne Dale Thornton konnte ich jederzeit auskommen.

Von diesem Augenblick an ging es mit den »Knusprigen Schweineschwarten« bergab. Sarah Byrnes meinte, wir müßten zu anderen Formen des Terrorismus übergehen, und Dale Thornton sei genauso blöd, wie sie es immer geglaubt hatte, und sie wollte ihn nicht mehr lange um uns haben, weil sonst unsere Hirnzellen zu schmelzen anfangen würden. Wir druckten nur noch eine Ausgabe, in der wir den gesamten Stammbaum der Mautz-Familie bewältigten.

Ein paar Wochen später wurde Dale Thornton ohne alle Zeremonien als nicht hilfreicher Assistent gefeuert, und Sarah und ich gingen zu anderen taktischen Angriffen auf diejenigen über, die uns Böses antaten: eine Büchse voller Fischinnereien in einen Schrank am Anfang eines langen Wochenendes; Hämorrhoidensalbe reichlich in die Unterhose von jemandem geschmiert, der sich gerade zum Sport umgezogen hatte. Bis zum Ende des Schuljahres hatten wir erfolgreich über zwanzig Gummibärchen verteilt, in die wir vorher Tabascosauce gespritzt hatten. Das alles waren Racheakte, für die wir keinen Schutz von Dale Thornton brauchten. Sarah Byrnes und ich waren mächtig gut drauf.

Aber in jenem Sommer sah Lemry mich beim Schwimmen in einem Hallenbad, und sie überredete mich, in ihr Schwimmteam einzutreten; Sarah Byrnes und ich wurden dadurch ein bißchen voneinander getrennt. Sie sagte, ich sei schuld daran, und ich sagte, es wäre ihre Schuld. Im ersten Jahr fraß ich wie ein Schwein, bloß um ihr zu zeigen, daß ich nicht etwa schlank und ansehnlich werden wollte, damit sie einen Grund hätte, mich zu hassen. Aber die Trainingseinheiten wurden immer länger und anstrengender, meine Freßsucht konnte nicht mit meiner Verdauung Schritt halten, und schon bald konnte ich gelegentlich meine Füße sehen.

»Sieh mal«, sagte Sarah Byrnes eines Tages zu Beginn unseres ersten Jahres an der High School, nachdem ich schon fast elf Monate trainiert hatte, »wenn du weiter so frißt wie ein Halbverhungerter, den man in ein Lebensmitteldepot gesperrt hat, dann beweist du mir nur, daß ich mich mit meiner Meinung geirrt habe, warum wir Freunde sind. Du wirst an einem Herzkollaps sterben, ehe du fünfzehn wirst. Also hör lieber damit auf.«

Es war eine Erleichterung, denn ich fing wirklich an, mich durch das Schwimmen wohlzufühlen – oder wenigstens besser – und Lemry wollte mich schon in eine Monsterschau schicken, um herauszufinden, wie ich täglich vier- oder sechstausend Meter schwimmen konnte und dabei immer noch aufquoll wie ein Gummifisch. »Aber was ist, wenn ich nun nicht fett bin?« platzte ich verzweifelt heraus. »Bleibst du dann auch noch meine Freundin?«

»Mein Gott«, sagte Sarah Byrnes, »was bist du doch für ein Lahmhirn! Ich gehe doch nicht weg. Das bist du! Die Leute werden dich einfach anders sehen als jetzt. Andere Leute werden dich mögen, und du wirst mit ihnen gehen. Das ist keine große Sache, Eric. So laufen die Dinge nun mal.«

Zum tausendstenmal protestierte ich, aber sie hob eine vernarbte Hand. »Mach dir keine Gedanken. Ich habe es schon immer gewußt. Es tut noch nicht einmal weh.«

Sarah Byrnes hatte nicht völlig recht, wenn sie auch nicht völlig unrecht hatte. Wir verbrachten weniger Zeit gemeinsam, aber das lag vor allem daran, daß das Schwimmen viel Zeit kostete. Ich wollte sie überreden, einfach mit mir zu kommen, aber sie hielt mir ein Kurzreferat über den Einfluß von Chlorwasser und intensivem Sonnenlicht auf Brandnarben, und damit war die Sache erledigt. Ich sah sie noch immer jeden Tag, und wir taten auch manches zusammen, aber sie baute vorsichtig eine Freundschaft mit Dale Thornton auf, vielleicht um eine Art Schutzhecke gegen Verluste zu pflanzen, und sie hatte nicht mehr immer Zeit für mich.

Ich faßte den Beschluß, keine Einladung anzunehmen, von der Sarah Byrnes ausgeschlossen war, obwohl sie selten zustimmte, irgendwo mit mir hinzugehen. Wenn sich auch nur eine Nase krauste, wenn ich ihren Namen ins Spiel brachte, lud ich mich auf der Stelle wieder selbst aus. Auf die Weise stehe ich auch heute noch fest zu ihr.

»Abenteuer gefällig?« Ellerby und ich fuhren den christlichen Kreuzer durch die dämmrigen Straßen. Es war Samstagabend, ungefähr um halb acht, und wir schlugen die Zeit vor dem Tanzabend in der Schulsporthalle tot.

»Was soll's sein?« sagte er. »Von Null auf dreizehn Meilen pro Stunde auf der Länge von einem kurzen Häuserblock? Das Lautsprechersystem auf volle Kraft drehen und vor Brittains Haus auf und ab fahren?«

»Fahren wir doch in den Edison-Bezirk«, sagte ich.

»Willst du Organspender werden?« Der Edison-Bezirk hat eine Kneipe auf ungefähr drei Komma fünf Leute im Alter von über sechs Jahren, und Spokane hängt voll und ganz von dieser Gegend ab, wenn die Stadt den Kriminalitätsdurchschnitt anderer amerikanischer Städte unserer Größenordnung erreichen oder übertreffen will.

»Es gibt da jemand, mit dem ich gern reden möchte«, sagte ich. »Wir werden nicht lange bleiben.«

»Nein«, sagte Ellerby und fuhr schon eine Haarnadelkurve. »Ganz bestimmt nicht.«

In der Gegend um die Edison Allee waren fast alle Straßenlaternen zerbrochen. Verbogene Wegweiser zeigten in Richtungen, in denen keine Straßen lagen. Deswegen brauchten wir einige Zeit, um West Reardon zu finden. Ellerby fuhr nur ungefähr zehn Meilen pro Stunde, damit ich die Hausnummern lesen konnte. Ich war nur ein einziges Mal bei Dale Thornton gewesen, und das war damals, in der Junior High, als Sarah Byrnes und ich ihn mal besuchten, um zu zeigen, daß wir ihn mochten. Ich war dort, aber gemocht habe ich ihn trotzdem nicht.

»Hier!« Ellerby hielt vor einer zerfallenden Hütte mit einer windschiefen Garage an einer Seite und ein paar verrosteten Autos und einem aufgebockten Lastwagen davor. »Hier muß es sein. Ich erinnere mich an den Lastwagen. Sei vorsichtig. Ich glaube, in dem Ding haust ein Hund.«

Ellerby ließ den Motor laufen, und wir stiegen aus auf einen von einer dünnen Eisschicht überzogenen Pfad. Aus dem Wohnzimmer drang schwaches Licht, und ich ging den Pfad zur Haustür entlang, behielt vorsichtig den Lastwagen im Auge und war jederzeit darauf gefaßt, daß ein säbelzahniger Hofköter mit blitzenden gelben Augen mich ansprang und mir in den Hintern biß. Ich atmete tief durch und klopfte an die Tür, während Ellerby leise hinter mir her kam. Donnerndes Hundegebell brach drinnen los, dann war ein tiefes, dröhnendes »Halt die Schnauze!« zu hören. Als die Tür geöffnet wurde, schaute ich in das stoppelbärtige Gesicht von Morton Thornton. Hoffentlich hatte Dale ihm niemals die Geschichten aus den »Knusprigen Schweineschwarten« erzählt, oder wenigstens nicht, wer sie geschrieben hat. Seine biertrüben Augen sagten mir allerdings sofort, daß er sich daran sowieso nicht erinnern würde.

»Ist Dale zu Hause?«

Er blinzelte mißtrauisch. »Ja. Draußen, in der Garage.«

»Haben Sie was dagegen, wenn wir mit ihm reden?«

»Wenn's ihm recht ist, soll's mir recht sein«, sagte er. »Geht doch hin und tretet gegen die Tür.« Und dann: »Und klopft nicht noch mal in der Dunkelheit an meine Tür, wenn ihr nicht angemeldet seid.«

»Ein freundlicher Stadtteil«, wisperte Ellerby mir zu, während wir uns durch die Dunkelheit tasteten, über Batterien, Motorhauben und sonstige Ersatzteile hinwegstiegen, die ausreichen würden, um ein Raumschiff daraus zu bauen.

Ein helles Licht schien durch eine zerbrochene Scheibe an der Garagentür. Ich spähte hindurch und sah eine über den Motor eines Kombis gebeugte Gestalt. Der Wagen könnte glatt das Gegenstück zu Ellerbys Auto aus einem fremden Universum sein. Auf der Werkbank stand ein Radio und plärrte lauthals Westernmusik. Dale sang mit und hielt erstaunlicherweise sogar die Melodie.

Mein heftiges Klopfen blieb unbeantwortet, also befolgte ich Mr. Thorntons Rat und trat gegen die Tür. Dale hob den Kopf dicht unter dem scharfen Rand der Motorhaube, sagte »Scheiße!« und stellte das Radio leiser.

Ich war überrascht, wie ordentlich es in der

Werkstatt aussah. Jedes Werkzeug hing an der Wand genau innerhalb seiner vorgezeichneten Umrisse. Die Werkbank war sauber, der Fußboden gefegt. Dale stand da, das helle Licht stach ihm in die Augen, seinen Schraubenzieher hielt er wie eine gerade abgefeuerte Waffe in der Hand, die Beine gespreizt wie ein Revolverheld aus dem Western. Aber wie klein er war! Seit der Junior High School war Dale Thornton keinen Zentimeter mehr gewachsen. Sein enges, ärmelloses T-Shirt zeigte noch dieselben ausgeprägten Muskeln und seinen flachen Bauch, aber er war klein.

»Dale?« sagte ich.

Er blinzelte. »Wer will das wissen?«

»Ich bin's. Eric. Eric Calhoune.«

»Wer?«

»Erinnerst du dich? Aus der Junior High? Ich habe mit dir und Sarah Byrnes diese Zeitung geschrieben.«

Er lächelte ein wenig und kam einen Schritt näher.

»Narbengesicht?« fragte er, und dann: »Ach, der Fettkloß!«

»Ja, das bin ich.«

Er legte den Schraubenschlüssel sorgfältig auf die Werkbank und zog einen Putzlappen aus der Tasche. »Was, zum Teufel noch mal, hast du hier zu suchen? Und wer ist der da?«

»Das ist Ellerby«, sagte ich, und Steve trat vor und streckte die Hand aus. Dale betrachtete seine eigene Hand, die noch vom Motoröl schwarz war, lächelte und drückte Ellerbys Hand. Dale hatte sich nicht viel verändert.

»So, Fettkloß, und was treibst du hier? Ich habe dich seit ungefähr drei Jahren nicht mehr gesehen. Ich habe immer geglaubt, du könntest mich nicht ausstehen.«

Ich lächelte verlegen. »Ach was«, sagte ich. »Das stimmt doch überhaupt nicht. Ich hatte bloß Angst vor dir, das ist alles.«

Ellerby näherte sich fast andächtig dem alten Pontiac, ging langsam um ihn herum, berührte die dunkelgrauen Türen und die Spiegel, schaute unter die Haube und betrachtete den von einer Hängeleuchte erhellten Motor. Dales Augen folgten ihm mißtrauisch und wandten sich dann wieder mir zu.

»Und wie geht's dem alten Narbengesicht?« fragte er.

»Nicht so toll. Sie liegt in der Klinik.«

»Krank? Schade. Ich habe sie immer gemocht. Sie war ein mächtig hartes Biest!«

»Richtig krank ist sie eigentlich nicht«, erklärte ich. »Sie hat Schwierigkeiten mit dem Kopf. Eines Tages hat sie plötzlich aufgehört zu reden. Sie wollte nicht aus ihrer Bank aufstehen. Endlich haben sie ein paar Leute geholt, die sie direkt aus der Schule in die Klinik gebracht haben.«

Dale trat näher zu Ellerby, als wollte er sichergehen, daß der nicht mit ein paar Motorteilen verschwand. »Tatsächlich? Das sieht ihr doch gar nicht ähnlich. Ich habe immer gedacht, eines Tages würde sie jemandem in den Arsch treten. Diesem Mautz zum Beispiel.«

Ich lächelte. »Sie hat mit dem Reden aufgehört, ehe sie dazu gekommen ist.«

»Und warum kommst du zu mir?« Er schaute

zu Ellerby hinüber und konnte es nicht mehr aushalten. »Was guckst du denn da?« Es war eine Herausforderung.

Ellerby hob erstaunt den Kopf. »Nichts«, sagte er. »Das heißt, ich habe genauso einen, und ich habe schon einen gesucht, der sich mal den Motor angucken kann. Die Werkstätten sind so teuer. Du verstehst wohl eine Menge davon?«

Dale blies sich auf. »Von dem Ding da weiß ich alles. Wenn etwas daran zu tun ist, bin ich dein Mann. Natürlich mußt du bezahlen.«

»Klar«, gab Ellerby zurück. »Weißt du, die Außenarbeiten an einem von diesen Schmuckstücken, das kann ich – aber für den Motor bin ich nicht der Richtige. Vielleicht können wir uns zusammentun.«

»Vielleicht«, sagte Dale, und das gemeinsame Interesse minderte sein Mißtrauen.

Ich beantwortete seine ursprüngliche Frage. »Ich bin gekommen, weil du einmal gesagt hast, daß Sarah Byrnes ihre Brandnarben nicht von einem Topf Spaghetti hat, erinnerst du dich?«

»Ob ich mich erinnere? Sie hat mir doch fast den Kopf abgerissen, und da habe ich genau gewußt, daß ich recht hatte.«

»Und du glaubst das immer noch?«

Dale lächelte. »Ich habe jedenfalls nie gehört, daß sie es abgestritten hat. Du vielleicht? Aber was geht dich das überhaupt an?«

»Die Leute in der Klinik suchen nach dem Grund, warum sie mit dem Sprechen aufgehört hat.«

Dale lehnte sich an die Wagentür. »Das ist vielleicht eine Bande von Genies«, sagte er. »Man muß sie doch nur einmal angucken, dann hat man so viele Gründe, wie man nur braucht.«

Ich stimmte zu. »Ja, aber sie suchen mehr. Ich meine, sie hat doch immer so ausgesehen, aber mit dem Sprechen hat sie erst kürzlich aufgehört.«

»Über reden oder nicht reden weiß ich nichts, aber eines kann ich dir sagen. Diesen Spaghettitopf hat es nie gegeben, darauf kannst du dich verlassen.«

»Hat Sarah Byrnes dir das erzählt?«

»Nein, natürlich nicht. Narbengesicht hat keinem was gesagt. Aber ich weiß es. Ich habe sie ein paarmal mit ihrem Vater gesehen, und ich weiß es eben.«

»Wie ...«

Dale starrte mich an wie einen Haufen Hundedreck auf seinem Teller. »Habt ihr mal meinen Alten gesehen? Dann müßt ihr doch wohl glauben, daß ich es erkenne, wenn einer einen ekligen Vater hat. Ich habe Sarahs Dad einmal gesehen, und ich habe sofort gewußt, daß er sie regelmäßig verdrischt.«

»Und du meinst, ihr Vater hat sie verbrannt?«

Dale hob die Schultern. »Find's doch raus!« Er sah mich ein bißchen genauer an. »He, Fettkloß, du hast Gewicht verloren, oder? Und gewachsen bist du auch. Heute hätte ich's wohl nicht mehr so leicht, dir deinen ganzen Kram abzunehmen, wie?« Er lachte. »Sieht so aus, als hätte ich gerade rechtzeitig die Karriere gewechselt.«

»Nein, Dale«, sagte ich, »ich fürchte, es würde dir auch heute noch nicht besonders schwerfallen, mir was wegzunehmen.«

Ellerby ließ sich aus geschäftlichen Gründen Dales Telefonnummer geben, und wir verschwanden wieder.

»Was meinst du?« fragte ich Ellerby, als wir durch die dunklen Straßen wieder zur Autobahn fuhren.

»Ich finde, daß Dale Thornton in einem mächtig gruseligen Stadtteil wohnt«, sagte er. »Und er versteht etwas von Autos.« Dann beantwortete er meine eigentliche Frage. »Ich glaube, Leute wie Dale Thornton lügen nicht.«

»Du denkst also auch, daß Sarah Byrnes' Dad ihr etwas getan hat, ihrem Gesicht, meine ich?«

»Ich weiß nicht. Aber wenn ich etwas übers Schwimmen wissen will, dann frage ich Lemry. Wenn ich Fragen zu meinen Zähnen habe, frage ich meinen Zahnarzt.« Er schaute mich von der Seite an. »Man muß immer zum Experten gehen. Und wenn ich etwas über schlechte Erfahrungen mit dem eigenen Vater wissen will, dann ist Dale Thornton vielleicht die richtige Adresse.«

Ich lehnte mich zurück. Ellerby hatte recht, und ich bin schlau genug, um mir das auch schon gedacht zu haben. Aber Sarah Byrnes ist meine Freundin. Sie war bei mir, als ich sonst niemand hatte. Als mein Körper mich noch beschämt und gedemütigt hatte, sobald mich jemand anschaute, ist Sarah Byrnes, die fünfzigmal mehr Gründe hatte, beschämt und gedemütigt zu sein, mit mir gegangen. Sie war ein Stück von mir. Ich kann mir nicht vorstellen, daß jemand sie absichtlich so verletzt haben könnte.

# 7

Minuten vor dem zweiten Läuten stand ich hinter Brittain und Jody an Lemrys Pult. Da meine Ohren so scharf sind wie eine Telefonabhöranlage aus Nixons Weißem Haus, konnte ich gar nicht anders, als ihr Gespräch mitzuhören.

»Wir haben daran gedacht, aus dem Kurs auszuscheiden«, sagte Brittain zu Lemry.

»Wir?« fragte Lemry und hob die Augenbrauen.

»Jody und ich.«

»Zu anspruchsvoll?« fragte Lemry, aber sie meinte es nicht ernst. Brittain ist ein blendender Schüler. Der hat ein Gedächtnis wie ein Faxgerät.

»Nein«, sagte er. »Ich glaube, das thematische Material paßt nicht zu uns.«

Man muß kein Astrophysiker sein, um herauszufinden, daß Brittains geschwollene Sprechweise ihr mächtig in die feministische Nase stieg.

»Ich habe da ein wenig Schwierigkeiten mit den Personalpronomen«, sagte sie. »›Ich‹ – das bedeutet du in der Einzahl –, ›glaube, das thematische Material paßt nicht zu uns‹?«

Brittain nickte, während Jody nervös von einem Fuß auf den anderen trat. Ich brachte den Mund dicht an ihr Ohr. »Wenn du jemals einen Freund suchst, der für die Freiheit der Meinungsäußerung eintritt«, flüsterte ich, »dann wähle einfach 1-800-FAT-BOY.« In den letzten Tagen war ich zu dem Schluß gekommen, daß passive Bewunderung vielleicht nicht die beste Möglichkeit ist, zu einem Mädchen zu kommen. Sonst müßte Jody schon längst meine Freundin sein.

Sie lächelte nervös und trat einen Schritt von mir weg.

»Ich meine einfach, daß es nicht gut für uns ist, wenn wir dabeisitzen, während andere Gott beleidigen«, sagte Brittain und beachtete Lemrys Aufforderung nicht, sich sprachlich von Jody zu trennen. »Das ist ganz schlicht und einfach Blasphemie.«

»Dann sollte man doch meinen, daß Gott von dir erwartet, daß du dabeibleibst und ihn verteidigst.« Lemry schaute an Brittain vorbei auf Jody. »Jody, spricht Mark auch für dich?«

Jody nickte. »Ja. Ich meine, ich glaube schon. Wir haben beschlossen, unsere Wahlkurse in diesem Jahr gemeinsam auszusuchen.«

Lemry nickte. »Ich möchte wirklich nicht gern euer kleines Bündnis kaputtmachen, aber ich bin Pädagogin und kein Kontaktservice, und wenn jemand einen Kurs nach fünf Tagen verlassen will, dann braucht er dazu meine Unterschrift auf seiner Kurskarte. Deine will ich gern unterschreiben, Mark, da du nun einmal nicht bereit bist, für deine Überzeugungen einzutreten, und ich möchte nicht den Eindruck erwecken, daß die Schule deine religiösen Überzeugungen gefährdet. Deine Karte werde ich jedoch nicht unterschreiben, Jody, weil dein Wunsch, vierundzwanzig Stunden täglich mit deinem Freund zusammenzusein, kein ausreichender Grund für einen Wechsel ist. Selbstverständlich könnt ihr versuchen, euren Willen bei der Direktion durchzusetzen.«

»Nein«, sagte Jody ausdruckslos, »das ist schon in Ordnung.« Sie wandte sich um und wollte an ihren Platz zurückgehen.

Ich hatte das Gefühl, daß mein Verliebtsein nachließ. Das sah ja fast so aus, als wäre sie eine Marionette. Konnte dieses Mädchen denn niemals jemandem sagen, daß er sich zum Teufel scheren soll?

Brittain stand steif vor Lemrys Pult. Gesicht und Nacken wurden rot. »Das ist nicht fair«, sagte er in einem völlig kontrollierten Tonfall. »Sie verfolgen uns wegen unseres Glaubens.«

»Mark«, sagte Lemry geduldig, »ich habe gesagt, daß ich bereit bin, deine Karte für das Ausscheiden zu unterschreiben. Einige meiner Überzeugungen stimmen vielleicht sogar mit deinen überein. Aber es hat geläutet. Entweder du gibst mir jetzt deine Karte, oder du setzt dich an deinen Platz.«

Brittain schaute zu Jody hinüber, aber sie beachtete ihn nicht. Ich hatte vergessen, warum ich ursprünglich dort gestanden hatte, und ging zu dem Platz hinter Jody, den Brittain ja offenbar aufgeben wollte. »Entschuldigung«, sagte ich gerade laut genug, daß er es hören mußte, »ist dieser Platz noch frei?«

Brittain zerknüllte seine Karte und ging schnell zu seinem Platz, und ich trat bereitwillig beiseite. Tatsache ist, daß die Klasse ohne seinen Missionseifer nicht halb soviel Spaß gemacht hätte. Ich kehrte an meinen alten Platz auf der anderen Seite des Mittelganges zurück und fand einen sorgsam gefalteten Zettel auf dem Tisch liegen. Ich entfaltete ihn und las leise: »1-800-FAT-BOY hat nicht genug Ziffern für eine richtige Telefonnummer. Erbitte Auskunft.«

Sarah Byrnes saß mir bei unserem zur Gewohnheit gewordenen abendlichen Treffen gegenüber. Ich hatte den Eindruck, daß sie jedes Wort verstand, das ich sagte, und daß sie absichtlich nicht antwortete. Das machte mich ganz schön sauer. Heute wollte ich es endgültig herausfinden.

»Brittain wäre heute beinahe aus Lemrys Kurs ausgeschieden«, sagte ich, um bei der sogenannten normalen Konversation zu bleiben. »Ihn hätte Lemry ja gehen lassen, aber er hat versucht, seine Freundin mitzunehmen.« Ich erwähnte weder Jodys Zettel noch meine lustvollen Phantasien über sie. Noch nie habe ich es gerade einfach gefunden, mit Sarah Byrnes über mein gedankliches Liebesleben zu sprechen. Da sie sich bestimmt nicht vorstellen konnte, ein eigenes zu haben, wäre es mir grausam vorgekommen, davon zu reden.

Ich erzählte weiter vom ZAD-Kurs. »Wir haben sogar ein bißchen über dich gesprochen«, sagte ich. »Wie es sein muß, so verbrannt zu sein und alles.« Ich glaubte, ein Zucken zu sehen, aber damit war ich schon früher in Sackgassen geraten. »Allerdings hat Lemry das abgebrochen, weil du nicht dabei warst, um deine Erlaubnis zu geben oder deine eigene Meinung zu sagen.«

Nichts.

»Dale Thornton glaubt, daß dein Vater etwas mit deinen Verbrennungen zu tun hat.«

Mit einem Ruck hob sie den Kopf und schaute

mir so scharf in die Augen, daß es glatt für eine Hornhautoperation ausgereicht hätte. Sie preßte die Kiefer zusammen, aber dann, so plötzlich wie sie mich angeschaut hatte, ließ sie den Blick weiterwandern.

»Das habe ich mir gedacht«, sagte ich. »Du hast mich die ganze Zeit gehört. Du könntest sprechen, wenn du wolltest. Da halte ich jede Wette. Ich dachte, du wärst viel zu cool, um so ein Theater zu spielen.«

Nichts.

»Jedenfalls habe ich mich an das erinnert, was Dale an dem Abend gesagt hat, bevor es mit den ›Knusprigen Schweineschwarten‹ zu Ende ging, und als du ihm fast den Kopf abgerissen hast, weil er gesagt hat, du wüßtest über miese Väter genauso gut Bescheid wie er.« Aber der Schock war vorüber. Ich bedrängte sie noch ein Weilchen, aber dieses Mädchen hat einen stählernen Willen, und für heute mußte ich mich damit abfinden.

Ich sah die Schwester auf uns zukommen und dachte, daß ich Sarah Byrnes' Reaktion erwähnen sollte. Wenn ihr Verhalten nur eine Täuschung gewesen war, dann hatte das einen Grund, und wenn ich ihre Abwehr durchbrechen konnte, dann kam sie vielleicht wieder in Ordnung. Und wenn sie ihren Zustand nicht spielte und ich ihn nur für eine Sekunde aufgebrochen hatte, ehe sie sich wieder unter Kontrolle hatte, dann hatte sich gar nichts verändert. Ich wollte sie lieber noch ein paarmal auf die Probe stellen, ehe ich mit irgendeinem Menschen darüber sprach. Hm, vielleicht sollte ich eines Tages Psychologe werden.

Den Zettel, den Jody mir vor ein paar Tagen während Lemrys Kurs geschrieben hatte, ließ ich auf Ellerbys Hamburger fallen.

»Was ist das?« fragte er, nachdem ich den Zettel seinen fettigen Fingern wieder entrissen hatte.

»Meine amtliche Eintrittsgenehmigung in den Himmel«, sagte ich und lieferte ihm dann genug Informationen, damit er verstehen konnte, was ich meinte.

»Unvorstellbar!« sagte er, während er den Zettel las, den ich ihm hinhielt. »Und ich habe nie geglaubt, daß Jody Mueller etwas Reales ist. Ich meine, ich habe sie immer für Brittains selbstgeschaffene Frau gehalten.«

»Du mußt deine Meinung ändern. Das Mädchen hat verborgenen Geschmack.«

»Hast du ihr deine Telefonnummer gegeben?«

»Noch nicht.«

»Soll ich die Kellnerin bitten, die Heizung aufzudrehen?«

»Wieso?«

»Weil es fast so klingt, als hättest du kalte Füße. Sie hat dir diesen Zettel vor drei Tagen gegeben. Ich hätte noch vor Ende der Stunde meine Nummer mit einem nicht auswaschbaren Filzstift auf Brittains Krokodilhemd geschrieben, wenn ich in deinem Zustand gewesen wäre.«

Ich lachte. »Alles zur rechten Zeit. Hör zu, ich wollte dich eigentlich fragen, was du von der Stunde kürzlich bei Lemry hältst.«

Ellerby biß in seinen Hamburger. »Welchen Tag meinst du?«

»Als du über Sarah Byrnes gesprochen hast und über Scham.«

»Was soll ich dazu sagen?«

»Ellerby, ich kenne dich, seitdem ich zum erstenmal zum Schwimmen gekommen bin. In vier Jahren hast du keinen einzigen ernsthaften Satz gesagt.«

Er lächelte und lieferte eine Variation der alten Geschichte von dem Jungen, der in seinem ganzen Leben kein einziges Wort gesagt hat. An seinem siebzehnten Geburtstag schenkte ihm seine Mutter einen wunderschönen Geburtstagskuchen mit Buttercreme. Der Junge blies die Kerzen aus, schnitt den Kuchen an, unterbrach sich und legte das Messer aus der Hand. Und dann sagte er: »Mutter, ich will ja nicht unhöflich sein, aber ich habe lieber Schokolade auf meinem Geburtstagskuchen.« Selbstverständlich hat die ganze Familie gestaunt. Erst waren alle sprachlos, dann haben sie gejubelt und ihm auf die Schultern geklopft. Und als seine Mutter endlich fragte, warum er denn so lange kein Wort gesprochen habe, antwortete er: »Bis jetzt war ja alles okay.«

»Richtig«, sagte ich und sah zu, wie Ellerby den Hamburger mit dem dritten Bissen bewältigte.

»Ich habe nur gesagt, was ich glaube, das ist alles«, sagte er und schluckte.

»Ja, ich weiß. Ich hab's gehört. Nur, daß ich eben weder vorher noch nachher viel von dem gehört habe, was du glaubst.«

Ellerby lehnte sich zurück. »Glauben«, sagte er

lächelnd. »Vergiß nicht, du sprichst mit dem Sohn eines Predigers. Nimm dir lieber erst ein paar Stunden frei, bevor du mich damit anfangen läßt.«

Ich schaute auf die Uhr. »Ich will nirgends hin. Ich habe mich schon gefragt, wie es sein muß, der Sohn von einem Prediger zu sein. Ist das schwierig?« Ich hatte niemals gehört, daß Ellerby sich beklagt hätte.

Er schüttelte den Kopf. »Nicht bei meinem Vater.« Er deutete mit einer Kopfbewegung auf den Missionskreuzer vor dem Fenster.« Was meinst du wohl, wie es kommt, daß ich immer noch dieses Ding da fahre?«

»Ich habe mir gedacht, daß du wahrscheinlich zu Hause ebenso schwierig bist wie in der Schule.«

Er lächelte wieder. »Unsinn, Mann! Ein Wort von meinem Vater hätte genügt, und ich hätte den Wagen bis zum nächsten Morgen umgespritzt.«

»Ich habe mir nie vorgestellt, daß dein Vater einer sein könnte, der dir angst macht.«

»Tut er nicht. Ich würde es aus Respekt vor ihm tun.«

Mir wurde klar, daß ich Ellerby seit fast vier Jahren kannte und so gut wie nichts über seine Familie wußte. Manchmal stellte ich ihn mir als einen Waisenknaben vor, der von meiner Mutter durchgefüttert wurde.

»Als mein Bruder starb«, sagte Ellerby mit fast verträumten Augen, »das war eine schwere Zeit. Meine Mutter konnte nicht aufhören zu weinen, und mein Vater hat sich in seine Arbeit vergraben. Ich weiß noch, daß ich mir gewünscht habe, der

Sonntag sollte sich ein bißchen beeilen, weil ich dann wenigstens sicher sein konnte, meinen Vater in der Kirche zu sehen. Meine Mutter war so verstört, daß sie noch nicht einmal mit mir reden konnte, und nach ungefähr sechs Monaten habe ich gedacht, mein Bruder müsse wohl das einzige Kind in der Familie gewesen sein, über das man glücklich sein konnte. Ich habe mir in den Kopf gesetzt, daß eigentlich ich hätte sterben müssen. Und als Dad allmählich in das normale Leben zurückkehrte, war er so sehr damit beschäftigt, sich um Mutter zu kümmern und die Kirche zu verwalten, daß er mich ganz vergessen zu haben schien. Ich war bloß ein kleines Stück Dreck. Also habe ich meine Sachen in die alte Sporttasche meines Bruders gepackt und bin weggelaufen zu meinem Onkel.

Das Problem war nur, daß mein Onkel an der Ostküste lebt. Polizisten haben mich fünf Häuserblocks von daheim aufgegriffen und Dad angerufen. Als er zum Bahnhof kam, bin ich auf ihn zugelaufen, habe den Kopf an seine Brust gedrückt und herausgeheult, wie leid es mir tat, daß es Johnny sein mußte und nicht ich, und Dad kniete neben mir auf dem Zementboden nieder und erzählte mir, wie erstarrt er die ganze Zeit gewesen war. Von diesem Tag an habe ich niemals einen besseren Freund gehabt.«

Ellerbys Augen leuchteten, und er fuhr ruhig fort: »Mann, ich habe für meinen Vater das Gesicht Gottes für immer verändert.«

»Wie meinst du das? Wodurch?«

»Weil ich ihn dazu gebracht habe, einem Neunjährigen zu erklären, warum Gott den Sohn eines Predigers sterben läßt, der selbst Prediger werden will. Ich habe ihm gesagt, Gott müsse doch dumm sein, wenn er sich einen solchen Prediger wie meinen Bruder entgehen ließe. Ich habe gesagt, wenn man ein Prediger ist, dann müsse man doch ein bißchen Anspruch auf etwas mehr Schutz haben. So wie Polizisten einander keine Strafzettel schreiben, verstehst du?«

»Und was hat er gesagt?«

Ellerby lächelte. »Er sagte, genau so habe er auch gedacht. Daß er mindestens so überrascht war wie ich, als es geschah. Das war jedenfalls der Zeitpunkt, an dem wir uns zusammengesetzt haben, um so eine Art Stellenbeschreibung für den lieben Gott zu entwerfen. Einen Teil davon hast du kürzlich gehört.«

»Brittain hast du damit ganz schön getroffen.«

»Burschen wie Brittain fürchten sich vor solchen Gedanken. Sie möchten nicht für alles verantwortlich sein. Sie fallen am Beckenrand auf die Knie, anstatt sich darauf zu konzentrieren, so gut wie möglich zu schwimmen. Darum habe ich das über deine Freundin Sarah Byrnes gesagt. Mein Leben lang ist sie um mich gewesen, und ich habe nichts getan. Ich bin soweit wie möglich von ihr weggeblieben, weil ich nicht gern an ihre Schmerzen denken wollte. Aber das ist feige. Wenn man etwas weiß, dann kann man es nicht mehr ungewußt machen.« Er faltete die Hände hinter dem Kopf. »Dad und ich sitzen jede Woche ein paar Stunden zusammen und beobachten Gottes Wirken, weil wir herausfinden wollen, wie Menschen wie Brittain denken. Du verstehst: Man muß über den Feind Bescheid wissen.«

Ellerby stand auf. »Und das, mein Freund, ist ungefähr soviel philosophischer Kram, wie ich an einem Abend verkraften kann. Los, lassen wir den Missionskreuzer an und breiten wir das Wort Gottes aus!«

Einige Minuten vor Mitternacht hielt der Kreuzer vor meinem Haus. »Schlaf ein bißchen«, sagte Ellerby. »Wir haben morgen einen schweren Tag.« Er blinzelte durch das Seitenfenster. »Guck mal, ist das nicht der Kombi von Dale Thornton?«

Ich legte die Hände über die Augen, um besser sehen zu können. »Kaum vorstellbar, daß es gleich drei von diesen Dingern geben soll.« Während ich das sagte, wurde die Tür des Kombis geöffnet, und Dale stieg aus. »Was der wohl will? Du hast doch nicht etwa kürzlich etwas aus seiner Garage mitgehen lassen, oder?«

Wir begegneten Dale mitten auf der Straße. »He, Mann«, sagte Ellerby, »du hast die Karre tatsächlich in Gang gekriegt?«

Dale hängte seine Daumen in die Gürtelschlaufen, eine Geste, die bei ihm früher immer anzeigte, daß er mich gleich in den Hintern treten oder mir mein Taschengeld abnehmen wollte. »Ja, war keine große Mühe«, sagte er. Seine Augen wanderten von einem zum anderen.

»Bist du sauer?« fragte ich.

Dale lächelte unsicher. »Warum sollte ich?«

»Um ehrlich zu sein, ich habe dich noch nie anders als sauer gesehen. Es war also bloß eine Vermutung.«

Er schaute zu Boden. »Ich war nicht immer so«, sagte er. »Ich mußte nur dafür sorgen, daß alle anderen Angst vor mir hatten.«

»Das hast du geschafft. Warum bist du so spät noch unterwegs?«

»Ich habe nachgedacht«, sagte er, »über das, was ihr kürzlich bei mir über das Narbengesicht gesagt habt.«

»Und?«

»Ist sie wirklich in der Klapsmühle, wie du behauptest?«

Ich nickte. »Ja. Warum?«

»Hm«, sagte er unsicher. »Eine Zeitlang waren wir ja ziemlich gute Freunde. Nach dieser blöden Zeitung, als sie böse auf dich war, weil du plötzlich nur noch die Schwimmerei im Kopf hattest.«

»So?«

»Ja. Sie hat mir ein paarmal aus der Klemme geholfen. Sie hat mich erzählen lassen, ohne darüber zu reden und so …«

»Ja«, sagte ich.

»Ich habe gedacht, ist vielleicht gut, wenn ich dir noch etwas anderes sage. Ich habe ihr versprochen, daß ich das nie tun würde, aber ich will nicht, daß sie in irgendeinem Irrenhaus verrottet. Ich habe da eine Tante …«

Ich wartete, Dale schaute wieder auf das Pflaster und stieß einen Stein aus dem Weg. »Man muß sehr vorsichtig sein, mit dem, was man tut. Ich meine, wem man so was erzählt …«

»Okay.«

»Man kann das nicht einfach jedem sagen.«

»Okay, ich sage nichts weiter. Erzähl schon!«

»Ich weiß, daß die Narben von keinem Spaghettitopf stammen, weil sie es mir anders erzählt hat.«

»Was hat sie gesagt?«

»Sie hat gesagt, daß ihr Vater ihr Gesicht gegen einen glühenden Holzofen gedrückt hat.«

Das traf mich so heftig in die Magengrube, daß meine Knie weich wurden. »Mein Gott, willst du wirklich so was Unmögliches behaupten?«

Dale warf einen Seitenblick auf Ellerby, schaute dann wieder mich an. »Glaubst du, ich würde mitten in der Nacht zu dir gefahren kommen, weil ich dir irgendwelchen Blödsinn erzählen will?«

Für Dale ist es das Schlimmste auf der Welt, wenn man ihn einen Lügner nennt. Das durfte ich nicht vergessen.

»Nein, so habe ich das nicht gemeint. Ich meine nur ... Mensch, Dale, bist du ganz sicher?«

»Ja, ich bin sicher. An dem Abend, an dem sie mir das erzählt hat, wollte sie sich umbringen.«

Mein Gott, ich hatte ja keine Ahnung! »Wie hast du sie daran gehindert?«

»Ich habe ziemlich heftig zuschlagen müssen«, sagte er. »Sich umbringen, das ist ja nun wirklich kein Ausweg.«

Ich sah Ellerby an, der gerade seine persönliche Bestzeit an Sprachlosigkeit übertroffen hatte. Im dämmrigen Licht der Straßenbeleuchtung sah sein Gesicht ganz blutleer aus. Er fragte: »Warum hast du es keinem gesagt?«

»Sie hat es mir verboten.«

»Ja, schon«, sagte Ellerby, »aber ...«

»Da gibt's kein Aber. Ich habe gesagt, ich würde den Mund halten, und das habe ich getan. Und wenn ich mit irgendeinem geredet hätte – konnte ich denn sicher sein, daß er auch den Mund halten würde?«

»Ich weiß nicht«, gab Ellerby zu. »Polizisten ... Leute vom Kinderschutzbund ...«

Dale lachte kurz auf und spuckte auf den Boden. »Mist! Wann bist du denn geboren, Mann? Solche Leute hören doch Burschen wie mir gar nicht erst zu. Ich habe Narbengesicht mein Wort gegeben, daß ich den Mund halten würde, und genau das habe ich getan. Bis jetzt. Aber ich will nicht, daß sie in irgendeinem verdammten Irrenhaus verkommt. Das habe ich ja schon gesagt. Vielleicht sind wir heute nicht mehr so gute Freunde, aber wir waren es doch mal!«

Ich legte ihm die Hand auf die Schulter, aber er wich zurück. »Hör zu«, sagte ich. »Wir denken darüber nach, mit wem wir reden können. Wir werden vorsichtig sein. Danke, daß du gekommen bist, Mann! Wirklich, ich bin dir was schuldig!«

Dale lachte. »Dann her mit deinem Taschengeld!«

# 8

»Einige von euch haben Schwangerschaftsabbruch zum Thema gewählt«, sagte Lemry gegen Ende der Stunde und blickte in die Liste, die sie in der Hand hielt. »Da großes Interesse an diesem Thema besteht, werde ich einige Tage für die Diskussion vorsehen, damit jeder genug Zeit bekommt.« Sie trat vor das Pult und nahm ihre Lesebrille ab. »Ich möchte euch warnen. Dieses Thema kann einem leicht entgleiten. Erwachsene können damit nicht sehr gut umgehen. Es würde mich überraschen, wenn es niemanden in diesem Raum gäbe, der aus eigener Erfahrung oder durch Freunde mit diesem Thema zu tun hatte. Ich werde die Zügel also straff in der Hand behalten. Ich werde mir erlauben, jeden von der Diskussion auszuschließen oder sogar aus dem Raum zu weisen, der respektlos mit den Meinungen anderer umgeht. Das bedeutet nicht etwa, daß ihr juristische Schwierigkeiten bekommt, sondern nur, daß ich dann eine Pause für nötig halte. Selbstverständlich hat jeder von euch das Recht auf seine Meinung, aber ihr seid auch für einen fairen Umgang miteinander verantwortlich.«

Sie fragte nicht, ob wir ihr zustimmten. Im Laufe der letzten drei Wochen hatten wir unter anderem einige recht hitzige Diskussionen über Kindesmißbrauch, Frauenrechte und Rassismus, und es wurde klar, daß die schwierigen Probleme fast immer ineinander übergreifen. Wir fingen an, über das eine zu reden, endeten schließlich bei einem ganz anderen Problem, und niemand wußte, wie wir darauf gekommen waren. Ich denke, Lemry wußte es.

Ich war ein bißchen außer Tritt geraten. Jody saß auf der Zuschauertribüne und beobachtete Brittain, und mir ging ihr Zettel nicht aus dem Kopf. Ich schaffte meine Zeitstandards, aber wenn ich mich auf den Ausschwimmbahnen entspannen sollte, schweiften meine Gedanken ab.

Immer habe ich versucht, in Herzensangelegenheiten ganz cool zu bleiben. Als heranwachsender Fettkloß habe ich mir nie vorstellen können, daß es jemals ein Mädchen für mich gäbe. In der Junior High School habe ich den beliebten Kids zugesehen, wenn sie beieinander standen und ihre Jungen-und-Mädchen-Spiele spielten, und ich habe sie für blöd gehalten und allerlei Gemeinheiten in Sarah Byrnes' und meiner Zeitung über sie geschrieben. Die Wahrheit ist aber, daß es manchmal so weh getan hat, daß ich am liebsten gestorben wäre. Ich habe mir gesagt, die Art von Freundschaft, die ich mit Sarah Byrnes teilte, sei die bessere. Ich glaube, die meisten Menschen reden sich ein, nicht haben zu wollen, was sie nicht kriegen können, weil das Leben dann erträglicher wird.

Als ich mit dem Schwimmen anfing und dadurch äußerlich nicht mehr so sehr isoliert war, änderte sich das ein wenig. In den letzten Jahren haben sogar ein paar Mädchen Interesse an mir gezeigt, aber das waren nicht gerade die, an denen ich auch interessiert war. Natürlich habe ich daran gedacht, trotzdem mit ihnen zu gehen, damit mich keiner für einen Außenseiter halten konnte, aber ich hab's dann doch nicht getan.

Bis jetzt habe ich immer versucht, mein Alleinsein auf diesem Gebiet einfach wegzulachen, aber ich weiß, daß das eine ernste Sache ist, mit der ich mich eines Tages auseinandersetzen muß. Ich wünschte, meine Mutter könnte mir dabei mehr helfen, aber sie behandelt die Liebe einfach wie eine Art Freizeitvergnügen. Ich glaube, mein Vater hat ihr ziemlich weh getan, obwohl sie darüber nie viel gesagt hat, vielleicht weil ich von ihm ebenso viele Gene in mir habe wie von ihr – und gleich zweimal soviel sichtbare – und sie will nicht, daß ich denke, es wäre etwas mit mir nicht in Ordnung, weil mein Vater ein Blödmann war. Eines Tages muß ich mich mal zu einer ernsthaften Diskussion mit ihr zusammensetzen.

Und nun war da Jody. Sicher, sie saß wegen Brittain auf der Zuschauertribüne, also hatte sie vielleicht ihre Meinung geändert, seitdem sie mir diesen Zettel geschrieben hatte. Aber sie war jetzt immerhin eine Möglichkeit. Wie Ellerby sagte: Was bekannt geworden ist, kann nicht mehr unbekannt gemacht werden, und ich hatte diesen Zettel in das Schränkchen über dem Kopfende meines Bettes eingeschlossen. Und er war bekannt geworden. In einem biblischen Sinne. Ich hatte seine Existenz in mich aufgenommen, jawohl. Ellerby hatte recht – ich hätte schneller handeln sollen. Je länger ich wartete, desto mehr Gründe konnte ich mir ausdenken, warum der Zettel etwas ganz anderes bedeutete, als ich mir anfangs eingeredet hatte.

»Und jetzt eine richtige Dampfwalze!« rief Lemry. »Eine Bahn schnell, eine langsam, zwei schnell, eine langsam und so weiter bis zehn und dann wieder zurück!« Ich rechnete im Kopf aus: Das bedeutete hundert schnelle und neunzehn langsame Bahnen. Mein Gott, würde ich froh sein, wenn wir in ungefähr einem Monat zu den Staatsmeisterschaften führen. Da ich Langstreckler bin, wurde natürlich von mir erwartet, daß ich jetzt am besten abschnitt.

Brittain und Ellerby übernahmen die Spitze. Die erste Bahn war ein 25-Meter-Sprint, gefolgt von einer langsamen Bahn und einem 50-Meter-Sprint. Sie zogen auch bei der vierten Bahn, einem 100-Meter-Sprint, noch immer weg von mir, aber dann verringerte sich der Abstand. Meine langsamen Bahnen waren schneller als ihre, und als wir bei sechs und dann bei sieben schnellen Bahnen angelangt waren, kam mein Vorrat an Ausdauer ins Spiel. Bei acht waren wir gleichauf, und von da an gewann ich mit jedem Zug an Vorsprung. Bei zehn schnellen Bahnen sahen sie von mir nur noch eine Staubwolke – eine Schaumwolke, besser gesagt. Nie fühle ich mich so wohl und so sicher wie in der zweiten Hälfte eines harten Langstreckentrainings. Ich klage und stöhne wie alle anderen, wenn ich Lemrys Trainingsplan an der Tafel lese, aber wenn ich erst dabei bin, dann bin ich in meinem Element. Wer vor mir ist, darf sich nicht ausruhen, denn je mehr Zeit vergeht und je länger die Strecke ist, desto stärker werde ich. Wenn ich neunzig werde, dann werde ich in einer Silvesternacht über die Beringstraße schwimmen und ins Guinessbuch der Rekorde kommen, nehme ich an. Hoffentlich gibt es dann Brittain noch, damit ich einen habe, den ich richtig hassen kann. Aber er wird dann wohl schon ein sicheres Plätzchen im Himmel haben und keinem mehr wie eine Laus im Fell sitzen.

Ich schwamm die abnehmenden Sprints herunter. Acht schnelle und immer weniger. Ellerby hatte sich von Brittain gelöst, aber er war ein ganzes Stück hinter mir, und ich brauchte eine Herausforderung. Also dachte ich mir, daß es doch hübsch wäre, den alten Mark hochzunehmmen; zumal Jody auf der Tribüne saß und zuschaute. Eigentlich sollte ihn das nicht stören. Er ist ein Sprinttalent, kein Langstreckler. Aber ich habe meine Jahre als Fettkloß vor allem dadurch überstanden, daß ich eine Pubertätspsyche behalten habe, und ich weiß, daß er lieber seine eigene Leber verspeisen würde, als zuzulassen, daß Jody sieht, wie ich schon im flachen Wasser stehe, während er noch zwei Bahnen zu schwimmen hat. Nein, für besonders sensibel hat mich noch nie einer gehalten.

Kopfjägerei ist hier ganz in Ordnung. Ich würde die langsamen Bahnen schneller schwimmen müssen, ohne daß er es merkte, denn sobald es ihm auffiele, würde er mithalten.

Als ich die sieben schnellen Bahnen hinter mir hatte, waren wir an den entgegengesetzten Enden des Beckens, und mir stand eine langsame Bahn zu. Statt dessen schwamm ich los, sobald ich gewendet hatte, wurde langsamer, als wir aneinander vorbeischwammen und legte dann wieder mächtig zu. Ich glaubte nicht, daß er etwas gemerkt hatte, also würde ich die Chance haben, nach den sechs schnellen Bahnen wieder ein paar Meter zu gewinnen. Es war ganz leicht. Hoffentlich gefiel es Jody.

»Abtreibung«, sagte Lemry, während sie im Raum auf und ab ging, »ist ein delikates Thema, also bitte ich noch einmal darum, behutsam damit umzugehen. Ich habe ziemlich heftige Kommentare dazu gelesen, und es ist klar, daß diejenigen unter euch, die dieses Thema gewählt haben, sehr engagierte Meinungen haben. Vermutlich gilt das auch für andere. Um der Diskussion willen solltet ihr eure Gefühle im Zaum halten und eure Meinungen mit rationalen Argumenten vertreten.«

Ich wollte mich mindestens in der ersten Runde ruhig verhalten. Ich wußte sicher, daß Brittain und zwei andere im Kurs – Sally Eaton und Cynthia Parrish – vor der Frauenklinik im Deaconess Hospital Mahnwachen gehalten haben, weil dort Abtreibungen vorgenommen werden. Und Jody war auch mindestens einmal dabeigewesen. Außerdem war es zwar verhältnismäßig leicht, sich mit Brittain im Schwimmbecken auseinanderzusetzen, aber wenn es in einer Diskussion gegen seine religiösen Überzeugungen ging, dann flippte er aus. Ich wußte nicht einmal genau, was ich von dem Thema halten sollte. Ich glaube, die Entscheidung muß bei der Frau liegen, aber das liegt daran, daß meine Mutter immer so offen gewesen ist. Und ich mußte mir schließlich keine Gedanken darüber machen, schwanger zu werden (was ich Lemry besser nicht hören ließ, wenn ich nicht am Ende der Stunde Liegestütze machen wollte). Wenn sich in meinem Leben nicht etwas sehr drastisch veränderte, würde ich in absehbarer Zukunft auch kaum die Ursache für eine Schwangerschaft werden können. Mr. Moby Calhoune ist in drei aufeinanderfolgenden Jahren zu dem Sexmuffel gewählt worden, der die größten Aussichten hat, zum Papst ernannt zu werden.

»Wer möchte anfangen?« Papiere raschelten, Blicke senkten sich auf die Tische. Lemry blätterte in den eingereichten Texten. »Miss Eaton hat ein sehr ausführliches Exposé abgegeben. Kannst du uns eine Kurzfassung von dem liefern, was du geschrieben hast?«

»Ja, sicher«, sagte Sally. »Unbestreitbar ist Abtreibung Mord. Ein Fötus kann sich nicht selbst verteidigen, aber er ist ein Lebewesen wie Sie oder ich. Befürworter der freien Entscheidung bestreiten das, weil der Fötus nicht sprechen und in keiner uns bekannten Weise kommunizieren kann. Aber wenn man die Entwicklung des Lebens zwischen Zeugung und Geburt betrachtet, eine Entwicklung, die größer ist als in jeder anderen Zeitspanne zwischen Geburt und Tod, kann niemand guten Gewissens sagen, daß es sich nicht um Leben handelt. Wer ein Leben zerstört, ist ein Mörder.«

Uff! Lemry mußte beeindruckt sein. Ich war es jedenfalls.

»Brittain?«

»Ich hätte es nicht besser ausdrücken können«, sagte Mark. »Tatsächlich werden potentielle Mütter und Menschen, die sich mit potentiellen Müttern zusammentun, um Abtreibungen zu ermöglichen, dafür bis in alle Ewigkeit in ihrem Leben nach dem Tode zu zahlen haben.«

Lemry nickte. »Aber wir wollen die Diskussion etwas mehr in der Gegenwart halten, ja? Religionen und Glaubenssysteme werden wir zu einem anderen Zeitpunkt besprechen.«

»Das ist eben das Problem«, widersprach Brittain. »Man kann diese Frage nicht von der religiösen Wahrheit trennen. Nur wenn sie das tun, haben Befürworter überhaupt ein Argument. Aber es gibt Gesetze, die mächtiger sind als jedes menschliche Gesetz. Man kann über Abtreibung nicht diskutieren, ohne die Gesetze Gottes einzubeziehen.«

»Das ist einzusehen«, sagte Lemry. »Aber wir brauchen Grenzen für unsere Diskussion, sonst wird Ellerby als nächstes jeden selbsterklärten Propheten, jeden Guru, jeden Stammeshäuptling und jeden Fernsehmoderator ins Spiel bringen, und dein religiöses Argument ginge dann verloren. Du wirst wiederholen, daß die Bibel das Wort Gottes ist, Ellerby wird dir raten, das doch einmal den zwanzig Milliarden Moslems und Chinesen zu erzählen, weil Ellerby nun einmal zu Übertreibungen neigt. Dann wirst du den Glauben ins Feld führen, und Ellerby wird mit Bibelauslegungen antworten, was du dann als bloße Wortspielerei und die Flucht vor der Verantwortung des Menschen vor Gott bezeichnen wirst. Nach eurem eigenen Gefühl werdet ihr beide recht haben, nichts ist gelöst, und die wenigen Teilnehmer an diesem Kurs, die dann noch nicht eingeschlafen sind, werden euch beide für unausstehlich halten.« Das alles sagte sie in einem Atemzug. Nicht schlecht. »Also halten wir fest, daß dein Glaube dir sagt, daß jeder, der an einer Abtreibung beteiligt ist, dafür in einem künftigen Leben büßen muß. Und dabei wollen wir es bewenden lassen.«

Megan Buckman hob die Hand. »Abtreibung ist kein Mord«, sagte sie. »Es ist eine Entscheidung.«

»Klar ist es eine Entscheidung«, bestätigte Brittain. »Die Entscheidung, einen Mord zu begehen.«

Megan redete durch ihn hindurch. »Es ist die Entscheidung, kein Kind haben zu wollen. Wenn wir dabei von Mord reden, dann ist das nur die Vorwegnahme des gewünschten Ergebnisses. Damit stellen wir einer rationalen Entscheidung Emotionen als Hindernisse in den Weg.«

»Ein Fötus ist ein Lebewesen«, wandte Sally ein. »Ganz schlicht und einfach. Ein Leben nehmen heißt morden. Daran ist nichts Emotionales.«

Ellerby hörte aufmerksam zu und hielt sich zurück, was für ihn ungewöhnlich war. Nichts erregt Ellerby mehr als ein gutes Wortgefecht. Mich überraschte auch, daß wir noch nichts von Jody gehört hatten.

Megan holte tief Luft. »Unter Wissenschaftlern ist umstritten, wann Leben wirklich beginnt.«

»Nur unter Wissenschaftlern, die Abtreibungen brauchen«, sagte Sally. »Man muß nicht gerade Albert Einstein sein, um zu erkennen, daß etwas Wachsendes, das Nahrung benötigt, lebendig ist.

Wäre das auf dem Mars entdeckt worden, würde man es ganz bestimmt als Leben bezeichnen.«

Treffer!

Megan blieb unnachgiebig. »Dann könnte man auch sagen, daß alles, was gegen den Strom schwimmt und mit dem Kopf gegen die Wand eines weiblichen Eis stoßen kann, bis es sie durchbricht, schon Leben ist. Das bedeutet, daß ein Junge jedesmal einen Mord begeht, wenn er sein Liebesleben in die eigene Hand nimmt. Absichtliche Zerstörung von Sperma wäre nach diesem Argument Massenmord.«

Mensch, Megan! Jetzt bist du fast am Ziel.

Lemry hatte die Andeutung eines Lächelns im Gesicht, doch sie sagte nichts. Irgendwie ließ sie die festen Zügel wohl ein wenig schleifen.

»Um menschliches Leben handelt es sich erst, wenn die zwei vereinigt sind«, sagte Sally. »Das ist ja eben das Schöne am Zusammensein zweier Menschen.«

Megan wich nicht zurück. »Aber wir suchen hier nach der Grenze zwischen Leben und Noch-nicht-Leben. Wir müssen also schon überlegen, so gut wir können. Nach deiner Definition wäre die absichtliche Vernichtung von Sperma Mord, besonders, wenn man weiß, daß dieses Sperma zu seinem eigentlichen Zweck verwendet werden könnte – und alle Jungen in diesem Kurs haben am Sexualkundeunterricht teilgenommen.«

Mein Gott, vor ein paar Minuten war ich noch ein einfacher Bursche, der seine Hausaufgaben meistens pünktlich lieferte und sich in der Schwimmhalle abmühte, recht schnell von einem

Ende des Beckens zum anderen zu kommen – und plötzlich war ich ein Sohn Samuels. Vielleicht war ich auf diesem Gebiet sogar Weltrekordhalter.

»Sally und Megan lenken die Diskussion in die klassische Richtung, wenn auch vielleicht etwas weit«, sagt Lemry. »Und ich muß sagen, meine Damen, ihr habt eure Hausaufgaben gemacht. Hat sonst noch jemand einen Gedanken beizutragen? Wenn nicht, dann solltet ihr euch Gedanken machen. Das Thema ist nicht erschöpft. Wie steht es mit dir, Moby?«

»Ich habe gerade überlegt, was ich sagen soll, wenn ich mich den Behörden stelle«, sagte ich und starrte auf meine Tischplatte. »Ja, Herr Kommissar, ich weiß, daß Sperma ein Baby machen kann, aber ich hindere es handgreiflich daran.« Ich erntete ein Lachen und sogar ein paar weibliche Kreischer.

»Menschen, die über etwas so Ernsthaftes Witze reißen«, sagte Sally, »sind entweder schlecht informiert, oder sie haben nicht genug Mut, für ihre Meinungen einzutreten.«

Das machte mich ein bißchen verlegen. »Hör zu, Sally. Wenn ich nichts gesagt habe, dann liegt das nur daran, daß Mrs. Lemry eine Lösung verlangen wird, und ich habe keine. Wenn ich alles ernst nehmen würde, was ich bis jetzt gehört habe, dann müßte ich annehmen, daß alle Jungs hier im Raum den größten Teil ihres Erwachsenenlebens im Knast verbringen müssen und gerade erst rechtzeitig wieder herauskommen, um zur Hölle zu gehen. Und wahrscheinlich könnte man dann auch jedes Mädchen anklagen, das wissentlich ein Ei unbefruchtet bleiben läßt. Aber nach Brittains Vorstellungen muß sie dafür ja verheiratet sein, also müßte jeder für alle Fälle spätestens mit zwölf heiraten. Mit anderen Worten: die Geschichte wird ziemlich lächerlich.«

»Dieses Sperma-und-Ei-Argument kommt nicht von mir«, sagte Sally, »sondern von Megan. Und sie hat es dazu verwendet, ein vernünftiges Argument lächerlich zu machen.«

Ich sagte: »Vielleicht. Aber selbst wenn du dieses Argument fallenläßt, bleibt noch genug Raum für die Frage, wann menschliches Leben beginnt. Ja, es kann sich vom Augenblick der Empfängnis an zu einem Baby entwickeln. Aber es ist kein Baby. Es hat nicht die Ausstattung eines Babys: Arme, Beine, Augen. Sicher, das alles wird kommen, aber es ist noch nicht da.« Das meiste von alledem hatte ich von meiner Mutter gehört. Ich beschäftige mich nicht sehr mit solchen Fragen. Ich reagierte nur darauf, daß Sally mich vor der Klasse angegriffen hatte.

»Aber von der Empfängnis an ist alles in Entwicklung begriffen. Es ist unmöglich, eine Grenze zu ziehen«, sagte Sally.

»Sicher gibt es die!« fiel Megan ein. »Wir ziehen die Grenze genau dort, wo wir sie ziehen wollen. Die Veränderungen der Abtreibungsgesetze beweisen es.«

Brittain explodierte. »Es gibt ein höheres Gesetz! Begreift ihr denn nicht? Es gibt ein höheres Gesetz, und das ist unabänderlich!«

Lemry hob die Hand. »Immer mit der Ruhe, Mark! Wenn man es genau nimmt, haben wir hier eine recht geordnete Diskussion. Jody, was meinst du?« Ha, diese Lemry kann ganz schön hinterhältig sein!

Jody warf einen Seitenblick auf Mark. »Ich möchte gern mit Mark übereinstimmen«, sagte sie, und in ihrer Stimme war eine ungewohnte Festigkeit. »Aber jedesmal, wenn ich etwas für absolut halte, stellt sich heraus, daß es nicht absolut ist. Also kann ich nur sagen: Ich weiß es nicht.« Wenn Blicke töten könnten, wäre Jody zu Hackfleisch verarbeitet worden.

Lemry ließ den Blick durch den Raum schweifen. »Steve Ellerby«, sagte sie und schaute auf die Uhr, »ich bin bisher niemals länger als fünf Minuten mit dir in einem Raum gewesen, ohne dir sagen zu müssen, daß du den Mund halten sollst. Du machst mir Sorgen.«

Ellerby lächelte. »Okay, ich wußte, daß Sie sich gern Sorgen um mich machen.«

»Irrtum«, gab Lemry zurück. »Nur, falls du im Endstadium einer Krankheit sein solltest und während meines Unterrichts tot zusammenbrichst, dann muß ich mich vor der Schulleitung verantworten, und dafür bin ich zu dicht vor der Pensionierung. Bilde dir also nichts auf meine Besorgnis ein.«

»Ich finde, sie protestiert zuviel«, sagte Steve zur Klasse. »Aber da Sie mich nach meiner Meinung gefragt haben …« Er überschaute schnell den Raum. Ellerby liebte es, ein Publikum zu haben. »Ich finde, die Frage, wann das menschliche Leben beginnt, zwar sehr hübsch, aber sie führt in eine Sackgasse. Wenn wir dabei zu lange bleiben, wird irgendwann einer den anderen auf die Nase hauen, oder Brittain erleidet einen Herzinfarkt. Im Ernst, Sally, die meisten Leute, die vom Recht auf Leben reden – und ich kenne eine Menge davon, weil sie ziemlich regelmäßig in unser Haus kommen, um zu erklären, wie sehr sie meinen Dad hassen – die meisten jedenfalls machen sich viele Gedanken um das Leben im Mutterleib und um das Leben nach dem Tode, aber um das Leben nach der Geburt kümmern sie sich einen Dreck. Man muß sich doch nur umsehen, dann merkt man, wie es damit aussieht. Auf der ganzen Welt verhungern Menschen. Sie verbringen ihr Leben damit, etwas zu finden, womit sie sich den Magen füllen können. Aber sie finden es nicht, und dann sterben sie. Und um die Wahrheit zu sagen, die Menschen, die anscheinend bereit sind, bis zum Tode für die Ungeborenen zu kämpfen, oder die wenigstens bereit sind, mit einem Spruchband vor einer Abtreibungsklinik zu stehen, sind oft genug politisch dagegen, den Kindern auch etwas zu geben. Vom Augenblick ihrer Geburt an sind sie auf sich gestellt.«

Ellerby schüttelte verzweifelt den Kopf. »Oder sehen wir uns doch in unserem eigenen Lande um. Nehmen wir Babys, die keinen Hunger leiden, die aber niemand haben will und die nur das Leben ihrer Mütter unmöglich machen. Ich kenne da eine Mutter in der Kirche meines Vaters. Sie hatte ein Baby, und das hat einen bleibenden Gehirnschaden davongetragen, weil der Freund der Mutter das Kind verprügelt hat, als es erst vier Monate alt war; so geprügelt, daß es einen Schädelbruch hatte. Ein zweites Baby ist mit einem Alkoholsyndrom geboren worden, weil die Mutter aus Trauer über ihr erstes Baby soviel getrunken hat, daß sie das zweite förmlich überschwemmt hat. Jetzt ist sie wieder schwanger. Sie will das Kind nicht, aber sie weiß auch, daß sie es nicht zur Adoption freigeben wird, wenn sie es trotzdem bekommt. Das kann sie einfach nicht. Sie will es nicht haben. Sie arbeitet in einer Schule und scheint ihr Leben jetzt ziemlich im Griff zu haben, aber sie fürchtet, daß diese Schwangerschaft sie endgültig schaffen wird. Und ich kenne diese Frau. Wenn sie sagt, das Baby wird sie endgültig schaffen, dann ist das auch so.« Er hob die Hände. »Ich glaube, man kann diese ganze Diskussion nicht führen, ohne auch über die Qualität des Lebens zu reden. Nicht einfach über Leben. Über Lebensqualität!«

Sally war still und schien über die Frau nachzudenken, die Ellerby geschildert hatte. Lemry nahm die Zügel wieder auf. »Wo stehen wir jetzt also?«

»Wenn wir uns nach Ellerbys Unsinn richten«, sagte Brittain bissig, »dann sind wir verloren. Die Welt ist hart. Es gibt strenge Regeln. Ellerbys Geschichte ist traurig. Aber die Regeln sind eindeutig. Wer den Geschlechtsverkehr ausübt, riskiert eine Schwangerschaft. Wer schwanger wird, ist für das Baby verantwortlich. Dann besteht die Pflicht, das Baby zu gebären. Ellerby hat zwar viel über diese Frau gesagt, aber er hat nicht behauptet, sie hätte nicht gewußt, wie Babys gemacht werden. Sie hat sich geschlechtlich hingegeben, und folglich muß sie auch die Konsequenzen tragen.«

Wenn ich mich zurückhalten könnte, dann hätte ich mich damit zufriedengegeben, Brittain im Schwimmbecken zu demütigen. Aber wir waren nun schon seit ein paar Stunden nicht mehr im Wasser gewesen, und ich kann nun einmal nicht warten. Brittains »christlicher Weg« war so verdammt unerbittlich. Vielleicht liegt es daran, daß ich immer schon fett war oder daß ich mit Sarah Byrnes aufgewachsen bin, aber wenn er so selbstgerecht über Leute redete, denen es dreckig ging, dann wurde ich feindselig. Allerdings mußte ich cool bleiben, sonst griff Lemry ein.

»Ich glaube nicht, daß ein Baby, das als ›Konsequenz‹ geboren wird, große Chancen hat. Vielleicht sollte bei der Diskussion über den Beginn des Lebens das Wort ›gewollt‹ nicht zu kurz kommen. Das Leben beginnt, wenn Sperma und Ei wenigstens mit einem kleinen bißchen Wunsch zusammentreffen. Sonst hat Ellerby vielleicht recht, und die ganze Frage sollte nur beim Fernsehquiz gestellt werden. Aber eines weiß ich. Dieses religiöse Argument, wenigstens in der Form, in der Mark es einbringt, ist ein verdammt kaltes Argument, und hat nichts mit menschlichem Leid und Mitleid zu tun. Vielleicht ist das mehr ein Streit über deine besonderen religiösen Ansichten, Mark, aber ob wir nun über Sarah Byrnes reden oder über ein Baby mit einem Hirnschaden oder über eine Mutter, die keine weitere Schwangerschaft mehr ertragen kann, du bist einfach nur hart und herzlos.«

Lemry unterbrach mich. »Das reicht, Eric. Du wirst zu persönlich, und das paßt nicht in diese Diskussion.«

»Das mag sein«, antwortete ich. »Aber Brittain argumentiert doch auch unfair. Er greift Menschen mit offenen Wunden an, und dann bringt er Gott wie eine künstliche Beatmung. Sie müssen doch zugeben, daß in dieser Methode eine gewisse Feigheit steckt.«

Lemry stützte sich auf ihr Pult. »Das ist vielleicht ein guter Augenblick, um das Gespräch für heute zu beenden«, sagte sie, aber Brittain redete dazwischen.

Man konnte seinen Puls fast quer durch den Raum hören, aber er sprach in einem gemäßigten Ton und schaute auf seine Uhr. »Ich will Ihnen etwas sagen, Mrs. Lemry. Wir haben noch fünfzehn Minuten bis zum Ende der Stunde. Lassen Sie doch Moby und mich die Sache austragen. Ich lasse mich von niemandem einen Feigling nennen.«

»Das ist zwar eine wirkliche Versuchung, Mark, aber wir wollen das lieber von einem wissenschaftlichen Standpunkt aus betrachten.«

Marks Hände zuckten mit offenen Handflächen aufwärts. Sein Eifer schien ihn fast zu ersticken. »Also gut, rein wissenschaftlich. Einverstanden, Moby? Keine Schläge!«

»Keine Schläge!«

Lemry zuckte die Achseln, sah ein wenig amüsiert aus und schaute sich im Raum um. »Das ist keine Pflichtveranstaltung«, sagte sie. »Wer nicht Zeuge dieser Auseinandersetzung sein will, kann gehen. Aber haltet euch nicht zu lange in der Halle auf.«

Niemand rührte einen Muskel.

Ich versuchte, Brittain ein wenig von seinem Dampf zu nehmen. »Zunächst einmal, Mark, habe ich dich nicht einen Feigling genannt. Ich habe nur deine Methode als feige bezeichnet.«

»Das ist kein Unterschied«, sagte er. »Du kannst mich nicht von meinem Handeln trennen. Den Menschen erkennt man an seinen Werken.«

Ich hob die Schultern. »Wie du willst.«

»Erstens ist es deine Argumentation, die feige ist«, sagte er, »und zudem mußt du ein religiöser Feigling sein, um sie vorzubringen. Die Gesetze, die Gott für die Welt erlassen hat, sind streng, aber sie gelten für jeden Menschen. Sie verändern sich nicht, nur weil manche Frauen nicht genug Hirn haben, um sich aus Situationen herauszuhalten, die zur Unzucht führen. Sie ändern sich auch nicht, weil jemand in eine Familie ohne Vater hineingeboren wird, oder wenn ein Vater ein irregeleiteter, allzu freizügiger Geistlicher ist, der seinen Sohn in einem marktschreierischen, gotteslästerlichen Wagen herumfahren läßt. Sie ändern sich nicht einmal, wenn das ganze Gesicht und die Hände verbrannt sind wie bei deiner Freundin.

Wir sind alle in unterschiedliche Umstände hineingeboren, aber das Wort Gottes bleibt das Wort Gottes, und jeder hat sich danach zu richten. Jeder. Wenn du dich zu einer Abtreibung entschließt, dann bist du ein Mörder. Wenn du ein Mörder bist, wird es dir schwerfallen, nicht in die Hölle zu kommen. Es kommt nicht darauf an, welche Schwierigkeiten du mir machst, Calhoune. Auch nicht darauf, wie oft du mich im Schwimmbecken austrickst oder mich vor anderen lächerlich machst. Wenn die Zeit für das endgültige Urteil kommt, dann werden Leute wie du und Ellerby für ihre Handlungen eintreten müssen.« Er hob die Augenbrauen. »Dann werden wir ja sehen, wie clever du bist!«

Brittains Tonfall klang ein wenig nach Mautz: Laß dir eines sagen, junger Mann, du bist nicht so schlau, wie du dir vorkommst! Ich merkte, daß er mich getroffen hatte, denn die alten Calhouneschen Schweißdrüsen brachen wieder auf. Ich mußte vorsichtig sein, um mich zu beherrschen. »Genau da liegt mein Problem mit deinem Argument, Mark. Ich bin kein Vollzeitchrist. Ich habe nicht unzählige Stunden im stillen Kämmerlein mit der Bibel zugebracht. Aber wenn ich die Augen schließe und mir Gott so vorstelle, wie du ihn schilderst – und Jesus auch – dann kaufe ich dir das einfach nicht ab. Das müßten ja zwei ganz widerliche Kerle sein, wenn sie Menschen so behandeln würden, ohne alle Rücksicht auf ihre Lebensumstände. Stell dir irgendeinen König, einen Präsidenten, meinetwegen eine Mutter oder einen Vater vor, die Menschen so behandeln würden. Ein einziger Fehler, und du bist aus dem Spiel. Das ergibt doch keinen Sinn!«

»Und genau darauf will ich hinaus«, sagte Brittain mehr zu den anderen als zu mir. »Es ergibt keinen Sinn, weil Calhoune nicht will, daß es einen Sinn ergibt. Denn wenn es einen Sinn hat, dann muß er Rechenschaft ablegen. Er sagt, daß er keine Zeit mit der Bibel zugebracht hat. Dann sollte er an dieser Auseinandersetzung nicht einmal beteiligt sein, denn er kann nicht eine einzige Stelle nennen, in der die Antwort auf die Frage zur Abtreibung zu finden ist.«

»Einen Moment mal«, mischte Ellerby sich ein. »Ich habe einige Zeit mit der Bibel im stillen Kämmerlein zugebracht, und ich habe das Gefühl, daß du viel falscher liegst als Moby. Ja, für mich geht Geburtenkontrolle vor Abtreibung, aber ich sage dir eines, Brittain. Wenn Gott uns so sehr im Auge behält, wie du es behauptest, und wenn er das Bedürfnis verspürte, in die alltäglichen menschlichen Probleme einzugreifen, dann würde er seine heiligen Schuhe mit den Stahlkappen anziehen, herunterkommen und dir in den Hintern treten, weil du ihn wie einen gemeinen, zur Vergebung unfähigen Ajatollah darstellst. Ich meine ...«

Lemry unterbrach ihn. »Hört zu, Jungs, ich könnte den ganzen Tag zuhören, wie ihr euch bekämpft, und nie genug davon haben, aber es wird gleich läuten.« Ellerby öffnete den Mund, um fortzufahren, aber sie schlug mit einem Blick zu, der deutlich ein k.o. bedeutete. »Was ihr heute hier erlebt habt, ist nicht ungewöhnlich, wenn es um emotionale Fragen geht. Aber es hat etwas ganz Dramatisches bei der Betrachtung zeitgenössischen amerikanischen Denkens gezeigt. Kein Thema ist isoliert. Wir haben angefangen, über Abtreibung zu reden, sind aber bald zu allgemeinen religiösen Überzeugungen abgedriftet. Das wäre bei aller Mühe nicht zu verhindern gewesen, weil unsere Standpunkte – die Art, wie wir die

Dinge sehen – unlöslich mit unseren Überzeugungen verbunden sind. Wenn wir sonst nichts aus der heutigen Diskussion gelernt haben, dann wollen wir es dabei belassen. Ich hoffe nur, daß wir daraus lernen, wie sehr unsere Überzeugungen das färben, was wir sehen.«

Ich hätte Brittain gern gesagt, daß Lemry ihm erklären wollte, daß seine eigene kleine Weltsicht nicht die einzig mögliche ist, und daß es für anständige Menschen auf der ganzen Welt einen Himmel gibt. Auch für die, die noch nicht einmal davon gehört haben, daß Jesus Christus zu ihnen kommen soll. Selbst dann, wenn sie Fehler gemacht haben sollten. Selbst dann, wenn sie abgetrieben haben sollten.

Als ich zu meinem Schrank ging, kam ich an Brittain und Jody vorbei, die in eine lebhafte Diskusion vertieft waren. Wahrscheinlich darüber, in welchem Teil der Hölle Ellerby, Megan und ich einmal schmoren würden.

Ich kramte gerade nach meinem Buch über Regierungssysteme, da fühlte ich eine Hand auf meiner Schulter. »Du hast nie auf meine Botschaft geantwortet.«

Ich drehte mich sprachlos um.

Jody sagte: »Können wir miteinander reden?«

»Jetzt?«

»Nicht sofort. Ich habe noch Unterricht. Wie wär's nach der Schule?«

»Ich muß schwimmen.«

»Danach.«

»Ja, sicher. Wie wär's mit einem Hamburger? Um halb sechs? Ich könnte dich abholen.«

Wir verabredeten uns auf einen Burger, und nachdem sie mich fast schüchtern gebeten hatte, unser Treffen für mich zu behalten, wenigstens für den Augenblick, war sie auch schon fort. Und ich stand benommen vor meinem Schrank, hatte vergessen, in welchen Kurs ich gehen mußte und wovon dort die Rede sein würde.

## 9

Ich schob mich durch die Doppeltür der psychiatrischen Abteilung im Krankenhaus zum Heiligen Herzen und sah Sarah Byrnes an ihrem nun schon vertrauten Platz am Ende der Couch sitzen. Die diensthabende Schwester winkte mir zu, als gehörte ich hier zum Personal. Einige Patienten begrüßten mich mit meinem Namen. Wenn ich nachher rausginge, würde ich um einen weißen Mantel oder wenigstens um ein Stethoskop bitten.

»Wie geht's?« Eine Antwort darauf würde es nicht geben, keine Kopfbewegung, kein Zucken um die Augen.

»Es ist mir schon besser gegangen«, sagte sie.

Wenn meine Augen wirklich soweit aus den Höhlen getreten wären, wie ich es empfand, dann hätte ich mich bücken müssen, um sie wieder aufzuheben.

»Sei kein Blödmann«, sagte sie flüsternd, die Lippen fest an die Zähne gepreßt.

»Mein Gott, du redest ja! Du kommst da wieder raus!«

»Ich war nie da drin. Rede weiter. Die Schwester. Verdirb nicht alles!«

»Wie geht es denn?« fragte die Schwester und nickte mir zu.

»Immer dasselbe«, gab ich zurück.

»Möchtest du einen Saft oder so etwas? Es ist gerade Ausgabezeit.«

»Ja, gern.«

»Großartig! Ich bin gleich wieder da.« Sie ging hinter dem Eingangsschalter vorbei zur Küche.

»Was, zum Teufel ...«

»Ich habe eine Auszeit gebraucht!« sagte Sarah Byrnes.

»Ja, aber ...«

»Hör zu! Sie kommt gleich wieder. Ich sage dir das nur einmal. Versuch nicht, deinen Kopf mit Dale Thornton zusammenzustecken und herauszukriegen, was mit mir passiert ist.«

»Dale Thornton weiß es also schon, ja?«

»Vielleicht ja, vielleicht auch nicht. Aber du hältst dich da raus!«

Ich hätte ihr gern gesagt, was ich wußte, und ich wollte gern auch den Rest wissen, aber ich hatte Dale versprochen, den Mund zu halten.

»Ich weiß nicht, ob ich dir noch in den Hintern treten kann, seitdem du Gewichte hebst und schwimmst, als wäre eine neue Sintflut im Anrollen, aber versuchen werde ich's bestimmt.«

Ich dachte eine Sekunde nach. »Ich mache dir einen Vorschlag. Einverstanden?«

Sie blickte zur Seite. »Das ist nicht deine Sache.«

»Dann mache ich es eben zu meiner Sache. Du kannst mir wahrscheinlich immer noch in den Hintern treten, aber ich habe im Laufe meines Lebens gelernt, gelassener damit umzugehen. Hier ist mein Vorschlag: Du sagst mir, warum du hier bist, und du wirst mir erzählen, was passiert ist, woher deine Brandnarben stammen, und dafür halte ich den Mund.«

»Ich muß dir überhaupt nichts erzählen!«

»Und ich muß überhaupt nicht meinen Mund halten über das, was ich mir denke, und alles, was ich aus Dale Thornton herausquetschen kann.«

Sarah Byrnes starrte stumm vor sich hin.

»Hör mal, Sarah Byrnes. Ich habe bewiesen, daß ich dein Freund bin. Ich bin nicht einfach weggegangen, nachdem ich abgenommen hatte, und habe dich nicht allein gelassen. Jeden Tag war ich hier, auch als ich noch geglaubt habe, du würdest kein Wort verstehen. Ich bin immer noch bei dir, auch wenn ich mir wie ein Idiot vorkomme, seitdem ich weiß, daß du jedes Wort verstanden hast, das ich in den letzten Wochen gesagt habe. Du bist immer noch der Mensch, der mich am besten kennt. Aber daß man dich hier eingeliefert hat, das hat mir angst gemacht. Ich habe gedacht, du würdest sterben. Freundschaft geht immer in zwei Richtungen. Du mußt doch wissen, daß mich das fast umgebracht hat. Das ist doch ganz mies!«

Sarah Byrnes schwieg, weil die Schwester mir meinen Saft brachte und auch ein Glas für Sarah Byrnes dazustellte. Sie steckte einen Strohhalm in jedes Glas und ging dann an ihren Tisch zurück.

»Vielleicht ist das ganz mies, aber ich war eben nicht in Ordnung. Es hat mich am Leben gehalten. Freunde sind für mich nicht dasselbe wie für dich, und dabei kommt es gar nicht darauf an, wieviel Angst du gehabt hast oder wie fett du gewesen bist.«

»Wie meinst du das?«

»Sieh dir doch mein Gesicht an, du Hohlkopf!« spuckte sie hervor.

»Ich habe dein Gesicht gesehen«, verteidigte ich mich. »Was ist denn daran anders als früher?«

Sarah Byrnes ließ die Schultern hängen, und ich konnte einen ganz kurzen Blick in ihr Inneres tun, vorbei an ihrer harten Schale, vorbei an ihrer Neigung, die Fäuste zu ballen, sobald einer auch nur die erste Silbe eines falschen Wortes sagte. »Jeder Tag, den ich damit lebe, ist ein Tag mehr, den ich damit gelebt habe. Nichts ändert sich. In jeder Minute soll ich lustig sein oder hart. Wenn ich da auch nur eine Sekunde nachgebe, dann macht es mich fertig. Es packt mich, wenn ich morgens halb wach werde und vergesse, wer ich bin. Nach all diesen Jahren träume ich hin und wieder immer noch, daß mit mir alles in Ordnung ist. Genaugenommen träume ich das dauernd.« Sie wandte wieder den Blick ab. »Frag doch mal die Krankenschwester, ob wir ein bißchen nach draußen gehen dürfen. Ich habe es satt, hier zu reden, als wäre ich Edgar Bergen!« Sarah Byrnes kennt Edgar Bergen aus alten Fernsehshows, die wir im Kabelprogramm gesehen haben. Er ist so etwas wie der Großvater aller Bauchredner. Ich kenne ihn, weil seine Tochter Candice Bergen ist, die ich gern für mich hätte.

Ich ging zur Schwester, um meine Bitte vorzubringen. Die Schwester telefonierte ein paarmal, und ehe ich es noch richtig begriff, waren Sarah Byrnes und ich im Aufzug.

»Ich kann's ja auch dir altem Fettkloß anvertrauen«, sagte sie, als wir außer Hörweite der Klinik waren. Der Schnee lag mindestens fünf Zentimeter tief auf den ungeräumten Wegen und knirschte unter unseren Füßen. Frost lag auf den Zweigen wie weißer Zuckerguß.

Ich sagte: »In fetten Menschen ist mehr Platz für Geheimnisse.«

»Mein Dad hat mich absichtlich verbrannt.«

»Was?«

»Spiel nicht den Überraschten, bitte!«

»Okay. Du meinst, er hat die Spaghetti absichtlich über dich geschüttet?« Das war das letzte Mal, daß ich Sarah Byrnes belog. Meine letzte Lüge für immer. Aber sie mußte glauben, daß Dale mir nichts erzählt hatte. Als ich ihn da vor meinem Haus gesehen hatte, wie er neben seinem klapprigen Auto stand, irgendwie fehl am Platze wirkte und so aussah, als wüßte er etwas… Mir war klar, welches Risiko es für ihn bedeutete, dort zu sein. Sarah Byrnes sollte lieber mich als Dale für den Lügner halten.

»Mit Spaghetti hatte das nichts zu tun. Ich war erst ungefähr dreieinhalb Jahre alt, aber ich weiß es noch, als wäre es erst heute morgen passiert. Meine Eltern haben sich gestritten. Und wie! Soweit ich mich erinnere, war es das einzige Mal, daß meine Mutter sich gewehrt hat. Dad hatte sie bei den Haaren gepackt und ließ Wasser in die Küchenspüle laufen, um ihren Kopf hineinzustecken. Ich war sicher, daß er sie umbringen würde, daß sie dann weg wäre, und es nur noch ihn und mich gäbe. Ich hatte wahnsinnige Angst vor ihm.

Ich habe in der kleinen Höhle unter der Treppe gekauert, wo er mich nicht sehen konnte. Dann war der Ausguß voll. Sie hat geschrien, aber es klang weniger nach Furcht als nach Zorn. Sie hat gedroht, ihn umzubringen. Dad hat gelacht und gebrüllt: ›So, wirklich?‹ Immer wieder. Und dann hat er ihren Kopf niedergedrückt. Sie hat mit den Füßen gestoßen, und ich habe die Luftblasen gehört, und dann mußte ich versuchen, sie zu retten. Schreiend bin ich zu ihm und mit aller Kraft gegen seine Beine gelaufen. Das hat ihn ein bißchen aus dem Gleichgewicht gebracht, er hat seinen Griff gelockert, und meine Mutter konnte sich losmachen. Ich habe mich gegen seine Beine geworfen, so fest ich konnte, aber plötzlich war ich hoch in der Luft, fast über seinem Kopf.

Mom hat ein Messer aus der Schublade genommen und ist auf ihn losgegangen, aber er hat mich als Schutzschild vor sich gehalten und ist rückwärts bis ins Wohnzimmer gegangen. Er hat gelacht, und dann hat er gesagt: ›Hier hast du dein hübsches kleines Baby!‹ Und ich habe den großen eisernen Ofen ganz dicht vor meinem Gesicht gesehen, ich habe die Hände ausgestreckt, und …«

Mein Magen krampfte sich so zusammen, daß ich fürchtete, er würde sich nie wieder entspannen. Ich wollte das alles nicht hören!

»Ich erinnere mich nicht mehr, wie es sich genau abgespielt hat«, sagte sie. »Als ich wieder aufgewacht bin, lag ich im Krankenhaus, Gesicht und Hände mit Verbänden umwickelt, und die Schwester dort hat mir gesagt, ich hätte einen Topf Spaghetti vom Herd gerissen und über mich geschüttet. Ich konnte nicht reden, konnte mich nicht einmal bewegen, ich wollte ihr sagen, daß sie nicht recht hatte, aber ich lag nur da und wurde ohnmächtig. Dann weiß ich erst wieder, daß mein Vater sich über mich gebeugt hat. Er hat gesagt, meine Mutter sei fortgegangen und werde nie wiederkommen, und ich sollte ja nicht verraten, was sich abgespielt hatte, sonst würde er auch den Rest von mir noch verbrennen. Was man dann mit ihm anstellen würde, das wäre ihm ganz gleichgültig.«

Ich saß auf einer kalten Zementbank und starrte in Sarah Byrnes narbiges Gesicht. Worte konnten das Band des Vertrauens jetzt nur zerreißen, denn sie würden falsch klingen. Sie wären auch falsch. Für so etwas gibt es keine richtigen Worte.

Sie sagte: »Das ist alles.«

Sie stand vor mir, und ich legte eine Hand auf ihre Hüfte, und sie wehrte sie nicht ab. Sie schaute geradeaus in die Bäume hinter meinem Kopf und sah so hart und so zerbrechlich zugleich aus. »Was ist aus deiner Mutter geworden?«

Sie hob die Schultern. »Fortgelaufen. Ich habe nie wieder etwas von ihr gehört – Eric, ich schwöre, wenn du einem Menschen etwas davon sagst, dann bringe ich dich um –, aber ich habe immer wieder in meinem Zimmer gesessen, habe aus dem Fenster zum Mond und zu den Sternen aufgeschaut, und habe mir vorgestellt, meine Mutter würde irgendeine Möglichkeit finden, zu mir zu kommen und mich zu holen. Eines Nachts würde es leise an mein Fenster klopfen, und ich würde ein paar Sachen in einen Koffer werfen, würde hinausklettern auf einen Ast des großen Baumes, hinunterrutschen und gerettet sein. Ich habe sogar geglaubt, man könnte mich wieder hübsch machen. Aber mein Vater hat genau das erreicht, was er wollte, als er mein Gesicht zerstört hat. Meine Mutter wollte mich nicht mehr haben. Ich habe geglaubt, er hätte sie vielleicht umgebracht, aber das stimmt wohl nicht. Ich kann mir nicht vorstellen, daß sie einfach verschwinden konnte, ohne daß irgend jemand das überprüft hätte. Und er hat jedem erzählt, daß sie ihm weggelaufen ist.«

»Mein Gott!«

Sie nickte. »Ja, so ist das eben.«

Wir blieben ein paar Sekunden still. »Aber warum bist du in der Klinik? Ich meine jetzt und hier.«

Sarah Byrnes schloß die Augen. »Dad ist wieder verrückt geworden. Ich habe in letzter Zeit immer wieder von diesem Ofen geträumt. Er hat mein Gesicht dagegengedrückt, Eric. Er trinkt jetzt mehr als früher, und er sieht und hört Dinge, die gar nicht da sind. Ich hatte dasselbe Gefühl wie damals, als er mich verbrannt hat, und ich habe gedacht, wenn ich dieses Gefühl hätte, dann hätte ich damit wahrscheinlich auch recht.«

»Aber, Sarah Byrnes, warum hast du dann nicht die Polizei gerufen oder sonst etwas getan?«

Sofort verhärtete sie sich wieder. »Was hätten die denn tun können? Ihn ins Gefängnis stecken, bis er trocken ist? Und dann? Hast du vielleicht eine Idee, Eric?«

»Du hättest ihnen sagen können, wie es wirklich war.«

»Richtig. Warum erzähle ich es dir jetzt? Es ist vierzehn Jahre her. Sie würden mir ganz bestimmt glauben, wie? Außerdem haben damals schon ein paar Leute versucht, die Behörden zu überzeugen, daß meine Verbrennungen nicht von kochendem Wasser stammen konnten, aber ich hatte Angst zu reden, und damit war die Sache erledigt.

»Ja, aber sie war erledigt, weil du nicht geredet hast.«

Der Zauber war gebrochen. Sarah Byrnes Inneres war für diesen Tag wieder verschlossen, und ich war wütend auf mich selbst, weil mein Wunsch nach Rache an ihrem Vater daran die Schuld trug. »Hör mal, Eric«, sagte sie ungeduldig, »stell mir nicht einen Haufen Fragen. Ich habe es dir erzählt, weil du gesagt hast, du würdest den Mund halten. Sorg dafür, daß es mir nicht leid tut.« Sie schaute weg. »Sonst wird es dir leid tun. Ich bin zum Nachdenken in die Klinik gekommen. Ich mußte fort, ehe wirklich etwas passierte. Ich bin jetzt alt genug, um fortzugehen. Daß ich das eines Tages tun muß, habe ich immer gewußt. Aber es ist schwer, wenn man so aussieht ...«

»Gut, Sarah Byrnes. Und was kann ich für dich tun?«

»Für den Augenblick sag keinem, daß ich geredet habe. Sag ihnen, du hättest den Eindruck, daß der Spaziergang geholfen hat, und daß du ihn gern wiederholen willst. Und sonst halte einfach den Mund. Ich meine es ernst, Eric. Du darfst es deinen Schwimmfreunden nicht erzählen, nicht deiner Trainerin und nicht deiner Mutter. Keinem Menschen! Du hast gesagt, du wolltest beweisen, was für ein guter Freund du bist. Jetzt hast du die Gelegenheit dazu. Rede mit keinem Menschen darüber!«

»Okay.«

Ich verstand Sarah Byrnes. Sie mußte alles unter Kontrolle haben, weil das eine so große Sache war. Über etwas so Großes redet man nicht, wenn man es nicht fest an der Leine hat. Sonst frißt es einen bei lebendigem Leibe auf.

Mitternacht war vorüber. Ich lag in meinem Zimmer und starrte an die Decke, in die sechziger Jahre verloren mit den »Lovin Spoonful«. Ob ich an Magie glaube, wollten sie wissen. Wir würden ja sehen. Ich habe darüber nachgedacht, was für ein Risiko es für Sarah Byrnes bedeutete, mir ihre Geschichte zu erzählen. Nicht wegen der Geschichte selbst, die wahrhaftig schlimm genug war, sondern weil es ihr angst gemacht haben muß, sich mir so zu zeigen: voller Wunden, verletzlich.

Am liebsten wollte ich danach für mich allein sein und nachdenken, aber ich hatte meine Verabredung mit Jody, und davon hätte mich nur eine Naturkatastrophe abhalten können.

Das war ein seltsames Rendezvous. Zuerst war

Jody so distanziert wie immer, nur daß sie dicht neben mir saß und ihre Hand oft genug mein Bein berührte, um mich ganz schön anzumachen. Nicht daß ich mich darüber beklagte, aber die »Burgerscheune« ist eine öffentliche Gaststätte, und Brittains Freunde hätten uns leicht sehen können – das heißt, falls sie nicht gerade Hand in Hand im Kreis in der Kirche der Guten Jungs standen und darum beteten, daß ich fünfzig Kilo abnehmen sollte – in einer Leprastation. Aber Jody schien es nicht zu kümmern, ob jemand uns sehen konnte oder nicht, und wenn es ihr recht war, sollte es mir auch recht sein.

»Also«, sagte ich, sobald wir bestellt hatten, »worüber willst du mit mir reden?«

Sie lächelte. »Du kommst gleich zur Sache, wie?«

»Ich bin schon den ganzen Nachmittag neugierig. Ich meine, ich werde nicht gerade oft eingeladen.«

Sie lächelte wieder. »Hattest du Vermutungen?«

»Ja«, sagte ich und fuhr mir mit der Hand über den Nacken. »Erst habe ich vermutet, du hättest einen Hirntumor. Dann habe ich vermutet, du wolltest eine Reportage über die kräftigsten Schwimmer der westlichen Hemisphäre schreiben. Dann habe ich vermutet …«

»Dann bist du ja sehr beschäftigt gewesen.«

»Und ob ich beschäftigt war! Dann habe ich vermutet, daß meine Vermutungen nichts taugten, und habe beschlossen, daß ich dich einfach fragen werde.«

»Sag mir, was du von Lemrys Kurs hältst.«

»Ich finde, das ist der beste Kurs, an dem ich je teilgenommen habe. Er bringt mich zum Denken. Manchmal hasse ich das zwar, aber meistens nicht. Warum?«

»Du glaubst bestimmt, daß ich den Kurs nicht ausstehen kann.«

»Wenn ich ein Monatseinkommen darauf wetten sollte, würde ich das meinen, ja.«

»Und ich wette, du glaubst, daß Mark Brittain und ich in allem, was bisher besprochen wurde, einer Meinung sind.«

Jetzt lächelte ich. »Das ist mir zwar schon durch den Kopf geschossen, aber jetzt glaube ich, du wirst mir gleich sagen, daß ich ein Rindvieh bin.«

Sie lächelte zurück. »Du bist ein Rindvieh!«

»Das habe ich mir gedacht. Und ein wie großes?«

»Ich hatte eine Abtreibung.«

Mein Gott.

»Überrascht?«

»Durchaus nicht. Mich laden alle Tage Mädchen zu einem Hamburger ein, damit sie mir von ihren Abtreibungen erzählen können.« Ich zögerte einen Augenblick. »War es von Brittain?«

»Ja, es war Marks Kind.«

»Weiß er es? Ich meine, er weiß es doch, oder?«

»Er weiß es.«

Mein Gott, wie paßte das zusammen? Mark Brittain. Was für ein Held! Dem waren in Nacken und Augen beinahe die Blutgefäße geplatzt, als er im Kurs von der Sündhaftigkeit des Geschlechtsverkehrs erzählt hatte, und dabei war er die ganze Zeit ein gemeiner Lügner gewesen.

»Ich hätte heute im Kurs beinahe dazwischengeredet, als er sich so erregt hat, aber das ist nichts, was unbedingt alle Welt wissen muß.«

Ich wischte den Gedanken, was das mit Jody und Mark alles zu bedeuten hatte, weg wie eine Mücke von meinem Hals, denn das konnte zu ernsthaften Depressionen führen. Außerdem war ich echt neugierig. »Was sagt er dann dazu? Ich meine, nach einem Hysterieanfall, wie er ihn heute hatte, was sagt er da? Er muß doch wissen, was für einen Mist er daherredet!«

Jody lächelte traurig und sah auf die Tischplatte, während die Kellnerin unsere Hamburger und Pommes brachte. »Ja, sicher«, antwortete sie. »Aber er sagt, wenn man eine Mission habe, dann sei das alles anders. Dann dürfte man nicht zulassen, daß sich einem alltägliche Dinge in den Weg stellen. Dann erwarte man, daß einem Menschen dabei helfen, die Mission zu erfüllen und einem den Alltagskram abnehmen.«

»Und damit meint er dich?«

»Er meint mich, ja. Er sagt, wenn einer sich – so wie er – völlig Gott übergeben hat, sei er ein Besonderer in den Augen des Herrn. Es sei meine Aufgabe gewesen, so etwas zu verhindern.«

Gottes gleitende Sündenskala. Ich biß in meinen Hamburger. »Übergeben. Ein passendes Wort für das, was er tun sollte.« Und dann fiel es mir erst auf. »Warum erzählst du mir das?«

»Ich habe die ganze Zeit gewußt – seit der Abtreibung, meine ich – , daß Mark und ich es nicht schaffen würden. Seitdem hat er mich wie einen Haufen Dreck behandelt, wenigstens wenn wir allein waren. Er vergibt sich selbst sehr viel leichter als anderen.«

»Ihm wird die Fleischeslust vergeben, dir nicht.«

»So ungefähr«, sagte sie. Plötzlich standen Tränen in ihren Augen. »Mein Gott, ich bin ja so dumm gewesen. Zuerst wollte ich gar nicht mit ihm ins Bett gehen. Dann wollte ich die Abtreibung nicht. Und dann war ich plötzlich ganz verliebt und wollte heiraten und eine Familie mit ihm haben. Ich wußte nicht, was ich tun sollte. Ich fühlte mich so schmutzig und wollte wenigstens irgend etwas richtig machen.«

Ich legte meine Hand auf ihre und spürte, wie sie zitterte.

»Aber das hätte seine Mission behindert. Ich hätte noch vor der Abtreibung aufhören sollen, ihn weiter zu sehen. Ja, wirklich. Ich weiß bis jetzt nicht, wie ich mich ohne Mark entschieden hätte, aber eines kann ich dir sagen ...«

»Nämlich?«

»Du kannst dir diese Leere nicht vorstellen. Da ist noch etwas, worüber wir im Kurs nicht gesprochen haben. Mark hat mich zur Klinik gefahren, aber er hat mich zwei Häuserblöcke davor abgesetzt, weil er fürchtete, jemand könnte ihn erkennen. Und als ich herauskam, war ich völlig verloren. Mark wollte nur darüber reden, daß er die richtige Entscheidung getroffen habe und daß sein Leben nun doch nicht ruiniert sei. Und ich wollte nur weinen und jemanden zum Festhalten haben.«

Das war eine ganz andere Jody als ich sie bisher kennengelernt hatte. Nichts ist so, wie man es sich vorstellt. Ich legte meine Fingerspitzen auf ihren Nacken und massierte ihn vorsichtig. Die Muskeln waren so gespannt wie die Klaviersaiten für die hohen Töne.

»Ich konnte nur noch daran denken, wie ich von ihm wegkäme, und so bin ich an jenem Abend nach Hause gelaufen, habe mich in mein Bett gelegt und geweint. Ich habe ihn gehaßt, und am nächsten Morgen wollte ich zur Schule gehen und ihm sagen, er sollte sich zum Teufel scheren.«

»Das wäre durchaus passend gewesen.«

»Aber ehe ich noch eine Gelegenheit dazu hatte, hat er mich auf dem Gang neben der Sporthalle gestellt und mir gesagt, wie leid es ihm täte, daß er gestern nicht mehr auf meine Gefühle geachtet hätte. Ein gefühlloser Kerl sei er gewesen, aber er wolle das wieder gutmachen. Ich fühlte mich so schlecht, so abgrundtief schlecht, daß ich darauf hereingefallen bin. Ich wollte nur jemand um mich haben, der alles wußte, und ich konnte mich nicht dazu überwinden, es einem anderen zu erzählen.« Sie schüttelte den Kopf. »Also bin ich mit ihm sogar zur Demonstration vor die Klinik gegangen.«

»Ich nehme an, daß du es deinen Eltern nicht sagen konntest«, sagte ich und dachte dabei, daß meine Mutter die allererste wäre, zu der ich in einer solchen Lage gehen würde.

Jody sah mich an, als hätte ich mir an ihrem Hamburger die Nase geputzt. »Es würde sie umbringen«, sagte sie. »Gleich nachdem sie mich umgebracht hätten. Ich wollte jedenfalls jemanden, der mich mochte, und das war Mark. Später merkte ich, daß er mich auch nicht mehr mochte als ich mich selbst, aber ich war überzeugt, etwas so Schreckliches getan zu haben, daß niemand mich wieder gern haben konnte.« Sie berührte meinen Handrücken. »Meine Familie geht in dieselbe Kirche wie Mark. In dem Kurs von Mrs. Lemry habe ich tatsächlich zum erstenmal in meinem Leben gehört, daß ein Erwachsener etwas in Frage stellt, was mir seit meiner Kindheit immer nur als Sünde dargestellt worden ist. Jedenfalls ein Erwachsener, den ich respektiere. Wenn meine Eltern wüßten, was in dem Kurs besprochen wird, würden sie mich da so schnell rausholen, daß mein Stuhl Feuer fangen würde.«

Wegen meiner nächsten Worte habe ich wirklich kein gutes Gefühl, denn ich hätte dabei mehr an Jody denken sollen, aber ich habe es einfach für mich gesagt. »Schade, daß du mich damals noch nicht gekannt hast. Ich glaube nicht, daß mich irgend etwas hätte dazu bringen können, dich so zu behandeln, wie Brittain es getan hat.«

Sie lächelte und bedankte sich. »Ich glaube, das weiß ich. Darum erzähle ich es dir ja jetzt. Ich möchte nicht, daß du irgend etwas unternimmst, ich spanne dich nicht für mich ein. Du scheinst aber einfach zu wissen, wie es ist, wenn ...«

»Wenn man sich wie ein Stück Dreck fühlt?«

Sie lächelte. »Wenn man sich wie ein Stück Dreck fühlt.«

Und nun lag ich also im Bett und dachte mir, daß ich jetzt eine Freundin hatte oder so etwas. Und was machte mir angst? Es war so leicht, sich behaglich zurückzulehnen und auf jemanden wie Brittain zu schießen; aber wenn Jody und ich zusammensein wollten, dann mußte ich auch etwas leisten, und ich muß zugeben, daß ich immer ein besserer Zuschauer als ein guter Kämpfer gewesen bin. In meiner Freundschaft mit Sarah Byrnes bin ich immer nur ihrem Kopf gefolgt, und bis vor kurzem ist meine Freundschaft mit Ellerby einfach nur eine Sache von zwei Burschen gewesen, denen ihre Pubertät zu schaffen machte. Und wenn in der Klasse über Abtreibung diskutiert wurde, dann konnte ich mich nicht einfach raushalten, wenn ich eine Freundin hatte, die eine Abtreibung erlebt hat.

Ich brauchte ein ernsthaftes Gespräch mit meiner Mutter, ehe es zu spät war.

# 10

Lemry faltete Handtücher beim Trockner hinter den Schränken.

»Ich dachte immer, dafür gäb's einen Manager«, sagte ich und stützte mich auf den langen Tisch zwischen den beiden Waschmaschinen.

»Das ist wie eine Therapie«, antwortete sie. »Es gehört zu den wenigen Dingen, die ich tue und die ein offenkundiges Ergebnis haben.«

»He, bei mir und bei Ellerby erzielen Sie schließlich auch Resultate!«

Sie gab ein spöttisches Geräusch von sich und ging zum Wandtelefon. »Könntet ihr mir noch Handtücher runterschicken, bitte?« sagte sie. »Die Ringer müssen doch Handtücher haben, die gewaschen werden müssen. Und wie sieht es mit den Basketballern aus?«

Ich schlug mir an die Brust. »Ich bin zerstört!«

Sie hing den Hörer wieder ein. »Wenn das doch nur wahr wäre! Was willst du, Moby?«

»Den Weltfrieden. Das Ende des Hungers. Ein Heim für die Heimatlosen ...«

»Sehr edel!«

»Ein neues Auto.«

»Das kommt der Wahrheit schon näher. Ich meine, warum bist du in meinen Schlupfwinkel eingedrungen? Was willst du von mir? Jetzt.«

»Was würden Sie davon halten, wenn ich künftig mit Brittains Freundin ausginge?«

Sie legte das Handtuch, das sie gerade faltete, auf den Haufen zu den übrigen und sah mich fragend an. »Du meinst Jody?«

»Was würden Sie davon halten?«

»Ich denke, ihr würdet dann wahrscheinlich beide schneller schwimmen, du und Mark.«

»Hm, ich denke, ich werde es tun.«

»Hat Jody dazu auch etwas zu sagen?«

»Sie hat mich zuerst gefragt.«

Lemry wandte sich wieder ihren Handtüchern zu.

»Was meinen Sie wirklich?« drängte ich.

»Ich denke, das geht mich nichts an. Ich weiß

nicht, was dahintersteckt, aber ich habe seit drei Jahren beobachtet, daß deine Augen aufleuchten, wenn Jody Mueller in der Nähe ist. Ich hoffe, du willst nicht nur Mark eins auswischen. Dazu hätte ich dann schon eine Meinung.«

»Das ist zwar eine ganz gute Nebenwirkung, aber es ist nicht der Grund.«

Lemry legte wieder ein Handtuch fort. »Sieh mal, Moby, mir ist egal, mit wem du gehst, aber ich meine, Steve und du, ihr solltet es Mark nicht allzu schwer machen.«

Ich guckte ein wenig verlegen, denn das klang ganz so, als hielte Lemry mich für gemein, und wenn ich das auch manchmal wirklich bin, will ich doch nicht, daß sie es von mir denkt.

»Er führt sich selbst an einer ziemlich kurzen Leine«, sagte sie. »Er hat eine Reihe von ernsthaften Überzeugungen und keine Spur von Humor. Das ist keine gute Kombination.«

»Um die Wahrheit zu sagen, wenn er nicht wirklich ein guter Schwimmer wäre, dann würde ich meinen, daß jede Leine, die lang genug ist, daß er das Haus verlassen kann, schon viel zu lang für ihn ist.«

»Ich weiß. Ich erwarte ja auch nicht, daß du mit ihm zur Kirche gehst. Aber treibt es nicht zu hart. Wenn du mit Jody Mueller ausgehen willst, dann tu es. Aber ohne Fanfarenbegleitung, verstehst du?«

»Keine Fanfaren. Danke, Mrs. Lemry.« Auf der Treppe zur Halle hinauf nahm ich immer drei Stufen auf einmal.

Augenblicke, bevor es zur dritten Stunde läutete, schaute ich an meiner Schrankreihe entlang genau in die Augen von Mark Brittain. Er gab sich keine Mühe, gute Laune vorzutäuschen, und ich nahm an, daß Jody und er miteinander geredet hatten. Das ist nicht meine Schuld, dachte ich. Ich habe damit nicht angefangen. Wie tapfer! Ich kramte in meinem Schrank, und eine Hand berührte meine Schulter. Langsam drehte ich mich zu ihm um. »Was willst du?«

»Ich glaube, das weißt du.«

»Bessere Manieren?«

»Jody hat mir erzählt, daß sie künftig mit anderen Leuten ausgehen will.«

»Da mußt du aber stolz sein.«

»Mit dir will sie gehen.«

»Daran erkennt man ihren guten Geschmack, nicht wahr?« antwortete ich ganz beiläufig. Ich wollte nicht unbedingt beweisen müssen, daß ich kein Kämpfer bin.

Mark sagte: »Das ist ein Tiefschlag, Calhoune. Mich im Schwimmbecken fertigzumachen, das ist eine Sache. Aber meinem Mädchen nachzulaufen ...«

»Ich bin deinem Mädchen nicht nachgelaufen.«

Er schnaubte verächtlich. »Du hast doch um sie herumgeschnüffelt, solange ich zurückdenken kann. Willst du mir etwa sagen, daß du nicht mitspielst, wenn sie mit dir gehen will?«

»Ich habe nur gesagt, daß ich ihr nicht nachgelaufen bin.«

»Soll ich dir glauben, daß es ihre Idee war?« fragte er. »Das ist doch lachhaft! Was will sie wohl mit einem Speckklumpen wie dir anfangen?«

»Vielleicht sucht sie intelligente Gesellschaft?« schlug ich vor. »Oder die Gelegenheit, manchmal auch ein bißchen zu lachen?« Wenn Brittain mich besser gekannt hätte, dann hätte er jede Anspielung auf meine körperliche Erscheinung lieber unterlassen. Er hätte wahrscheinlich einen ganzen Leistungskurs an der Harvard University damit beschäftigen können, ein Schimpfwort zu finden, das ich in der Junior High nicht tausendmal gehört hatte. Speckklumpen? Langsam, Brittain! Ich wandte mich ab, um in meine Klasse zu gehen, aber er vertrat mir den Weg und baute sich vor mir auf. Ich glaube, das war nicht genau das, was Lemry von mir erwartet hätte.

Ich sagte Mark, er solle mir aus dem Weg gehen. Ein Kämpfer war ich vielleicht nicht, aber ich hatte den wohlbegründeten Ruf, einen ordentlichen Schlag einstecken zu können. Da brauchte man nur Dale Thornton zu fragen.

Er rührte sich nicht. »Wenn wir uns schlagen«, sagte ich, »werden wir für drei Tage nach Hause geschickt. Meine Mutter bringt mir dann ein Glas Limonade und ein Sandwich mit Erdnußbutter und rät mir, mein Bestes zu tun, um in der Schule zu bleiben. Und was wird dein alter Herr wohl tun?« Brittain konnte nicht nur dadurch ein so engstirniges Rindvieh geworden sein, daß er mit den wortgewandtesten Missionspredigern aufgewachsen war.

Ein paar Sekunden standen wir uns noch Zehen an Zehen gegenüber und starrten einander an, während sich eine Menge um uns sammelte. Ich bluffte: »Noch ein bißchen weiter, und es wird dir ganz schön peinlich sein. Heute ist nicht dein Tag, Buddy!«

Mark war nicht ganz sicher, wie er mich einschätzen sollte, und sein Bedarf an Heldentum schwand. Er trat zurück, und ich ging auf meine Klasse zu.

»Sie ist ein gemeines Luder!« rief er mir nach.

Ich blieb stehen, drehte mich um und dachte, daß ich ihn jetzt erledigen konnte, wenn ich weitermachte. »Was sagst du?«

»Mueller. Sie ist ein gemeines Luder! Eine krankhafte Lügnerin. Ich bin überhaupt nur aus Mitleid mit ihr gegangen. Das ist die Wahrheit, Calhoune. Ich wollte Schluß machen, aber sie ist schneller gewesen. Wahrscheinlich wird sie dir alle möglichen wilden Geschichten erzählen, aber ich sage dir, sie wird dich einwickeln, genau wie sie mich eingewickelt hat. Sie ist hübsch, ja, aber sie hat etwas Böses an sich. Du kannst es mir glauben, oder du kannst es selbst herausfinden.«

Ich ging zu ihm zurück, blieb zentimeterdicht vor ihm stehen und sagte: »Ich werde es lieber selbst herausfinden.«

Er zuckte die Achseln, und sein Gefieder war wieder schön glatt. »Wie du willst. Du solltest nur hören, was sie jetzt schon über dich erzählt hat.«

Ich schaute auf die Uhr. Nur noch dreißig Sekunden bis zum Läuten. »Vielleicht können wir ja in Lemrys Kurs ein Diskussionsthema daraus machen?«

In der Sekunde, in der es läutete, berührte mein Hintern meinen Stuhl.

Mr. Caldwell ging die gestrige Hausaufgabe in

allen Einzelheiten durch, aber ich achtete nicht sehr darauf, was schade war, denn ich hatte sie gar nicht gemacht, und wenn ich jetzt einfach mitgeschrieben hätte, wäre ich rechtzeitig fertig gewesen, um sie abzugeben. Das war eine wichtige Auseinandersetzung mit Mark und bestimmt noch nicht die letzte. Ich hatte immer gedacht, Brittain würde jeden Augenblick die Beherrschung verlieren, und er ist stark. In der Junior High habe ich mich vor ihm gefürchtet, aber damals habe ich mich vor jedem gefürchtet. Heute weiß ich nicht mehr, ob es an seiner Größe lag oder daran, daß er immer so aussah, als könnte er jeden Augenblick die Beherrschung verlieren. Es würde Streit mit ihm geben, und das würde keine leichte Sache werden. Vielleicht schlug er mich zusammen, aber er würde sich dabei blaue Flecke holen; denn jetzt, da ich wußte, wie er Jody Mueller behandelt hatte, würde ich einen wahren heiligen Krieg für sie führen. Und was er da als Trumpfkarte ausgespielt hatte – ach was, er war einfach ein Großmaul.

»Ist das nicht ein merkwürdiges Zusammentreffen?« fragte meine Mutter, nachdem ich ihr erzählt hatte, daß ich künftig vielleicht mit Jody Mueller gehen würde und daß es schön wäre, wenn es hier im Haushalt vielleicht ein bißchen gepflegter aussehen könnte. Carver stand in einer neutralen Ecke in der Küche.

»Was soll das heißen?«

»Du willst tatsächlich mit der Freundin deines größten Feindes gehen?«

»He, hör mal!«

»Mit Mark Brittain hast du doch seit zwei Jahren dauernd Krach. Ich habe nie gehört, daß du auch nur ein gutes Wort über ihn gesagt hättest.«

»Das liegt daran, daß ich eben ein unerschütterlicher Anhänger der Wahrheit bin«, sagte ich. »Was hat das mit einem merkwürdigen Zusammentreffen zu tun?«

»Sobald du beschließt, mit irgend jemandem zu gehen, wählst du ausgerechnet sein Mädchen. Jemand, der deine untadelige Redlichkeit nicht kennt, könnte das glatt für einen Tiefschlag halten.«

»Wie witzig!« sagte ich. »Brittain hat das fast genauso gesagt, aber ihr habt beide die Reihenfolge falsch mitgekriegt. Ich habe nicht beschlossen, künftig mit einem Mädchen zu gehen, und habe dann erst ein Mädchen ausgesucht. Das Mädchen hat mich ausgesucht, und ich habe beschlossen, mit ihr zu gehen.«

Mom nickte nachdenklich. »Bist du sicher, daß sie es nicht nur getan hat, um sich für irgend etwas zu rächen? Woher weißt du, daß du nicht mißbraucht wirst?«

Ich warf die Arme in die Luft. »Mißbrauche mich! Mißbrauche mich!«

»Ich weiß nicht, Eric«, sagte sie. »Du hast mich um Rat gefragt, und ich meine eben, du solltest ein bißchen vorsichtig sein.«

Carver kam einen halben Schritt näher. »Darf ich was dazu sagen?«

»Solange du auf meiner Seite stehst«, antwortete ich.

»Solange du auf meiner Seite stehst«, sagte Mom fast im selben Augenblick.

Carver gewöhnte sich allmählich an uns. »Ich glaube, Moby hat alles Recht der Welt, sein Glück bei dem Mädchen zu versuchen. Besonders, wenn man bedenkt, wie lange er sich schon von ihr angezogen fühlt. Wenn sie ihn wirklich als Werkzeug für irgendeine Rache mißbraucht, dann ist das eine Lektion, die er niemals vergessen wird. Und wenn nicht, dann hat er etwas erreicht, was er sich schon lange gewünscht hat.«

Mutter legte die flache Hand auf die Brust. »Gut, du Berater in allen Lebenslagen. Seit wann bist du Fachmann für Herzensangelegenheiten?«

»Nun ja«, gab Carver zurück, »ich war auch einmal ein Teenager, und jeder, der sich daran erinnern kann, ist ein Experte. Aber erst kürzlich habe ich neue Erfahrungen gesammelt, als ich heftig manipuliert habe, um an dich heranzukommen.«

»Manipuliert?« Eiweh, Carver bewegte sich auf dünnem Eis. »Wie hast du irgend etwas manipuliert?«

»Nicht vor dem Jungen«, sagte er lächelnd.

»Doch, vor dem Jungen«, gab sie zurück.

»Gut, meinetwegen. Was glaubst du wohl, wer Jack Callum an drei von vier Wochenenden sechzehn Monate lang außerhalb der Stadt eingesetzt hat?«

Mom starrte ihn an und sah echt verblüfft aus.

»Richtig!« fuhr Carver fort. »Und daran war nichts Faires. Ich war sein Chef. Ich hätte oft genug selbst fahren oder andere Mitarbeiter schicken können.«

»Aber du hast Jack geschickt.«

»Ich habe Jack geschickt, ja.«

»Du hast meine Liebesbeziehung zerstört!«

Carver nickte. Ich mag ihn immer mehr. Jack Callum war ein Blödmann von gigantischen Ausmaßen.

»Du hast meine Beziehung absichtlich zerstört.«

Wieder nickte Carver. Ich habe ihn immer für fad gehalten. Aber im Gegenteil! Das ist ein ganz scharfer Bursche! »Jack Callum war nichts für dich«, sagte er.

»Aber es wäre meine Sache gewesen, das zu entscheiden.«

Carver wich nicht zurück. »Und was hast du entschieden?«

»Ich habe entschieden, daß er zu oft außerhalb gearbeitet hat. Ich habe entschieden, daß ihm sein Job wichtiger war als ich.«

»Sein Job war ihm wichtiger, als du meinst. Er hat sich nicht ein einziges Mal beklagt, wenn ich ihn fortgeschickt habe.«

»Aber du hast es bloß getan, um ihn von mir fernzuhalten.«

»Ich habe es für mich selbst getan, damit ich dir näherkommen konnte. Guck mal, der Kerl war doch ein Säufer. Das ist er auch heute noch. Ich sage es nicht gern, aber ich glaube, mit seinem Körper hat er dir ein bißchen den Kopf verdreht. Ich gebe ja zu, er hat einen tollen Körper, damit könnte er fast Mr. Olympia werden. Aber der Körper steht im umgekehrten Verhältnis zu seinem Gehirn.« Carver hatte recht. Callum war hohl, wie sie im Body Building Center sagen, aber er wäre das richtige Reklamefoto für Mister Universum gewesen, wenn ich je eines gesehen habe. »Ich habe mich immer gefragt, worüber ihr zwei euch wohl bei einem Essen bei Kerzenschein unterhalten habt.«

Mom sagte: »Carver, du solltest wissen, daß ich es nicht mag, wenn Leute sich hinter meinem Rücken in meine Angelegenheiten mischen. Das regt mich wirklich auf.« Sie schwieg ein Weilchen und dachte nach. »Ich glaube tatsächlich, das könnte unsere Beziehung stören.«

Carver zuckte die Achseln. »Dann soll es so sein«, antwortete er. »Ich war und ich bin in dich verliebt. Wäre Jack ein anständiger Kerl gewesen, dann hätte ich mich da rausgehalten. Aber meiner Meinung nach hast du immer viel zu gut ausgesehen, um mit Kerlen wie ihm rumzulaufen.«

Meine Mutter starrte noch immer vor sich hin. Es geht ihr nicht viel unter die Haut, aber wenn sie sich ausgetrickst fühlt, dann nimmt sie es übel.

»Jedenfalls«, sagte Carver, »sehen Moby und dieses Mädchen ineinander etwas, das ihnen gefällt, und das sollten sie sich genauer ansehen. Sie sind jung, und es gibt über Zweierbeziehungen eine Menge zu lernen.«

»Und du bist gerade dabei, es zu lernen.« Mom klang jetzt ruhiger, und ich sah, daß sie ihren Ärger ein wenig zurückdrängte; wenn Carver jetzt auch eine Weile schrecklich nett zu ihr sein mußte. Zum Teufel noch mal, er ist nett! Wenigstens meistens. Und ich sah es gern, daß er Mom auch mal widersprach. Ich würde ihr das niemals sagen, aber sie kann mächtig von sich überzeugt sein, weil sie Schriftstellerin ist und alles. Dauernd erkennt man sie irgendwo, weil ihr Bild immer neben ihrer Zeitungskolumne abgedruckt wird.

Mom brachte Carver dazu, sie zu einem feinen Essen einzuladen. Als sie gingen, grollte sie noch ein bißchen mit ihm, aber das schien keinen großen Schaden anzurichten, und ich glaube, da ist ein kleines Stückchen in Mom, das sich darüber freut, daß es jemanden gibt, der sich soviel aus ihr macht. Als sie verschwunden waren, wurde mir klar, daß ich Carver bisher keine große Chance gelassen hatte. Er sieht gut aus und bringt auch einige Zeit in der Sporthalle zu. Er spielt sich nicht auf, und wenn es um meine Mutter geht, ist er richtig behutsam. Ich sollte vielleicht nicht so sehr darauf achten, daß er ein Fan von Freizeitfahrzeugen ist und daß er manchmal zu Shorts schwarze Socken trägt. Ich glaube, ich bin so sehr daran gewöhnt, von meiner Mutter zu hören, daß Beziehungen ihr gar nichts bedeuten, daß ich ihre Freunde allmählich als Leute betrachte, die nicht lange genug hier sein werden, um mich überhaupt kennenzulernen. Der gute Carver ist da vielleicht anders. Meine Mutter ist nicht halb so stur wie sonst, wenn ihr Partner ihre Meinung nicht teilt.

Ich frage mich, ob andere Leute ihr Schlafzimmer ebenso benutzen wie ich. Wenn allzu viel auf mich eindringt, wie jetzt zum Beispiel, dann ziehe ich mich in mein Zimmer zurück. Schon als ich noch ziemlich klein war, haben Mutter und ich uns darauf geeinigt, daß mein Zimmer meine Privatangelegenheit ist, solange ich nicht organische Substanzen hier so lange liegenlasse, daß sie sich vom festen in den flüssigen Zustand verwandeln und Gase absondern. Wenn meine Wäsche am Waschtag in einem Umkreis von fünf Metern um die Waschmaschine liegt, wird sie gewaschen. Wenn nicht, dann bleibt sie schmutzig, bis ich sie selber wasche. Mutter bleibt auch aus meinem Zimmer, solange ich sie nicht einlade. Ich kann mich an keine Zeit erinnern, zu der ich sie nicht hineingelassen hätte, aber ihr Respekt für meine Privatsphäre hat mir einen Freiraum geschaffen, und genau den brauchte ich jetzt.

Nach dem Nachmittagstraining ging ich zur Nervenklinik, um Sarah Byrnes zu besuchen, obwohl wir uns niemals verabredeten. Ihr Vater war da. Aus der Ferne beobachtete ich, wie er mit ihr redete, und obgleich er flüsterte, schien er ziemlich aufgeregt zu sein. Sarah Byrnes' Gesicht konnte ich nicht sehen, nur ihren ziemlich unbewegten Hinterkopf, aber ich bin sicher, daß sie nicht auf seine Worte reagierte. Der alte Virgil hatte den Geruchssinn einer Ratte, nehme ich an, denn er wirkte plötzlich sehr gespannt. Er sah mich, warf mir einen Blick zu, der wie ein Faustschlag auf die Brust war, und redete weiter auf sie ein. Die Schwester wartete ein Weilchen und ging dann fort, um Laurel, die Therapeutin, zu holen. Die beobachtete dann die Szene ein paar Sekunden lang, ehe sie hinüberging und Mr. Byrnes freundlich eine Hand auf den Arm legte.

Er wischte sie fort. »Dieser Unsinn ist jetzt weit genug gegangen«, sagte er. »Wenn dieses kleine Mädchen sich nicht endlich zusammennimmt, dann schleife ich sie nach Hause, damit sie sich dort erholt.«

Laurel entgegnete, er solle sich gefälligst zusammennehmen oder gehen, und er sprang wie eine Raubkatze von der Couch und stand drohend über ihr. Ich dachte, er wollte sie schlagen, aber Laurel wich keinen Schritt zurück.

Während mir das Herz bis zum Halse schlug, ging ich zu den dreien hinüber und hoffte, daß die Klinik einen Plan für solche Zwischenfälle hätte, denn ich wußte, daß ich etwas unternehmen mußte, falls er sie schlug. Es mit Virgil Byrnes aufzunehmen, würde allerdings etwas anderes sein als eine Prügelei mit Mark Brittain oder eine Abreibung von Dale Thornton. Ich hatte jetzt ziemlich Angst vor ihm, seitdem ich wußte, was er meiner Freundin angetan hatte.

Zu meiner Erleichterung kamen zwei Pfleger herein, die ganz so aussahen, als gehörten sie zu den »Wrestlemania Three«. Sie waren früher als ich bei ihm. Einer stellte sich hinter Mr. Byrnes, der andere trat zwischen ihn und Laurel. Der größere von beiden sagte: »Sir, ich fürchte, wir müssen Sie bitten, den Raum zu verlassen.«

»Sie können mich bitten, was Sie wollen. Das hier ist meine Tochter, und wenn ich den Raum verlasse, dann mit ihr!«

»Ich fürchte, das wird nicht möglich sein«, sagte Schwarzenegger Number One.

»Sie haben nicht das Recht, sie gegen meinen Willen hier festzuhalten.«

Laurel mischte sich ein. »Ich glaube, das ist nicht richtig. Dieses Mädchen ist offensichtlich hilfsbedürftig. Falls Sie Ihre Tochter mitnehmen, rufe ich die Kinderschutzbehörden an und erstatte

Anzeige wegen seelischer Mißhandlung und Vernachlässigung. Darüber wird dann in einer Anhörung entschieden, und Sie haben hier ein Kind vor sich, das keinerlei Reaktionen zeigt.«

Virgil Byrnes wurde ganz still, und wenn ich es recht überlege, dann war das der unheimlichste Teil des ganzen Zwischenfalls. Sein Gesicht wurde blaß, und er nickte ein wenig. »Also gut«, sagte er und wandte sich an Sarah Byrnes. »Junge Dame, du nimmst dich zusammen, oder du wirst es teuer bezahlen!«

Er wandte sich brüsk um und ging auf den Ausgang zu. Unglücklicherweise stand ich davor. Mit einer so tiefen Stimme, daß es fast wie ein Knurren klang, sagte er: »Irgendwas stimmt hier nicht, und du weißt genau, was es ist, Calhoune. Mach nicht den Fehler, dich hier einzumischen, hörst du?«

Ein »Ja, Sir«, kam mir über die Lippen, ehe ich noch darüber nachdenken konnte.

Er nickte. »Du bist ein kluger Junge. Wenn mein kleines Mädchen auf dich hört, dann sag ihr, sie soll machen, daß sie heimkommt. Das ist eine Familiensache.«

Dann war er fort.

Die Mitarbeiter ließen Sarah Byrnes und mich nicht lange genug für ein Gespräch allein, und ich hatte das Gefühl, sie wäre eine Statue geblieben. Worte können das Bedrohliche nicht beschreiben, das von diesem Mann ausgeht.

So lag ich nun unter den Kopfhörern und dachte, wenn ich den Hammer hätte, von dem Peter, Paul und Mary singen, dann würde ich mich hinter Virgil Byrnes schleichen und kräftig zuschlagen. Damit würde ich nur tun, was irgend jemand schon vor langer Zeit hätte tun sollen.

Ich wundere mich immer wieder darüber, wie Probleme sich manchmal auftürmen. Es wäre schon genug gewesen, mit allem fertigzuwerden, was mit Sarah Byrnes zusammenhing, oder mit Jody, oder allein damit, vor dem Beginn der Regionalwettkämpfe meine Zeiten zu verbessern. Aber alles kam auf einmal. Ich wollte gern das Richtige tun. Aber woher soll man jemals wissen, was das Richtige ist? Ich meine, ich kannte ein paar Leute, die mir bei Sarah Byrnes' Schwierigkeiten helfen konnten. Lemry, zum Beispiel, oder auch meine Mutter. Aber ich hatte ja versprochen, nichts zu sagen. War es nun richtig, mir trotzdem Hilfe zu verschaffen? Oder war es wichtig und richtiger, mein Versprechen einzuhalten? Der Einsatz war hoch. Man brauchte Virgil Byrnes nicht länger als eine Sekunde in die Augen zu schauen, um das ganz genau zu wissen.

Und wie stand es mit Jody? Ich hatte eine höllische Angst davor, irgend etwas anzufangen. Nicht etwa, weil sie bisher mit Brittain gegangen war. Es macht mich nicht besonders stolz, wenn ich das sage, aber selbst bei aller Mühe, die ich mir mit meinem Körper gegeben habe, steckte doch immer noch ein kleiner fetter Junge in mir, dem die Vorstellung entsetzlich war, jemand könnte ihn sehen. Und ich denke, wenn man mit jemandem zusammen ist, dann muß man sich auch sehen lassen. Auch da war der Einsatz hoch. Ich glaube, ich hatte nicht gewagt, mir einzugestehen, wie gern ich mit ihr zusammensein wollte, bis es plötzlich wirklich möglich geworden war. Vielleicht hätte ich mir erst einmal ein paar Freundinnen zulegen sollen, an denen ich nicht besonders interessiert war; ein paar Trainingseinheiten vor dem Hauptkampf gewissermaßen. Ich konnte es nicht ausstehen, da jetzt hineinzugehen, ohne zu wissen, was ich tun sollte. Ich konnte es nicht ausstehen, cool erscheinen zu müssen, wenn ich es gar nicht war. Komisch – zum ersten Mal in meinem Leben wünschte ich, ich hätte einen Vater. Ich bin sauer, daß meiner einfach so weggegangen ist.

## 11

Ich gab mir große Mühe, Brittain von Lemrys Standpunkt aus zu betrachten, und abgesehen von der Schwimmhalle ließ ich ihn jetzt wirklich in Ruhe. Aber wenn ich ganz und gar aufhören sollte – also wirklich, das Leben wäre nicht mehr lebenswert gewesen. Er war ein solches Arschloch, seitdem Jody und ich miteinander gingen, daß Ellerby und ich beschlossen hatten, ihn über zweihundert Meter fertigzumachen, damit er ein bißchen Demut lernte. Sieben Bahnen lang haben wir ihn führen lassen, ehe wir ihn auf der achten geschluckt haben. Und das zwanzigmal. Danach ist er nicht einmal mehr zum Duschen geblieben, und das bedeutete, daß er sich durch das Chlorwasser eine Stunde später fühlen würde, als läge er gefesselt auf einem Ameisenhaufen.

Für Sarah Byrnes wurden die Aussichten allmählich besser. Sie war zwar noch nicht ganz aus dem Schlamassel heraus, aber es zeigte sich schon ein Lichtstreifen am Horizont. Ich war froh, denn ich bin weder stark noch klug genug, um die ganze Last allein zu tragen.

Als ich sie das nächste Mal in der Klinik besuchte, konnten wir nicht reden, weil ihr Vater gerade da war. Es war ganz so, als ob er uns belauerte. Wir gingen hinaus, und er folgte uns und blieb an der obersten Treppenstufe stehen, um uns zu beobachten. Also konnte Sarah Byrnes nicht reden. Ich nahm ihre Hand. »Einmal für ja, zweimal für nein. Glaubst du, er weiß, daß du schauspielerst?«

Sie drückte dreimal.

»Drei? Ach so, das heißt: Ich weiß nicht.«

Einmal.

»Du gehst doch nicht etwa mit ihm nach Hause?«

Zweimal. Heftig.

»Warte«, sagte ich. »Hör mich erst an. Wie wäre es, wenn ich einen Weg finden würde, wie du beschützt werden kannst? Ich bin nicht sicher, und wenn ich es nicht kann, dann werde ich gar nichts tun – aber wenn ich es könnte, wäre das okay?«

Zweimal.

Sarah Byrnes traute keinem. Man hatte ihr schon früher »geholfen«. Aber ich konnte mir nicht vorstellen, daß es richtig war, sie gewissermaßen einfach Wind und Wellen zu überlassen. Ich wußte aber auch: Wenn ich sie verriet, dann wäre es bestimmt das letzte Mal.

»Hör zu!« sagte ich. »Ich werde mein Notizbuch und einen Stift in dein Zimmer schmuggeln. Unter die Matratze. Du schreibst mir, was ich tun soll oder wenigstens, was du vorhast. Du mußt doch einen Plan haben. Es macht mich verrückt, im dunkeln zu tappen. Okay? Wenn ich das Heft dalasse, wirst du hineinschreiben?«

Einmal.

Mr. Byrnes fragte: »Glück gehabt, Junge?«, als wir auf der Hintertreppe an ihm vorbeigingen. Sarah Byrnes starrte unbewegt geradeaus.

»Nein, Sir. Ich habe geredet, weil man mir gesagt hat, ich sollte so normal wie möglich mit ihr umgehen. Aber sie hat nicht reagiert.«

»Das ist doch dummes Gerede«, sagte er und sah an mir vorbei Sarah Byrnes an. »Sie hört jedes Wort, und ich wette, du weißt das auch, Calhoune. Hör zu! Wenn ich herausfinde, daß ich damit recht habe, dann wirst du mir das teuer bezahlen. Und sie wird nicht immer die Klinik haben, um sie zu beschützen. Und dich auch nicht. Wenn du etwas weißt, was ich besser wissen sollte, dann spuck es aus!«

Ich blieb stehen und schaute ihm genau in die Augen. »Wissen Sie, Mr. Byrnes«, sagte ich, »die Tatsache, daß Sarah Byrnes nicht redet, macht mir mehr angst als das, was Sie mir antun könnten. Wenn sie nur endlich reden würde, dann würde es die ganze Welt von mir erfahren.« Mein Herz klopfte: Lüge! Fast glaubte ich, er müßte es hören können, aber er sah mich mißtrauisch an und sagte: »Okay!« Mein Gott, was kann der einem für eine Furcht einflößen!

Sarah Byrnes' Zimmer lag im zugänglichen Bereich, also bereitete es keine Schwierigkeiten, mein Notizbuch in ihrem Bett zwischen Matratze und Sprungfedern zu schieben, während Mr. Byrnes mit der Schwester sprach. Als ich es aber zwei Tage später wieder holen wollte, war Mr. Byrnes auch da, und ich mußte warten. Wieder gingen Sarah Byrnes und ich unter seinem stets hellwachen Blick im Hof spazieren. Es herrschte Frühlingswetter, doch das hält im Februar niemals sehr lange an, und ich trug meinen Regenmantel über dem Arm. »Hast du etwas in das Buch geschrieben?«

Einmal.

Wir spazierten in weiten, langsamen Kreisen. Ich schwatzte über Lemrys Kurs, über Ellerby und Brittain und davon, wie Carver gegen meine Mutter Stellung bezogen hatte – einfach über alles, was mir gerade einfiel, um Mr. Byrnes' Aufmerksamkeit ermüden zu lassen. Aber er stand auf der obersten Treppenstufe und lauerte wie ein Raubvogel.

Dann erzählte ich von Jody, und zu meiner eigenen Überraschung erzählte ich ihr sogar alles. Ich erklärte ihr, was es für ein gutes Gefühl war, mit Jody zusammenzusein, und daß sie ihre Zeit gern mit mir verbrachte. Und ehe ich es selber merkte, sprach ich auch von der Abtreibung. Ich hatte zwar versprochen, es niemandem zu sagen, aber nun war es heraus, und ich dachte nicht daran, mich zu unterbrechen, ehe wirklich alles gesagt war. Tränen liefen Sarah Byrnes über die Wangen. Das hatte ich vorher noch nie gesehen, und ich erinnere mich, daß ich einmal versucht hatte, mir vorzustellen, wie sich Tränen in den Schluchten und Falten ihres Gesichts einen Weg suchen mußten, anstatt in geraden Bächen die Wangen hinabzulaufen wie bei einem glatten Gesicht. Ich wußte nicht, weshalb sie weinte, aber ich blieb stehen und schaute sie an, und dann umarmte ich sie und drückte sie fest an mich. Sie umarmte mich nicht, aber ich spürte, daß sie sich ein wenig entspannte und an mich lehnte, und daß ihre Tränen reichlicher flossen. Als sie trockneten, gingen wir zur Treppe zurück. Im Vorübergehen sagte ich zu Mr. Byrnes: »Nichts.« Aber ich hätte darauf wetten können, daß er mir nicht glaubte.

Der Radar des alten Byrnes machte Überstunden, und er folgte mir auf Schritt und Tritt, so daß ich nicht wagte, in ihr Zimmer zu gehen und mein Notizbuch zu holen. Ich mußte noch spät am nächsten Tag wiederkommen. Sarah Byrnes war gerade in einer Gruppentherapie, so daß ich der Schwester nur zu sagen brauchte, ich hätte mein Notizbuch vergessen und wollte es abholen. Die Leute hier behandelten mich wirklich wie einen Mitarbeiter des Hauses.

*Lieber Eric,*

*man hat mir gesagt, falls ich etwas hörte, dann sollte ich alles aufschreiben, was sich seit meiner Ankunft hier zugetragen hat. Jetzt wären sie bestimmt sehr zufrieden mit mir – nur daß sie nichts davon wissen. Denn wenn du einem Menschen davon erzählst, dann reiße ich dir die Gedärme aus und hänge dich daran auf. Niemals habe ich einem Menschen völlig vertraut, nicht einmal dir, und ich weiß noch nicht, ob ich es jetzt tue. Das werde ich daran merken, ob ich dir auch wirklich gebe, was ich aufschreibe, oder ob ich es lieber zerreiße.*

*Also: Ich kann nie mehr nach Hause gehen. Mein Vater wird immer verrückter, und – wie ich schon gesagt habe – es gibt nichts, was ihm zu gemein wäre, wenn er glaubt, daß es ihm nützt. Du mußt mir das einfach glauben, Eric, und komm nicht etwa auf den Gedanken, die Polizei oder den Kinderschutzbund zu verständigen. Die können erst helfen, wenn etwas geschehen ist, und ihre Warnungen oder Drohungen bedeuten meinem Vater gar nichts. Ich bin hierher gekommen, weil ich daran gedacht habe, mich zu töten – und wenn mir das auch eine recht gute Idee zu sein schien, fürchtete ich mich doch gleichzeitig davor. Ich brauchte einen sicheren Ort, an dem ich entscheiden konnte, ob ich es tun würde oder nicht. Ich habe auch daran gedacht, einfach fortzulaufen, aber ich mußte mir auch eingestehen, daß ich so häßlich bin, daß mein Leben überall so weitergehen würde, auch wenn ich vor meinem Vater fliehen könnte. Vor dem, was er getan hat, gibt es keine Flucht. Lange habe ich geglaubt, es wäre ein guter Trick, genau so gemein zu werden wie er. Das war ja eigentlich der ganze Grund, warum mich die »Knusprigen Schweineschwarten« interessierten. Ich wollte zu allen Menschen, die ge-*

*mein zu mir gewesen waren, so gemein sein, wie es mir möglich war, und dazu brauchte ich meinen Vater. Nur wenn ich ihn um mich hatte, konnte ich bei diesem Gefühl bleiben.*

*Aber dann kam ich hierher, und die Dinge haben sich verändert. Hier kümmert man sich um die Menschen, und es gibt eine Menge Kids hier, die schlechter dran sind als ich, auch wenn man es ihnen nicht ansieht. Hier ist ein Junge, der ist als Dreijähriger zusammen mit seinem kleinen Hund, den sein Stiefvater umgebracht hatte, in einen Wandschrank eingesperrt worden. Mindestens einen Tag ist er da drin geblieben, wahrscheinlich länger. Und ein Mädchen ist hier, das hat aus einem Verschlag unter der Treppe zugesehen, wie ihr Vater den kleinen Bruder totgetrampelt hat, und sie haßt sich selbst, weil sie ihn nicht daran gehindert hat, aber sie war ja erst sechs. Ich saß in der Gruppe und tat völlig abwesend, als sie die Geschichte erzählte, und plötzlich fing sie an zu weinen und zu schreien, lief durch den Kreis, umarmte mich und sagte mir, ich dürfe nicht aufgeben. Sie sähe innerlich so aus wie ich äußerlich, aber sie könnte es nicht ertragen, wenn ich aufgäbe, denn diejenigen von uns mit schweren Narben, die müßten einfach zusammenhalten. Ich wollte gern antworten und ihr sagen, daß ich durchhalten würde, aber ich konnte es nicht, denn wenn ich rede, dann denken alle, daß es mir besser geht, und sie schicken mich nach Hause. Es tut mir innerlich so weh, daß ich es kaum ertragen kann, und ich habe sogar wieder daran gedacht, mich selbst zu töten, aber ich weiß, daß ich's nicht tun werde. Ihr Leben bedrückt mich mehr als meines, bloß daß ich mir wünsche, ich könnte meine Narben innen verstecken wie sie. Manchmal möchte ich meine Narben einfach geheimhalten können.*

*Ich schreibe das alles bloß, weil ich es dir ja nicht geben muß. Jedenfalls weiß ich, seitdem das Mädchen mich umarmt hat, daß ich nicht die einzige in der Welt bin, die Schmerzen leidet, ja nicht einmal der Mensch, der die meisten Schmerzen zu ertragen hat. Und wenn diejenigen durchhalten, die es am schwersten haben, dann kann ich es auch.*

*Manchmal träume ich jetzt von der Zeit, als meine Mutter noch da war. Ich war hübsch. Wirklich, Eric, ich war hübsch. Alle haben das gesagt. In meinen Träumen sehe ich mich so, und obwohl ich weiß, daß mit meiner Mutter wirklich irgend etwas nicht in Ordnung war, ist es doch immer noch ein Gefühl wie Liebe, wenn ich mich an sie erinnere. Und es sind keine wirklichen Träume. Es sind Erinnerungen. Unser Gruppentherapeut sagt, daß die sehr wichtig sind, weil wir unser neues Leben daran festmachen können.*

*Ich erinnere mich daran, wie meine Mutter und ich uns versteckt haben, wenn mein Vater sie verprügelt hatte, und wie wir uns in der Dunkelheit aneinander festgehalten haben, aber ich erinnere mich auch daran, wie sie mit mir gelacht und gespielt hat, wenn er fort war. Auf ihre Weise hat sie mich geliebt, Eric. Wirklich. Es ist schwer, gemein zu bleiben, wenn man sich an dieses Gefühl erinnert. Ich hatte es vergessen, bis ich hierher kam und diese Kinder kennengelernt habe, die versuchen, das bißchen Liebe aus ihren Leben auszu-*

*graben; und als ich gemerkt habe, daß sie solche Reste finden konnten, habe ich angefangen, auch nach meinen zu suchen. Ich schulde diesen Kids viel. Irgendwann bevor ich hier fortgehe, muß ich reden, denn ich will ihnen klarmachen, wieviel sie für mich bedeutet haben. Ich muß ihnen auch von meinem Leben erzählen, denn es kommt mir nicht fair vor, daß ich alles über sie weiß, und sie wissen nichts von mir.*

*Und ich weiß, daß ich damit aufhören muß, mich zu erinnern, daß meine Mutter mich geliebt hat, denn es tut zu weh. Jetzt kann sie mir nur noch auf eine Weise helfen. Sie muß wiederkommen und die Wahrheit sagen, damit dieser Kerl wegkommt.*

*Die Farbe der Tinte hat sich verändert, weil heute ein neuer Tag ist. Es ist nicht leicht, dich das mitnehmen zu lassen. Gestern, als du keine Gelegenheit hattest, das Notizbuch aus meinem Zimmer zu holen, war ich erleichtert. Aber ich darf jetzt auch nicht feige sein. Ich habe keine große Wahl. Und du bist immer da. Als wir jünger waren, hatte ich dich gern in meiner Nähe, weil du als Freund leicht zu handhaben warst. Und erst seitdem ich hier bin, seitdem dieses Mädchen mich umarmt hat, ist mir klargeworden, daß ich nur eine Chance habe, wenn ich zulasse, daß jemand mich gern hat. Du hast mich gerettet, Eric. Erinnere dich, als du mit dem Leistungsschwimmen angefangen und plötzlich Gewicht verloren hast. Da hattest du Angst, ich könnte glauben, du wolltest mich verlassen. Darum hast du gefressen wie zwei Schweine, nicht nur wie eines. Als ich herausgefunden habe, daß du für mich fett geblieben bist, bin ich heimgegangen und habe geweint und geweint. Noch nie hatte jemand so etwas für mich getan. Und vor ein paar Tagen habe ich wieder geweint, als du mir von diesem anderen Mädchen erzählt hast, von Jody, und du kannst ruhig wissen, daß ich geweint habe, weil ich fürchtete, du würdest mich verlassen. Ich weiß, daß ich nicht mehr hübsch bin, Eric, aber unter all diesen Narben bin ich ein Mädchen. Ich liebe dich nicht etwa oder so, jedenfalls nicht so, aber der Gedanke macht mir angst. Ich habe auch geweint, weil du mir erzählt hast, daß sie eine Abtreibung hatte – und ich habe mir so oft in meinem Leben gewünscht, daß ich auch abgetrieben worden wäre.*

*Diese Kids hier tun so, als wären sie die abgebrühtesten Kids der Welt, genau wie ich, aber jetzt habe ich das erste Mal hinter diese Härte blicken können, in anderen und in mir. Ich habe Angst, denn ich weiß: Wenn ich ein Leben für mich haben will, dann muß ich anders handeln. Ich weiß nur nicht, ob ich das kann.*

*Das wär's also, und ich werde dir das ganz bestimmt geben, und du gibst es besser keinem anderen Menschen. Und noch eines: Wenn ich wieder zu sprechen anfange, dann erwarte nicht, daß ich dauernd so bin wie in diesem Brief. Das werde ich nämlich bestimmt nicht.*

»Ich muß ganz inoffiziell mit Ihnen reden«, sagte ich, als ich um Mitternacht an Lemrys Tür stand.

»Willst du hier stehenbleiben und erfrieren«,

fragte sie und zog ihren Morgenrock enger um sich, »oder möchtest du lieber hereinkommen?«

Als ich ins Licht trat, entdeckte sie, daß meine Augen rot gerändert waren. »Moby, was ist los?«

»Sind Sie sicher, daß wir Ihren Mann nicht stören werden?«

Sie lächelte. »Mein Mann geht um fünf Uhr morgens zur Arbeit. Mitternächtliche Besucher können ihn nicht wecken. Nun, was ist los?«

Ich fing an zu weinen.

Lemry legte mir die Hand auf den Rücken und führte mich zur Couch. »Setz dich und erzähle, was geschehen ist. Handelt es sich um Jody?«

Ich schüttelte den Kopf. »Das wäre leicht.«

»Dann erzähle!«

»Aber es muß unter uns bleiben.«

»Das verspreche ich dir, falls es irgendwie möglich ist, Moby. Aber wenn Hilfe von außen notwendig sein sollte, dann muß ich darüber nachdenken.«

Ich betrachtete sie mißtrauisch.

»Auf dieses Risiko mußt du dich einlassen.«

Ich kam zu folgendem Entschluß: Da ist jemand, der viel klüger ist als ich, und Sarah Byrnes braucht Hilfe, um sich ihren Alten vom Leib zu halten und ein neues Leben anfangen zu können. Darum hatte sie diesen Brief geschrieben. Und wenn ich nicht irgend etwas tue, dann wird ihr Dad seine Tochter heimschleppen, oder sie wird fortlaufen und ganz allein sein. Der Brief war eindeutig: So unsicher ich auch sein mochte, ich war doch ihr einziger Freund. Und ich wollte lieber mich selber hassen, aber auf der sicheren Seite stehen, als mit mir selber zufrieden, aber allein zu sein.

Ich gab Lemry den Brief.

Sie las ihn, und Tränen rollten ihr über die Wangen wie große, traurige Perlen. Ich wußte, daß ich richtig gehandelt hatte, denn sie fühlte genau wie ich. Sie las den Brief noch einmal und sagte dann: »Sie hat recht, Moby. Nur ihre Mutter kann die Sache regeln. Wir müssen sie finden.«

## 12

»Mann«, sagte Ellerby und wartete den Querverkehr ab, ehe er bei Rot nach rechts in die Compton Street am Rande des Edison-Bezirks einbog. »Ich muß allmählich wohl doch den Glauben entwickelt haben, von dem mein Vater redet, daß ich es wage, mit meinem Missionsmobil noch einmal in diese Gegend zu kommen.« Er schwieg ein Weilchen. »Laß mich raten. Wir sind nicht hier, um Dale Thornton Gottes Wort und Erleuchtung zu bringen?«

»Darum bin ich so gern mit dir zusammen, Ellerby. Du bist so etwas wie ein Genie.«

»Und was bringen wir ihm dann?«

»Fragen.«

»Sorg dafür, daß sie leicht genug sind, okay?

Ich möchte nicht gern erleben, daß dieser Knabe sauer wird.«

»Ich werde mein Bestes tun.«

Ellerby lenkte den Wagen dicht an den zerborstenen Bordstein am freien Bauplatz gegenüber von Thorntons Haus, und ich schaute über die vereiste Straße zu der Einfahrt hinüber, die zu Dales Werkstatt führte. Seit der Junior High School hatte sich die Waage zwischen Dale und mir offenbar zu meinen Gunsten verschoben, wenn auch nur, weil ich größer geworden bin und nicht mehr vor meinem eigenen Schatten erschrecke wie damals. Aber darin stimmte ich mit Ellerby überein: Dale Thornton war kein Bursche, den ich gern zum Gegner haben wollte.

Er hatte noch immer diesen Blick eines Menschen, der nichts zu verlieren hat, und vor diesem Blick werde ich mich nie sehr behaglich fühlen. Andererseits war er der einzige Mensch, der diese Fragen beantworten konnte.

»Warte hier! Ich sehe seinen Wagen. Es dauert nur eine Minute.«

Ellerby lehnte sich in seinen Schalensitz zurück, während ich ausstieg. »Und wenn er dich umbringt?«

»Wenn du ganz sicher bist, daß ich tot bin, fährst du einfach weg.«

Die Tür zu Dales Werkstatt stand offen, und im Näherkommen hörte ich Schläge auf Metall. Ich klopfte zweimal und schob mich durch die Tür. Dale hatte mich noch nicht bemerkt. Er schien auf einen festsitzenden Bolzen zu hämmern. Er blickte kurz auf, dann wieder auf seine Arbeit. Als der

Bolzen endlich nachgab, richtete er sich auf und nickte. »He, Fettkloß!« sagte er. »Was gibt's?«

»Hallo, Dale«, sagte ich unsicher. »Ich muß dir ein paar Fragen stellen.«

»Bist du jetzt bei den Bullen?«

Ich lachte. »Nein, solche Fragen sind das nicht.«

Er sah mich prüfend an.

»Also«, sagte ich, »was meinst du?«

»Ist das die erste Frage?«

»Nein. Ich will nur nicht zu sehr drängen.«

Dale wischte sich die Hände an dem allgegenwärtigen Putzlumpen ab und lehnte sich an die Hinterfront des Wagens. »Es dreht sich um Narbengesicht, nicht wahr?«

»Ja.«

Er legte den Lappen weg. »Vor langer Zeit habe ich einmal versprochen, daß ich nicht über sie reden werde. Ich habe schon viel zuviel gesagt. Ich habe vielleicht nicht viel zu bieten, aber auf mein Wort kann man sich verlassen.«

»Von dem Ofen hat sie mir selbst erzählt. Da brauchst du dir also keine Sorgen mehr zu machen, weil du davon geredet hast.«

Dale war mißtrauisch. Offensichtlich hatte er über seinen Wortbruch nachgedacht. »Weißt du«, sagte er, »ihr Wohltäter müßt vorsichtig sein. Ihr denkt immer, bloß weil ihr einem helfen wollt, wird dem auch wirklich geholfen.«

»Du sollst mir keine weiteren Geheimnisse verraten, Dale. Ehrlich, Sarah Byrnes hat mir selber alles erzählt. Ich bin bloß gekommen, weil ich dich fragen will, ob sie irgend etwas Näheres über ihre Mutter gesagt hat. Wohin sie damals gegangen ist oder sowas.«

»Was willst du denn von ihrer alten Dame?«

»Ich bin nicht ganz sicher«, antwortete ich, »aber Sarah Byrnes sagt, daß ihr Vater immer verrückter wird, genau wie damals, als er sie verbrannt hat. Sie glaubt, daß er irgend etwas Schlimmes tun könnte. Und ihre Mutter ist da wahrscheinlich die einzige, die eine Katastrophe verhinden kann.«

»Ich dachte, Narbengesicht redet überhaupt nicht? Du hast gesagt, daß sie sich in dieses Irrenhaus verkrochen hat und eisern den Mund hält.«

»Da ist sie immer noch, aber jetzt redet sie ein wenig. Wenigstens mit mir.«

»Geschickt, dieses Narbengesicht! Ich wette, ihr hat überhaupt nichts gefehlt. Sie hätte die ganze Zeit reden können.«

Wenn es um Überlebensfragen geht, kann man Dale Thornton nichts vormachen. »Da hast du bestimmt recht. Also, was ist? Hat sie jemals etwas über ihre Mutter gesagt?«

»Bloß, daß die verschwunden ist, nachdem ihr Vater Sarah verbrannt hatte. Seitdem hat Narbengesicht nichts mehr von ihr gehört. Eine Zeitlang hat sie sogar Angst gehabt, ihr Alter hätte sie vielleicht umgebracht.«

»Hat sie auch gesagt, wohin ihre Mutter gegangen sein könnte, wenn ihr Vater sie nicht umgebracht hat?«

Er lehnte sich zurück. »Der einzige Ort, der in Frage käme, wäre Reno.«

»Reno in Nevada?«

»Gibt's noch ein anderes?«

»Nicht, daß ich wüßte.«

»Dann also Reno in Nevada. Mein Gott, wieso behauptet jeder, du wärst ein kluger Kopf, Fettkloß?«

»Ich habe sie geschickt getäuscht. Aber heute sagt das längst keiner mehr.«

»Überrascht mich nicht.«

»Warum Reno? Was hat Sarah Byrnes über Reno gesagt?«

»Sie hat gesagt, daß ihre Mutter immer Sängerin oder Tänzerin werden wollte, oder so etwas wie die Weiber, die sie mal in Reno auf der Bühne in irgendeiner Spielhölle gesehen hat. Sarah hat gesagt, das hätte ihre Mutter gern auch getan, wenn sie nicht Sarahs Alten geheiratet hätte. Einmal hat Narbengesicht mir erzählt, daß ihre Mutter dauernd davon geredet hat, als wäre das so etwas wie eine Besessenheit.«

»Hat das so geklungen, als würde sie's auch wirklich tun?«

»Was meinst du?«

»Ich meine, war das bloß so ein Gerede, oder hat sie's wirklich tun wollen?«

Dale schüttelte den Kopf. »Woher, zum Teufel noch mal, soll ich das wissen? Ich habe ihre Mutter nie gesehen. Sie hat nur ein- oder zweimal über sie gesprochen. Ich verstehe sowieso nicht, warum sie unbedingt bei ihrer Mutter sein wollte. Schließlich ist die ja auf und davon, oder? Narbengesicht wäre viel besser dran mit einem Leben, so wie ich es habe. Ich will lieber gar keinen Menschen haben als einen, der mich so behandelt.«

Da hatte Dale wohl recht. »Sieh mal«, sagte er und ging zu seiner Werkbank zurück. »Ich habe genug von diesem Krimi. Komm her und halte dieses Teil fest, damit ich es wieder einbauen kann.«

Zwischen vierter Stunde und Mittagspause fing Mautz mich auf dem Gang ab, und ich schwöre, daß ich mich genau wie in der Junior High School gefühlt habe, nur daß ich diesmal völlig unschuldig war: »Mr. Calhoune, könnte ich Sie einen Augenblick sprechen?«

Was sollte ich darauf antworten? Vielleicht nein? Ich warf meine Bücher in den Schrank und ging zu ihm. Ich bin zwar gewachsen, aber er ist immer noch ein Monster. »Ja, Sir.«

»Ich dachte, wir könnten zusammen essen«, sagte er. »In meinem Büro.«

»Was hab ich denn angestellt?«

Er lächelte. »Nichts. Ich möchte nur etwas mit Ihnen besprechen.«

Ich schaute zu Jody hinüber, die neben ihrem Schrank stand. »Ich wollte eigentlich mit …«

»Ach, komm schon, du jugendlicher Liebhaber. Ein Essen ohne sie wird dich nicht gleich umbringen.«

Dagegen ließ sich nichts sagen. »Okay, ich komme gleich zu Ihnen.« Ich ging zu Jody hinüber. »Ich muß dich leider versetzen.«

»Essen mit dem King?« Sie hatte mitgehört.

»Ja. Ich schätze, ich lasse mein Essen bis zum letzten Augenblick eingepackt. Das mindert die Vergiftungsgefahr.«

»Ich bin draußen bei den Tischen«, sagte sie. »Wenn ihr rechtzeitig fertig seid, dann komm doch nach.«

»Eric«, sagte er. »Ich darf dich doch so anreden wie in alten Zeiten?«

»Ja, ja, nur daß ich diesmal nicht versuche, eine Karriere im Journalismus anzufangen.«

»Das ist gut.«

»Es war eine ziemlich gute Zeitung«, sagte ich lächelnd. »Vielleicht inhaltlich ein bißchen auf Abwegen, aber die Grammatik war gut, und der Stil sehr präzise.«

Es amüsierte ihn nicht. Wir hielten uns viel länger bei dieser Zeitung auf, als ihm lieb war. Ich stellte überrascht fest, daß ich mich nicht so eingeschüchtert fühlte wie früher. »Wir sind aber nicht hier, um über irregeleiteten Journalismus zu reden«, sagte er und deutete auf einen Stuhl gegenüber von seinem Schreibtisch. Sein Essen war säuberlich vor ihm ausgebreitet wie ein Stilleben, und ich öffnete meine Papiertüte und zog ein Sandwich daraus hervor. »Wie läuft die Schule für dich in diesem Jahr?«

Guck doch in meine Karteikarte, dachte ich und sagte: »Okay.«

»Gut. Werden deine Noten dir den Zugang zu einem guten College verschaffen?«

Ich sagte, ich könnte mir fast jedes College aussuchen.

»Gut«, sagte er wieder. »Die Sekundärausbildung ist sehr wichtig. Man braucht eine gute Bildung, um einen guten Job zu bekommen.«

Ich wollte ihm gerade sagen, daß man dagegen

schwerlich etwas einwenden könne, aber er sprach gleich weiter. »Erzähl mir etwas vom Kurs über zeitgenössisches amerikanisches Denken.«

Wenn man geduldig ist, kommt die Ratte immer aus ihrem Loch. »Ein guter Kurs«, sagte ich. »Was wollen Sie darüber wissen?«

»Was diskutiert ihr dort?«

»Aktuelle Probleme«, antwortete ich. »Die Schüler legen am Beginn des Semesters den Lehrplan fest, und den teilen wir dann so auf, daß jedermanns Themenvorschlag berücksichtigt wird.«

»Was für Themen sind das?«

»Alle möglichen.«

Mautz lächelte. »Weichst du meinen Fragen etwa aus, Eric?«

»Wie meinen Sie das?«

»Genau, wie ich's gesagt habe. Ich frage, was ihr in Mrs. Lemrys Klasse diskutiert, und du schleichst wie die Katze um den heißen Brei.«

»Warum fragen Sie nicht Mrs. Lemry?«

»Weil ich dich frage.«

Das war kein gutes Gefühl mehr. Ich meine, Mautz lädt mich zum Essen ein (und läßt mich mein eigenes Sandwich mitbringen, aber ich will mich ja nicht beklagen), und erkundigt sich bei mir, was in dem Kurs läuft, wenn er doch nur die Lehrerin fragen müßte? Nein, so nicht mit mir! »Ach, wissen Sie, Mr. Mautz, Sie fragen mich, was Sie wissen wollen, und wenn ich kann, dann helfe ich Ihnen.«

»Du hast dich wohl nicht sehr verändert, Eric?«

»Wahrscheinlich nicht sehr.« Ich schaute an mir herunter. »Ich habe ein bißchen Gewicht verloren, aber ich lasse mich noch immer nicht gern herumschubsen, und ich mag es immer noch nicht, wenn man mich austricksen will.«

»Wer will dich austricksen?«

»Ich würde mich ausgetrickst fühlen, wenn ich Fragen über Mrs. Lemrys Kurs beantworten würde, wenn Sie sie doch selbst fragen könnten. Sie sagen mir nicht einmal, um was es sich dreht.«

Mautz wippte auf seinem Stuhl hin und her, sah mich durchdringend an und trommelte mit dem Zeigefinger gegen seine Lippen. »Nun gut«, sagte er endlich. »Um ganz offen zu sein: Ich bin ein wenig alarmiert durch das, was ich über diesen Kurs gehört habe und auch über dich und deinen Freund Steve Ellerby.«

Wenn man nur lange genug wartet… »Was haben Sie gehört?«

Mautz war jetzt wieder ganz ruhig und überlegte anscheinend, wieviel er mich wissen lassen wollte. Endlich hob er die Hände. »Daß einige wichtige christliche Werte erniedrigt werden, aber das ist eine Angelegenheit zwischen Mrs. Lemry und mir. Außerdem scheinen Ellerby und du eine heftige Kampagne ausgelöst zu haben, die gegen Mark Brittain gerichtet ist.«

Ach so, Brittain! Jetzt starrte ich ihn durchdringend an.

»Was hast du dazu zu sagen?«

Ich schwieg eine Sekunde. »Nun, um die Wahrheit zu sagen, ich habe nicht gerade viel Hirn einsetzen müssen, um Mark Brittain zu demütigen. Er kann das ganz gut allein. Ich sage Ihnen ganz offen, daß ich ihn nicht mag, und wenn er nicht zum Schwimmteam gehörte, würde ich ihm nicht einmal guten Tag sagen.«

»Und was ist mit seiner Freundin?«

»Jody?«

Mautz nickte. »Mark erzählt, daß du sie ihm ausgespannt hast?«

»Erstens ist sie nicht seine Freundin, und zweitens habe ich Besseres zu tun als Mark Brittain eine Freundin auszuspannen. Wie gesagt, warum sollte ich mir Mühe mit Dingen geben, die ganz von allein laufen?«

Mautz beugte sich ein wenig vor, und Erinnerungen an die Junior High stiegen in mir auf. Ich gab mir große Mühe, mich daran zu erinnern, daß die Dinge jetzt anders lagen. Ich hatte nichts Schlechtes getan. »Ich zögere nicht, Ihnen zu sagen, Mr. Calhoune, daß Mark Brittain meiner Meinung nach ein ganz besonderer junger Mann ist. Seine moralischen Werte sind fleckenlos, und er beugt sich nicht den Versuchungen, denen die meisten Jugendlichen erliegen. Sie selbst nicht ausgenommen. Ich habe heute früh mit seiner Mutter gesprochen, und sie macht sich große Sorgen. Sie hat den Eindruck, daß er unter besonderem Streß steht und daß er besonders deprimiert zu sein scheint. Ich kann Ihnen nicht befehlen, ihn in Ruhe zu lassen, sonst würde ich es tun. Aber ich bitte Sie, ihm ein bißchen Luft zu lassen.«

Ich sah mich in dem tadellos organisierten Büro um: Jedes Buch an seinem Platz, die Schreibtischplatte so glatt poliert, daß man darauf eislaufen könnte. Mein Blick fiel auf ein großes Kruzifix in der Mitte des Bücherregals. Es stimmte mit dem Bild in Brittains Heckfenster überein. »Gehören Sie zur selben Kirche wie Mark?«

»Wieso kommt es darauf an?«

»Irgend etwas an diesem Gespräch hat mich darauf gebracht, das ist alles.«

»Eigentlich geht es dich zwar nichts an, aber warum soll ich es dir nicht sagen? Ja, es ist so.«

Ich ließ mich auf meinen Stuhl zurücksinken und atmete aus.

»Was hat das mit der Angelegenheit zu tun?« fragte er.

»Nichts! Es war nur so eine Frage. Kann ich jetzt gehen?«

»Und was wird aus meiner Bitte?«

»Wegen Mark? Ich werde ihn so in Ruhe lassen, daß er gar nicht mehr merkt, daß wir auf demselben Planeten leben.«

»Und mit seiner Freundin?«

»Wenn er jemals eine haben sollte, werde ich kein Wort zu ihr sagen.«

Blut schoß ihm ins Gesicht, doch er beherrschte sich. »Ich meine Jody Mueller.«

»Ich werde ihr sagen, daß sie ihn auch in Ruhe lassen soll.«

Mautz deutete mit dem Finger auf mich, und seine Halsschlagader schwoll an wie ein Feuerwehrschlauch. »Du bewegst dich auf dünnem Eis, junger Mann!«

»Was erwarten Sie denn hinsichtlich Jody Mueller von mir, Mr. Mautz?«

»Wenn du auch nur eine Spur von Mitgefühl hättest, dann würdest du aufhören, mit ihr zu gehen. Jedenfalls bis sich die Dinge wieder stabilisiert haben.«

»Sie meinen, bis Mark Brittain stabilisiert ist? Ehe es soweit kommt, wird mein Organspenderausweis abgelaufen sein. Der Junge braucht Hilfe!« Ich stand auf. »Ich werde Mark Brittain in Ruhe lassen«, sagte ich, »aber Jody Mueller wird auch weiter meine Freundin bleiben.« Ich ging auf die Tür zu.

»Ich habe immer schon geglaubt, daß du ein wenig auf dem falschen Weg bist, Eric. Das ist kein Geheimnis. Aber bis heute habe ich dich niemals für grausam gehalten.«

Ich war nahe daran, ihm von der Reaktion seines Lieblings-Chorknaben auf Jodys Schwangerschaft zu erzählen, aber das wäre nicht gut für Jody gewesen, und so sagte ich: »Ich verstehe nicht, wieso Jodys Gefühle hier gar keine Rolle spielen. Hat sie nicht das Recht, selbst zu entscheiden, mit wem sie befreundet sein will?«

»Ich glaube, sie hat sich den Kopf verdrehen lassen, weil du ein sehr kluger Junge bist«, sagte Mautz gleichmütig. »Davon bin ich überzeugt. Und ich glaube auch, daß du nur mit ihr gehst, weil sie Marks Freundin gewesen ist. Und das halte ich für grausam.«

Ein verblüffender Mann, dieser Mr. Mautz.

Am Nachmittag kränkte ich Brittain mit keinem Wort, verabredete mit Ellerby auch keine Tricks auf seine Kosten. Ich trat ihm bloß in den Hintern. Jedesmal, wenn ich daran dachte, wie er sich bei Mautz ausgeheult hatte, wurde ich ein bißchen schneller. Wenn er sich weiter mit mir anlegte, könnte ich bis zum Beginn der Regionalwettkämpfe ein mächtig guter Schwimmer werden.

Als die übrige Mannschaft unter die Duschen ging, trödelte ich noch ein wenig herum.

»Was fehlt dir, Moby?« fragte Lemry, als ich ihr in ihr kleines Büro direkt am Beckenrand folgte.

Ich sagte ihr, sie solle gut aufpassen.

»Worauf?«

»Auf Mr. Mautz. Er hat mir heute allerlei Fragen über unseren ZAD-Kurs gestellt. So als suchte er etwas, das er gegen Sie verwenden könnte.«

Sie sah mich sehr merkwürdig an. »Was zum Beispiel?«

Ich sagte ihr, das wüßte ich nicht, aber das sei eben mein Gefühl. Dann erzählte ich ihr von dem Gespräch zwischen Mautz und mir über Brittain.

Sie hörte aufmerksam zu, sah ein wenig verwundert und verärgert aus.

»Weißt du«, sagte sie, als ich fertig war, »mach weiter wie bisher und zerbrich dir nicht den Kopf. In einer Hinsicht stimme ich mit Mr. Mautz überein. Es wäre gut, wenn ihr Mark ein bißchen Luft zum Atmen lassen würdet. Er hat nicht viel Sinn für Humor, und das macht für ihn alles doppelt schwer. Zusammenbrüche sind immer hart. Und jeder empfindet Schmerzen, vergiß das nicht, Moby.«

Ich sagte, ich sei entschlossen, ihn in Ruhe zu lassen.

»Du solltest dich darum kümmern, daß Jungmissionar Ellerby sich diesem Entschluß anschließt.«

Das sagte ich zu. Und dann: »Ich bekomme vielleicht Informationen über Sarah Byrnes' Mutter!«

»Wirklich? Was für Informationen?«

»Ich habe mit einem alten Freund von Sarah Byrnes gesprochen. Er sagt, daß sie manchmal davon gesprochen hat, daß ihre Mutter nach Reno gehen, dort in einem Spielsalon arbeiten und vielleicht auch tanzen lernen wollte. Sie wissen schon, für die Shows, die es dort gibt.«

»Wie zuverlässig ist das?«

Ich erzählte ihr von Dale und wie er und Sarah Byrnes Freunde geworden waren.

»Das klingt so, als glaubtest du ihm.«

»Er hat keinen Grund zum Lügen«, antwortete ich. »Er hat nicht viel zu verlieren.«

Lemry legte den Zeigefinger auf ihren Nasenrücken. »Das muß mindestens vierzehn Jahre her sein.«

Ich nickte.

»Wir müssen viel Glück haben, wenn wir sie finden wollen. Für einen Job als Kartenverkäuferin oder als Tänzerin ist das eine sehr lange Zeit.«

Ich hob die Schultern. »Ich weiß nur, was Dale gesagt hat.«

»Glaubst du, Sarah Byrnes würde mit mir reden, wenn ich zu ihr ins Hospital ginge? Glaubst du, sie würde mir vertrauen?«

Wer konnte das schon wissen? Sarah Byrnes steckt voller Überraschungen. Ich weiß jedenfalls nie, ob sie mit irgend etwas einverstanden ist, oder ob sie mir den Kopf abreißt. Das erklärte ich auch.

»Dann finde es heraus.«

Ich sagte, ich wollte es versuchen, und dann bot mir Lemry einen Stuhl an. Ich legte mein Handtuch auf den Sitz, damit der Stuhl nicht naß wurde, und setzte mich.

»Hör zu, Moby. Sarah Byrnes hat einen erheblichen Einfluß auf dich gehabt, und in letzter Zeit fällt ihr Name so oft, daß es mir vorkommt, als wäre sie eine alte Bekannte. Das Schwierigste an der Arbeit einer Lehrerin ist es manchmal, die harten Fälle beiseite zu lassen, um sich besser mit der Mehrheit beschäftigen zu können. Damit sind die meisten guten Lehrer unzufrieden. Dieses Mädchen scheint sich in mir festgesetzt zu haben und mich nicht mehr loszulassen. Ich möchte wirklich gern helfen, und die einzige mögliche Hilfe wäre anscheinend, ihre Mutter herzuschaffen, damit sie die ganze Wahrheit sagen kann. Aber ich muß dir dabei die Führung überlassen. Wenn Sarah überhaupt einem Menschen traut, dann dir. Du mußt entscheiden, wann ihr was gesagt werden soll. Ich will gern helfen und meinetwegen auch ein wenig Geld einsetzen, aber wenn es etwas nützen soll, dann muß sie es auch wollen. Vielleicht finden wir erst ihre Mutter, bevor wir ihr etwas davon sagen. Dann wissen wir, ob sie überhaupt etwas mit ihrer Tochter zu tun haben will. Ich weiß es nicht.«

Ich dachte an die ganze Zeit, die Sarah Byrnes und ich zusammen waren, und versuchte, mir ihre Reaktionen vorzustellen. »Ich weiß nur eines«, sagte ich endlich, »mehr als alles andere haßt es Sarah Byrnes, nicht über alles Bescheid zu wissen.

Und zuallererst muß ich ihr klarmachen, daß ich mit Ihnen gesprochen habe.«

»Dann tu's!«

»Du Hundesohn!« spie Sarah Byrnes durch die zusammengebissenen Zähne hindurch. »Sie ist Lehrerin, du Hohlkopf! Sie muß es mindestens dem Kinderschutzbund melden!«

»Sie hat gesagt, daß sie es nicht tun wird, und ich glaube ihr«, antwortete ich.

»Sie ist Lehrerin«, wiederholte Sarah Byrnes. »Sie kann bestraft werden, wenn sie es nicht meldet. Knast, du Arschloch!«

Ich wußte genau, daß Lemry mich nicht belügen würde. »Hör zu, ich möchte sie gern herbringen. Wir können auf den Hof hinausgehen, und dann siehst du ja selbst.«

Sarah Byrnes sah mich durch die Augenschlitze in ihrem zernarbten Gesicht an, als wollte sie gleich auf mich losgehen. »Und ich habe geglaubt, ich könnte dir vertrauen!« stieß sie hervor. »Scheiße, Eric! Ausgerechnet du!!« Sie wandte sich ab, um zu gehen.

Aber ich packte ihren Arm. Sie wollte sich losreißen, doch ich ließ es nicht zu. »Hör zu, allmählich fällst du mir auf die Nerven! Erst erzählst du mir den ganzen Dreck, und dann erwartest du von mir, daß ich dabeistehe und den Dingen ihren Lauf lasse. Ich denke nicht daran! Ellerby hatte recht. Sobald man etwas weiß, kann man es nicht mehr ungewußt machen oder so tun, als wäre es gar nicht wahr. Ich bin für alles verantwortlich, was ich weiß. Ich habe mir genau überlegt, mit wem ich darüber geredet habe. Lemry ist sicher. Wirklich. Und es gibt keine andere gute Wahl. Und du tust nichts anderes, als Unmögliches von mir zu erwarten. Du kannst nicht ewig hierbleiben, und du kannst auch nicht nach Hause gehen. Und alles, was ich sonst vorschlage, soll aus irgendwelchen Gründen, die du dir ausdenkst, nicht gehen.«

Sie riß sich heftig los. »Was weißt du denn schon?« schrie sie mich an, und die Pfleger hoben die Köpfe. »Was, zum Teufel noch mal, weißt du denn? Du bist einfach weggegangen und hast erst einmal für deine Sicherheit gesorgt. Für dich ist Lemry eine große Heldin, weil sie deine verdammte Schwimmtrainerin ist. Sie hat dir geholfen, in Ordnung zu kommen. Aber sieh mich doch an, Eric! Sieh mich an! Ich werde niemals in Ordnung kommen. Niemals!«

Ich hätte mich davonmachen können, und vor ein paar Monaten hätte ich das wohl auch getan, aber inzwischen hatte ich Sarah Byrnes' Vater so gesehen, wie er heute ist. Ich habe erkannt, was er ihr antun könnte, und ich war nicht bereit, es einfach geschehen zu lassen. Nie mehr! Wenn ich nur abwartete und alles geschehen ließ, dann würde es auch geschehen, und ich mußte dann sehen, wie ich innerlich damit fertig würde. »Nein, Sarah Byrnes, du irrst dich. Du wirst lediglich nie mehr hübsch sein. Damit hast du recht. Aber das ist doch nichts Neues. Das gilt schon seit dem Tag, an dem dein Vater dich verbrannt hat. Aber du kommst wieder in Ordnung. Ganz sicher! Daß ich fett war, habe ich selbst gewählt, auch wenn ich es damals nicht gewußt habe. Aber als ich es endlich wußte, habe ich mir Mühe gegeben, so zu bleiben, weil du nicht denken solltest, ich würde dich alleinlassen, sobald ich halbwegs schlank war. Soviel hat mir deine Freundschaft bedeutet. Ich fand es abscheulich, fett zu sein, aber es war ein geringer Preis dafür, daß ich deine Freundschaft nicht verloren habe. Und das heißt doch, daß du wenigstens für mich etwas bedeutest.« Ich schwieg, um Atem zu holen, und uns liefen die Tränen über die Wangen. Ich nahm sie in den Arm und hielt sie fest, und wenn sie mich auch nicht an sich drückte, schob sie mich doch auch nicht wieder von sich.

Zu Hause. Mein Zimmer. Mein Bett. Simon and Garfunkle auf meinem CD-Player waren über dem Schneesturm, der gegen mein Fenster tobte, kaum zu hören. Das also waren die besten Jahre meines Lebens. Ich hatte Angst. Ich habe Sarah Byrnes versprochen, ihr zu helfen und daß Lemry es auch tun wird – und ich wußte nicht einmal, was Hilfe sein könnte. Ich liebte sie, aber manchmal wünschte ich, sie nie gekannt zu haben. Das machte aus mir keinen besonders guten Freund – aber wenn ich daran dachte, daß ich bis zu den Staatsmeisterschaften hart trainieren wollte, daß ich mit Jody ausgehen und mit Ellerby bei einem Sechserpack Hamburger die Natur des Universums ergründen wollte – ja, das wünschte ich mir im Augenblick. Ich wollte nur, daß alles ganz einfach sein sollte. Aber das würde es nicht sein.

# 13

Die letzten drei Tage hat Sarah Byrnes in dem Apartment über Lemrys Garage gewohnt. Nachdem die Pfleger sie sprechen gehört hatten, ist sie innerhalb von vierundzwanzig Stunden aus der Klinik verschwunden. Ich bin hingegangen, um Laurel, ihrer Therapeutin, zu sagen, daß mit Sarah Byrnes alles in Ordnung sei, daß sie aber gute Gründe dafür habe, niemandem zu sagen, wo sie sich aufhielte.

»Wegen ihres Vaters, nicht wahr?« fragte Laurel.

Sarah Byrnes hatte mir gesagt, ich sollte Laurel nichts über ihren Vater erzählen, weil sie dann Meldung erstatten müßte. Und wenn man erst anfing, ihrem Vater Fragen zu stellen, dann drehte der bestimmt durch und fing an, nach seiner Tochter zu suchen. Das würde er freilich sowieso tun, wenn auch vielleicht ein bißchen weniger eifrig. Ich sagte: »Ich berufe mich auf den fünften Zusatzartikel.«

Sie lächelte. »Ich bin froh zu wissen, daß sie in Sicherheit ist, Eric. Danke!«

Sarah Byrnes zu bewegen, bei Lemry zu wohnen, war leichter gewesen, als ich vermutet hatte. Sie hatte die Klinik verlassen und war immer noch sauer auf mich, weil ich Lemry von ihrem Vater erzählt hatte. Sie schickte mich weg, sobald sie sich durch ihr Geschrei verraten hatte, aber am nächsten Tag traf sie mich auf dem Parkplatz, eine halbe Stunde nachdem sie angerufen und verlangt hatte, ich sollte meinen müden Hintern dorthin bewegen, ehe das Klinikpersonal auf den Gedanken kommen würde, ihrem Vater zu erzählen, daß sie gesprochen hatte. Sie legte auf, ehe ich ihr noch sagen konnte, daß der Wagen meiner Mutter nicht da war, deshalb rief ich Ellerby an, aber seine Nummer war besetzt. Ich rannte anderthalb Meilen von mir bis zur Klinik. Sarah durfte nicht zum Parkplatz kommen und feststellen müssen, daß niemand sie erwartete. Vielleicht wäre sie dann davongelaufen.

Sarah Byrnes hatte keine große Mühe, aus der Klinik herauszukommen. Sie stopfte einfach ihre Sachen in einen Beutel, wartete, bis niemand guckte, und ging durch eine Hintertür zum Parkplatz. Ich wartete an der Telefonzelle an der Ecke, von der aus es mir ein paar Sekunden vorher endlich gelungen war, Ellerby zu erreichen. Ich hatte ihm gesagt, er solle sich beeilen.

»Haben gnädige Frau ein Taxi gerufen?« fragte ich.

»Mach keinen Quatsch mit mir, Eric«, sagte sie. »Schaff mich bloß hier weg. In ein paar Minuten wird mein Vater hier sein.«

»Ob du nun sauer auf mich bist oder nicht«, sagte ich, »ich habe jedenfalls das einzige getan, was ich tun konnte. Lemry ist immer noch in die Geschichte verwickelt, und sie hat den Kinderschutz nicht angerufen. Wenn du ihr nicht vertrauen kannst, dann weiß ich auch nicht mehr weiter.«

»Sie soll mir einfach vom Leibe bleiben«, sagte

sie. »Ich habe so viel Hilfe bekommen, daß es für die nächsten fünf Jahre reicht.«

»Aber das ist nicht die einzige Hilfe, die du kriegen wirst«, sagte ich, als der Missionskreuzer um die Ecke bog. Ellerby saß tief in den Sitz gekauert und trug eine dunkle Brille und einen breitkrempigen Hut. Er hielt neben uns, schaute verstohlen nach beiden Seiten, sprang heraus, öffnete die hintere Tür und befahl: »Hinein mit euch!«

Sarah Byrnes betrachtete ihn, als wäre er verrückt, und sah dann mich an. Ich hob die Schultern und sagte: »Einsteigen!«

Ein dunkler Wagen, ein älterer Oldsmobile mit gefärbten Scheiben, erschien aus der Richtung, aus der auch Ellerby gekommen war. Sarah Byrnes geriet in Panik, schob sich auf den Rücksitz und legte sich flach hin. »Fahr los!« sagte sie, und man brauchte nicht gerade Astrophysiker zu sein, um zu erkennen, daß die gedrungene Gestalt am Steuer Virgil Byrnes war. Er mußte mich wohl nicht gesehen haben und auch Ellerbys Wagen nicht kennen, denn er rollte langsam aus und suchte nach einem freien Parkplatz.

Ellerby ließ sich auf den Fahrersitz fallen, während ich mich neben ihn setzte. »Und wo wollen Sie abgesetzt werden, Miss?« fragte er. »Am Sheraton? Am Mariott? Oder am Hilton? Entschuldigen Sie, wie komme ich darauf. Hier gibt's ja gar kein Hilton. Ziehen Sie zur Strafe fünf Dollar von meinem Trinkgeld ab.«

»Fahr los!« fauchte Sarah Byrnes ihn an.

Ellerby rollte langsam auf einen Meter Abstand

an Mr. Byrnes' dunkelblauer Ungeheuerlichkeit vorbei. »Das ist vielleicht ein häßlicher Wagen«, sagte er und hupte einmal kurz, als wir ihn passierten. Ich wandte das Gesicht ab, als Mr. Byrnes den Kopf hob.

»Das wirst du erst richtig komisch finden«, sagte Sarah Byrnes, »wenn er herausfindet, daß du das Fluchtauto gefahren hast!«

Im Seitenspiegel sah ich, daß Mr. Byrnes über den Parkplatz auf das Krankenhaus zuging. In wenigen Minuten mußte das Spiel ernsthaft beginnen.

»Wohin also?« fragte Ellerby noch einmal.

Ich schaute zu Sarah Byrnes zurück und antwortete: »Zu Lemrys Wohnung.«

Ich erwartete irgendeinen Protest – vielleicht, daß sie die Fenster einschlug –, aber sie starrte geradeaus vor sich hin.

»Sie erwartet uns«, erklärte ich Ellerby.

Sarah Byrnes schüttelte nur angewidert den Kopf und spielte ihre harte Rolle weiter, aber der Anblick ihres Vaters hatte sie irgendwie erschüttert.

Kurz nach unserer Ankunft schickte Lemry Ellerby und mich fort. »Warum tut ihr zwei nicht ein paar Stunden lang, was Jungs eben so tun, wenn sie nichts zu tun haben? Wenn wir euch brauchen, rufen wir euch an.«

Sarah Byrnes kam mir so unsicher vor wie ein in die Ecke gedrängtes Tier, aber sie sagte nichts. Ich war froh, hier verschwinden zu können, ehe sie wieder richtig zu sich kam und daranging, mich in meine Einzelteile zu zerlegen.

Und nun saßen wir also in Lemrys Kurs am ersten Tag, an dem Sarah Byrnes wieder unter uns war. Das ist schwer zu verstehen, denn ich war überzeugt, daß ihr Vater in der Schule zuerst nach ihr suchen würde, falls er es nicht schon getan hatte. Ich hatte inzwischen wenig Gelegenheit gehabt, mit Sarah Byrnes zu reden, denn Lemry hatte mir gesagt, ich sollte sie in Ruhe lassen, bis sie sich wieder einigermaßen zurechtgefunden hätte.

Mautz war heute dabei, ohne an den Gesprächen teilzunehmen, aber er lehnte dicht neben Lemrys Platz an der Wand wie ein Wachtposten. Ich fand, daß der Tag günstig dafür war, es mit meiner üblichen Beteiligung an den Debatten ein wenig locker angehen zu lassen.

Wir waren im letzten Abschnitt der Abtreibungsdiskussion. Lemry hatte eine mehrwöchige Zwangspause eingelegt, um die Gemüter sich ein wenig abkühlen zu lassen. Mark Brittain war wieder bei dem alten Bockmist angelangt, den er der ganzen Welt vorhält. Ellerby folgte meinem Beispiel und hielt sich zurück, obwohl er nicht daran dachte, dem Wunsch von Mr. Mautz zu folgen und Brittain in Ruhe zu lassen. Lemry hatte ihm gesagt: Wenn ein Narr und ein Weiser miteinander streiten, ist der Unterschied zwischen beiden für uns Außenstehende manchmal sehr schwer zu erkennen. Das hat Ellerby schnell zum Schweigen gebracht.

Wir saßen im Kreis, und ich beobachtete Jody, die auf ihre Tischplatte starrte, während Brittain redete und redete. Sarah Byrnes saß uns schräg gegenüber und rutschte auf eine Weise, die ich gut kannte, auf ihrem Stuhl hin und her. Wenn Brittain diese Bewegung auch bekannt gewesen wäre, hätte er bestimmt lieber den Mund gehalten. Aber Einsicht gehörte nicht zu seinen Stärken, und er ratterte weiter wie ein ungebremster Missionsexpress, dem Ellerby und ich keine Hindernisse auf die Schienen warfen, um ihn zum Entgleisen zu bringen. »Es ist Gottes Wille«, erklärte er, »daß jeder Mensch für die Folgen seiner Handlungen einstehen muß. Alles Leben ist heilig, und wenn eine Frau die Sünde der Unzucht begeht und schwanger wird, hat sie die moralische Pflicht, das Kind auch auszutragen.«

»Das Kind auszutragen!« Mein Gott! Brittain mußte zuviele Arztfilme gesehen haben.

»Nicht alles hat mit dem Christentum zu tun, Mr. Brittain«, sagte Lemry. »Dieses Argument kennen wir nun wohl zur Genüge. Gehen wir also weiter.«

»Bei allem Respekt«, antwortete Brittain, »alles hat mit dem Christsein zu tun. Wenn wir den rechten Glauben haben, geraten wir auch nicht in solche Schwierigkeiten.«

Lemry seufzte. »Gut, Mark, für dich hat alles mit dem Christentum zu tun. Aber es gibt auch andere Blickwinkel, und die möchte ich auch gern kennenlernen.«

»Bleiben wir doch noch einen Augenblick bei diesem Standpunkt«, sagte eine sanfte Stimme, und alle hoben den Blick und sahen, daß Sarah Byrnes sprach. Sie schob ihren Tisch ein paar Zentimeter vorwärts und starrte Brittain über den Kreis hinweg an.

»Willst du etwa sagen, daß alles Leben heilig ist? Daß alles gleich ist?«

Sarah Byrnes Heftigkeit überraschte Mark Brittain offensichtlich, aber er hielt seine Stellung. »Selbstverständlich!«

»Du meinst also, mein Leben ist so heilig wie das von Mrs. Lemry oder deines?«

»Selbstverständlich ist es das«, sagte Brittain, und sein Tonfall kam mir ein bißchen herablassend vor. Und das war natürlich ein schwerer Fehler.

Sarah Byrnes glitt von ihrem Stuhl und ging durch den Kreis, ihre Laufschuhe so lautlos wie Mokassins auf einem Waldpfad. Sie kniete vor Mark Brittain nieder. Mark senkte den Blick, und sie verlangte ganz leise: »Sieh mich an!«

Brittain blickte auf, ließ den Blick aber sogleich wieder sinken.

Der Rest der Klasse, ich selbst nicht ausgenommen, wurde unruhig.

»Nein«, sagte Sarah Byrnes so ruhig wie zuvor, »sieh mich bitte weiter an.«

Brittain hob den Kopf, und mir war, als sähe ich einen Schweißtropfen auf seiner Stirn. Mautz schaute Lemry an, doch sie rührte sich nicht.

»Willst du damit auch sagen«, fuhr Sarah fort, »wenn du mit einem Menschen verheiratet wärst, von dem du wüßtest, daß er dein Kind so zurichten würde wie mich«, sie berührte ihr Gesicht, »dann würdest du das Baby trotzdem haben wollen?«

Brittain sah verwirrt aus. Er kannte nicht die wahre Geschichte, die hinter Sarah Byrnes' Entstellung steckte.

»Willst du das wirklich behaupten?« drängte sie.

»Ich glaube ... Ja, das meine ich!«

Sarah Byrnes ließ sich auf ihre Fersen zurücksinken und zeigte eine Art Lächeln, als sie quer durch den Raum Mr. Mautz anschaute. Dann beugte sie sich wieder vor und legte die Hände auf Marks Tischplatte. »Ich gebe dir noch eine Chance«, sagte sie. »Willst du sagen, daß eine Frau, die mit einem Mann verheiratet ist, von dem sie weiß, daß er ihr Baby entstellen oder töten wird, und die außerdem weiß, daß sie nicht den Mut haben wird, ihn zu verlassen, dieses Baby gleichwohl zur Welt bringen muß?«

Brittain hatte einen Teil seiner Sicherheit zurückgewonnen. »Eine solche Vorhersage ist ja unmöglich«, sagte er. »Jedes Leben ist heilig, und jedes verdient seine Chance.«

»Glaubst du, daß du gern meine Chance hättest?« fragte sie und deutete auf ihr Gesicht.

»Ich würde es mir nicht gerade aussuchen«, sagte er, »aber ...«

»Ich habe es auch nicht ausgesucht«, unterbrach Sarah Byrnes ihn schnell. Sie stand auf, um an ihren Platz zurückzugehen, wandte sich dann aber mitten im Raum um. »Du und Mr. Mautz, ihr gehört zur selben Kirche, nicht wahr?« fragte sie.

Brittain schaute zu Mautz hinüber, der kaum merklich nickte. »Ja«, sagt er, »aber was hat das mit ...«

»Glauben alle Mitglieder dieser Kirche, daß jedes Leben heilig ist?«

»Ja, sicher«, bestätigte Brittain.

»Und behandeln sie das Leben anderer Leute auch so, als ob es heilig wäre?« fragte Sarah Byrnes weiter.

Brittain fühlte sich jetzt ganz sicher. »Gewiß tun sie das!«

Sarah Byrnes ging noch ein paar Schritte auf ihren Platz zu. Ganz ehrlich: sie spielte die Rolle von Perry Mason ausgezeichnet. Jetzt wirbelte sie herum und stand wieder Brittain gegenüber. »Mark Brittain, vom ersten Schuljahr an bin ich in derselben Klasse wie du, und ich könnte an den Fingern einer amputierten Hand abzählen, wie oft du in all den Jahren mit mir gesprochen hast. Ich kann dich nicht einmal dazu bringen, mir in die Augen zu sehen. Willst du wirklich behaupten, daß mein Leben dir so heilig ist wie das von Jody Mueller? Ich meine, bis Eric der Große dich bei ihr ausgestochen hat?«

Brittain wollte antworten, doch schon wandte sich Sarah Byrnes Mr. Mautz zu. »Und dieser Mann da, der dieselbe Kirche besucht wie du, weißt du, wie viele anständige Worte, ach was, wie viele Worte überhaupt er in den letzten sechs Jahren zu mir gesagt hat? Null. Ich hatte in allen High-School-Jahren gute Noten, in der Grundschule hatte ich die besten. Und das einzige, was er in der ganzen Zeit zustande gebracht hat, war, daß er meinen Freund wegen einer Zeitung fertiggemacht hat, die es gar nicht wert war, daß sich Mr. Mautz auch nur eine Minute damit befaßte. Er hat mich nicht einmal genug respektiert, um mir selbst seine Empörung zu zeigen. Er hat Eric gesagt, was der mir ausrichten sollte.«

Mautz öffnete schon den Mund, doch sie wandte sich wieder Brittain zu. »Wie kommt es wohl, daß die Leute so großen Wert auf die Ungeborenen legen, wenn die Geborenen für sie der letzte Dreck sind?«

Jetzt mischte sich Mautz ein. »Mrs. Lemry, glauben Sie nicht auch, daß dies jetzt weit genug gegangen ist? Ich würde von Ihnen erwarten, daß Sie Ihre Klasse ein wenig besser unter Kontrolle haben.«

»Sie scheint mir völlig kontrolliert zu sein«, antwortete Lemry. »Da sollten Sie mal an einem schlechten Tag dabei sein!«

Aber Brittain war verletzt, und ich war sicher, daß wir jetzt einen der schlechten Tage erleben würden. Sein Gesicht war rot, sein Hals quoll über den Kragen. »Ihr Jammerlappen!« sagte er. »Keiner will für das, was er tut, selbst verantwortlich sein. Du hast doch alles mögliche dumme Zeug angestellt, seitdem du ein kleines Kind warst, und dich hinter der Tatsache versteckt, daß du entstellt bist. Ich habe genug von all diesen Ausreden! Mehr als genug, hörst du? Schluck deine Medizin und gib dich damit zufrieden. Du solltest dankbar sein, daß du lebst und daß Gott dich liebt!«

»Mann, Brittain, nimm dich zusammen!« sagte Ellerby.

»Ach, geh doch zur Hölle, Ellerby! Geh einfach zur Hölle! Du bist doch das vollkommene Beispiel dafür, was wirklich böse ist. Du bist schlimmer als sie. Du bist sogar noch schlimmer als Calhoune. Du bist das Böse schlechthin!«

Lemry sah Mautz an. »Jetzt ist es wirklich außer Kontrolle geraten«, sagte sie ruhig. »Ich denke, wir lassen es jetzt dabei bewenden.«

Brittain wollte gerade auch sie angreifen, doch da trat Jody in den Kreis und sagte: »Mark Brittain, halt den Mund!« Brittain verstummte mitten im ersten Wort, als hätte ihm jemand eine Bombe in den Mund gestopft. »Ich habe mir deinen selbstgerechten Unsinn jetzt zum letztenmal angehört. Eine Zeitlang habe ich wirklich geglaubt, du wärst etwas Besonderes, aber jetzt wird mir nur noch übel, wenn ich dich höre!«

»Du solltest lieber ...«

»Halt den Mund!« Sie wandte sich an die Klasse. »Man erkennt den Menschen an seinen Werken. Das habe ich von Mark Brittain so oft gehört, daß ich schon geglaubt habe, er hätte den Satz selbst erfunden. Gut, ich werde von Mark Brittains Werken erzählen. Vor knapp einem Jahr habe ich einen sechs Wochen alten Fötus in mir getragen. Das war Mark Brittains und mein Werk.« Tränen traten ihr in die Augenwinkel. »Ich wollte es behalten. Er hat nein gesagt. Ich habe gesagt, ich wollte fortziehen und das Kind anderswo bekommen. So verzweifelt war ich, und so mies habe ich mich gefühlt. Und wißt ihr, was er gesagt hat? Er hat gesagt, er könnte niemals die Arbeit leisten, die ihm in dieser Welt aufgetragen sei, wenn er ein uneheliches Kind mitschleppen müßte. Er hat gesagt, ich sollte es wegmachen lassen!«

»Das ist eine Lüge!« schrie Brittain. »Du ... du Hure, Mueller! Ich habe doch gleich gewußt, daß du dich rächen würdest, als ich mit dir Schluß gemacht habe!«

Jody stockte keinen Augenblick. »Ich habe ihn nach der Einstellung der Kirche zur Abtreibung gefragt, und er hat geantwortet, was er der Welt zu sagen habe, sei viel wichtiger als ein einziger Irrtum. Ein Irrtum! So hat er es genannt. Er hat gesagt, mit einem Mädchen zu schlafen, das nicht vernünftig genug wäre, um sich zu schützen, wäre doch nichts weiter. Damals hat er nicht von Unzucht geredet, sondern von einem Irrtum. Und wißt ihr auch, was ich getan habe? Ich habe das Kind abtreiben lassen. So verwirrt war ich. Und ich war allein dabei, denn Mark Brittain hat sich in der Klinik nicht sehen lassen. Ich mußte allein in die Klinik gehen und die Abtreibung vornehmen lassen.« Sie wandte sich an Mark. »Ich weiß nicht, wie das ist mit dem heiligen oder dem nicht heiligen Leben. Aber das weiß ich: Du wirst nicht mehr so mit Sarah Byrnes sprechen! Hörst du! Und zu mir auch nicht! Niemals mehr!«

Brittain hatte seine Bücher zusammengeräumt und blieb an der Tür stehen. »Was ihr eben von Jody Mueller gehört habt, ist eine dreckige Lüge. Es ist nur wieder ein Beispiel dafür, was passiert, wenn man sich über Gottes Gebote erhebt. Ihr könnt es glauben, wenn ihr wollt, aber es ist eine dreckige Lüge!«

»Also Leute«, sagte Ellerby, »ich werde meinen Vortrag über Schande doch nicht halten. Das hier könnte ich sowieso niemals überbieten.«

# 14

Am Abend klopfte ich kurz nach halb elf an Lemrys Tür. »Ihr seid noch auf?«

»Einige von uns.«

»Ist alles in Ordnung?«

»Machst du Hauskontrollen?«

»In der Schule, meine ich.«

»Komm rein, Moby«, sagte sie, und ich klopfte mir den Schnee von den Schuhen, trat ein und gab ihr meine Lederjacke. Sie hängte sie an der Garderobe auf, und wir gingen ins Wohnzimmer, wo Sarah Byrnes in Schlafanzug und Morgenrock saß und heiße Schokolade trank.

»Miss Byrnes und ich diskutieren gerade über das Akzeptieren von Risiken«, sagte Lemry.

Sarah Byrnes sah mich an. Ihr Blick wirkte etwas verlegen, fand ich. »Wir wollen meine Mutter finden«, sagte sie. »Ich meine, sie sollte die Chance haben, einmal im Leben das Richtige zu tun.«

Diese Lemry war wirklich eine Art Genie. Ich hätte nie geglaubt, daß sie so etwas wie ein Bündnis mit dem störrischsten Mädchen nördlich vom Äquator schließen könnte.

»Wir haben unser Leben eingeschätzt«, sagte sie lächelnd. »Wenn wir beide nicht einen Versuch unternehmen, dann werden wir immer wieder dieselben Fehler machen, bis wir verrotten.«

Bei Sarah Byrnes war mir das klar – aber bei Lemry?

Sie fuhr fort. »Ich überlege noch, ob ich Mr.

Mautz das Herz aus dem Leibe reißen soll, damit er es sich eine Sekunde lang ansehen kann, um ihm dann heftigen Beifall zu spenden.«

Ich wunderte mich. »Wofür denn?«

»Mr. Patterson hat heute die Stadt verlassen, und das bedeutet, daß Mr. Mautz für drei Tage der amtierende Direktor ist. Er hat den ZAD-Kurs gestrichen, nachdem Mark Brittains Vater in die Schule gekommen ist und sich beschwert hat. Er hat behauptet, meine Art, sehr schwierige Themen zu behandeln, sei unverantwortlich.«

»Zum Teufel mit Mautz!« sagte ich. »Wir können doch den Kurs einfach trotzdem fortsetzen. Wir organisieren einen Protest.«

Lemry lächelte. »Danke. Ich meine nein, danke, Moby. Das wäre ein Protest, der von Ellerby und dir bestimmt würde, und das wäre so etwas wie ein von Ameisen organisiertes Picknick. Nimm's mir nicht übel. Ich werde vielmehr drei Tage Krankheitsurlaub nehmen. Miss Byrnes und ich werden nach Reno fahren und ein Spielsystem ausprobieren, von dem sie im Matheunterricht gehört hat.«

»Und was machen wir anstatt ZAD? Und was wird mit dem Schwimmen?«

»Freies Studium anstatt ZAD – das kann keinem schaden, und John Billings übernimmt das Training. Ich habe die Trainingspläne schon geschrieben und mit John telefoniert. Er will auch am Freitag den Bus zum Wettkampf fahren.«

Sarah Byrnes lächelte wie ein kleines Mädchen und hob die Schultern. »Du hast doch gesagt, ich solle ihr vertrauen«, sagte sie. »Schwimm schön schnell! Am Montag sehen wir uns wieder.« Ich hatte sie noch nie so ruhig erlebt.

Ich zog einen Vierteldollar aus der Tasche und schnippte ihn ihr zu. »Setz das ganze Geld auf 17 schwarz!«

Nach Mitternacht kam ich nach Hause. Alle Lichter waren gelöscht, bis auf die Lampe auf dem Gang zu meinem Zimmer. An meiner Tür klebte ein Zettel: »Ein Mann hat angerufen. Er sucht Sarah Byrnes. Ich habe gesagt, ich wüßte nicht, wo sie ist, aber er hat eine Nummer angegeben. Du sollst ihn anrufen, ganz gleich, wann du heimkommst – 482 4366. Mom.«

Mist.

Ich nahm den Zettel beim Wort und wählte die Nummer.

»Ja?«

»Hallo! Hier ist Eric Calhoune. Man hat mir ausgerichtet, daß ich Sie anrufen soll …«

»Richtig. Nun, junger Mann, wissen Sie, wer hier spricht?«

»Mr. Byrnes, vermute ich. Sarah Byrnes' Vater.«

»Du vermutest richtig.«

Wir blieben beide eine Zeitlang stumm, bis ich sagte: »Und warum soll ich Sie anrufen?«

»Was meinst du wohl?«

Ich hatte eine Mordsangst, war aber nicht bereit, irgend etwas zu sagen, was er nicht wußte. »Ich weiß es nicht, Sir. Ich komme gerade nach Hause und finde diesen Zettel …«

»Treib keine Spiele mit mir, mein Junge!«

Ich blieb bei meiner Taktik. »Ich treibe keine Spiele, Sir. Warum sollte ich Sie anrufen?«

Er schwieg wieder eine Sekunde, dann sagte er ganz leise und langsam: »Nun hör mal gut zu! Ich wette, du weißt, wo meine Tochter ist, und das wirst du mir sagen, ehe du den Hörer auflegst, sonst ziehe ich dir bei lebendigem Leib das Fell über die Ohren. Und das ist nicht bloß so eine Redensart. Ich will jetzt keinen Unsinn von dir hören. Sag mir, wo meine Tochter ist.«

Das Herz klopfte mir im Halse, und meine Stimme zitterte entsetzlich. »Ich weiß nicht, wo sie ist«, sagte ich. »Ich habe sie zuletzt gesehen, kurz bevor sie das Krankenhaus verlassen hat. Sie war sauer auf mich.«

»Hast du nicht verstanden, daß ich keinen Unsinn mehr von dir hören will?«

»Ja, Sir, aber das ist kein Unsinn.«

Sein Lachen jagte mir eine Gänsehaut über den Rücken. »Ich kann deine Angst quer durch die ganze Stadt riechen«, sagte er. »Ich gebe dir jetzt noch eine Chance, und dann lege ich auf. Und sobald ich das getan habe, mußt du jede Minute vor mir auf der Hut sein. Wenn wir das nächste Mal miteinander reden, werde ich ganz in deiner Nähe sein. Und das wird weh tun, mein Junge, glaub mir das!«

»Ich bestreite gar nicht, daß ich Angst habe«, sagte ich. »Aber ich weiß nicht, wo Sarah Byrnes ist. Und wenn Sie mich bedrohen, dann rufe ich die Polizei an.«

Dasselbe Lachen. »Nur zu, mein Junge, nur zu!«

Dann war die Leitung tot.

# 15

Keiner sollte mir vorwerfen, daß ich damit genug Gründe hatte, meine Hausaufgaben, meine neue Freundin und meine Zeit über fünfhundert Meter Freistil zu vergessen. Ganz schlaue Köpfe können in solchen Fällen später, wenn man auf alles zurückblickt, klug daherreden und sagen, ich hätte doch Lemry anrufen, es meiner Mutter erzählen, die Polizei alarmieren und meinetwegen Rauchzeichen aussenden können. Aber hinter meinem Irrsinn, den Mund zu halten, steckte Methode. Wenn Sarah Byrnes und Lemry in Reno Glück hatten, dann konnten sie mit Sarah Byrnes' Mutter zurückkommen, und wenn die dann gegen den alten Virgil aussagte, dann war die Sache sowieso gelaufen.

Andererseits – wenn Sarah Byrnes mit ihrem Vater vor Gericht stünde und versuchte, sich genau an einen Vorfall zu erinnern, der sich abgespielt hatte, als sie drei Jahre alt war, dann würde sie die ganze Zeit wissen, daß ihr Leben keinen roten Heller mehr wert war, wenn ihr Vater ungeschoren davonkäme. Der Strafverteidiger konnte dann Unmengen von Fragen zu Dingen aus der damaligen Zeit stellen, an die Sarah Byrnes sich nicht erinnerte, und sie würde ganz sicher in Verlegenheit kommen. Ihr Vater würde sich erinnern können und sich nicht verwirren lassen. Eintragungen im Strafregister hatte er nicht, nicht einmal ein Bußgeld für falsches Parken. Er ist ein gemeiner Kerl – ein böser, gemeiner Kerl, der sich aber immer abseits von allen anderen gehalten hat. Zweifel würden für ihn sprechen. Und wenn er davonkam, dann gute Nacht, Sarah Byrnes! Nur ihre Mutter konnte die Dinge ins rechte Licht rücken.

Aber warum sollte mich das daran hindern, über die Drohungen zu reden, die Mr. Byrnes ausgesprochen hatte? Weil damit herausgekommen wäre, daß ich wußte, daß Sarahs Vater sie verbrannt hatte, und dann hatte er einen noch stärkeren Grund, mich zum Schweigen zu bringen. Außerdem würde Sarah Byrnes niemals zulassen, daß ein anderer ihretwegen bedroht würde. Wahrscheinlich würde sie dann irgendeine Dummheit machen. Sie würde nach Hause zurückgehen oder davonlaufen und allein sein mit ihren Narben und ohne einen Menschen, der sie liebte. Vielleicht übersah ich bei diesen Überlegungen irgend etwas, aber es kam mir nicht so vor. Bis die beiden Detektivinnen aus Reno zurück waren, wollte ich mich ganz still verhalten und niemals allein auf die Straße gehen. Aus irgendeinem Grund kam Mr. Byrnes nicht zur Schule, sonst wäre er wohl schon früher gekommen, und dort fühlte ich mich sicher. Vielleicht war das eine Gelegenheit, einmal festzustellen, ob eine Terrordrohung einen Schwimmer schneller werden läßt.

Ellerby und ich hielten am Morgen auf dem Schulweg vor Lemrys Haus, um uns zu vergewissern, daß dort kein Massenmord stattgefunden hatte. Lemry und Sarah Byrnes beluden gerade den Wagen.

»Wir werden ohne Halt durchfahren«, sagte Sarah Byrnes, und mir fiel auf, wie lebendig sie wirkte. Ihre Narben waren unverändert, und ich konnte mir immer noch nicht vorstellen, daß jemand nicht zurückschreckte, der sie zum erstenmal sah, aber irgend etwas an ihr schien anders geworden zu sein.

Ich zog sie beiseite. »Erzähl mir, wie das gekommen ist!«

»Was?«

»Du und Lemry. Vor ein paar Tagen konntest du ihren Namen noch nicht aussprechen, ohne dabei auszuspucken.«

»Eifersüchtig?«

»Ich glaube nicht. Ich meine nur, daß ich vor ein paar Tagen noch meine gesunden Zähne riskiert habe, weil ich dich hergebracht habe, und jetzt seid ihr zwei ein Herz und eine Seele.«

»Sie hat mir keinen Blödsinn erzählt.«

»Wie?«

»Sie hat nicht gesagt, alles würde gut werden, oder eigentlich wäre doch mein Gesicht gar nicht häßlich, oder daß es eine andere als die äußere Schönheit gäbe.«

»Was hat sie denn gesagt?«

»Sie hat gesagt, es sähe ganz so aus, als hätte ich ein ziemlich hartes Leben gehabt.«

Lemry rief aus dem Wagen, und Sarah Byrnes legte mir die Hand auf den Arm. Soweit ich mich erinnerte, war es das erste Mal. »Danke, Eric! Du bist wirklich ein guter Freund.«

Während der Arbeitsstunde, als wir eigentlich ZAD-Kurs haben sollten, wurde ich über den Lautsprecher aufgefordert, mich sofort bei der Schulleitung zu melden.

»Setz dich, Eric«, sagte Mautz ohne aufzublicken. Er räumte seinen Schreibtisch auf, als hätte der das nötig, dann ging er zur Tür eines kleinen Nebenzimmers hinter seinem Schreibtisch. Er öffnete die Tür und sagte: »Mr. Byrnes, Sie können jetzt hereinkommen!«

Mich traf fast der Schlag!

»Nehmen Sie Platz«, sagte Mautz, und Mr. Byrnes baute sich kaum einen Meter vor mir auf und starrte mich an.

»Eric, Mr. Byrnes ist hier, weil seine Tochter sein Haus verlassen hat. Er hätte eine große Szene machen können, indem er in die Schule gekommen wäre und sie herausgeholt hätte, aber das hat er unterlassen, weil er überzeugt ist, daß Sie wissen, wo sie sich aufhält, und dadurch könnte alles unauffälliger geregelt werden.«

»Ich weiß nicht, wo sie ist«, antwortete ich.

»Das glaubt Mr. Byrnes aber nicht.«

»Trotzdem ist es wahr. Ich habe keine Ahnung, wo sie ist«, wiederholte ich.

»Mr. Calhoune«, sagte Mr. Byrnes mit kaum hörbarer Stimme, »du kennst meine Tochter schon eine Ewigkeit, warst sechs Jahre mit ihr befreundet. Abgesehen von diesem Thornton-Jungen bist du der einzige Freund, den sie jemals gehabt hat. Ich weiß zwar nicht, was dich dazu gebracht hat, wo sie doch so häßlich ist, aber ich weiß, daß sie in der Psychiatrie mit dir gesprochen hat, aber sonst zu keinem anderen. Daraus läßt sich nicht gerade schließen, daß du nicht weißt, wo sie ist, also wäre ich dir sehr dankbar, wenn du endlich mit dem Unsinn aufhören und mit der Sprache herausrücken wolltest. Sie ist in einem tief verwirrten Zustand, und ich möchte ihr helfen. Wenn man so aussieht wie sie, hat man sicher kein leichtes Leben.« Er wandte sich an Mautz. »Ich denke, Sie sind hier der Verantwortliche und sollten mir helfen.«

»In dieser Hinsicht muß ich Mr. Byrnes zustimmen, Eric«, sagte Mautz. »Es klingt tatsächlich unvernünftig, daß du nicht wissen willst, wo Sarah ist.«

Welche Überraschung! Mautz stand auf der Seite des Erwachsenen!

»Dann klingt es eben unvernünftig«, sagte ich, »aber ich weiß es nun mal nicht.« Mir wurde klar, daß Lemry auch den Lehrern nichts von Sarah Byrnes Aufenthalt gesagt hatte. Sonst müßte Mautz es auch wissen.

»Mr. Calhoune«, sagte er fast gleichmütig, »wie kommt es wohl, daß Sie im Laufe der letzten Wochen im Mittelpunkt aller Schwierigkeiten standen, die es hier gegeben hat? Hier sitzt ein Mann, der sich Sorgen um seine Tochter macht. Um eine behinderte Tochter obendrein. Sie wissen, wo sie ist. Wollen Sie jemals erwachsen werden und die Verantwortung für sich selbst übernehmen, oder wollen Sie für den Rest Ihres Lebens alle Leute in Ihrer Umgebung in Schwierigkeiten bringen?«

Die Tatsache, daß ich Mr. Mautz erlebt hatte, wie er versucht hatte, Lemry zu kontrollieren, und meine Höllenangst vor Mr. Byrnes wirkten zusammen und ließen mich mutig werden. Ich hob die Hände. »Also gut, Sie haben mich«, sagte ich. »Ich weiß, wo Sarah Byrnes ist.«

»Und wo ist das?« fragte Mautz.

»Das sage ich Ihnen nicht, Mr. Mautz. Dieser Mann da hat mich bedroht. Sie haben ja keine Ahnung, wozu er fähig ist. Aber ich weiß es, und ihm ist klar, daß ich es weiß.« Ich wandte mich an Mr. Byrnes. »Ich weiß es, Mr. Byrnes, und wenn mir irgend etwas zustößt, dann werden alle es wissen. Wie Sie Mr. Mautz hinters Licht geführt haben, das weiß ich nicht, aber ich wette, es war nicht besonders schwierig. Aber mich täuschen Sie nicht, und für Sie wird es am besten sein, daß Sie mich in Ruhe lassen und Sarah Byrnes auch. Dann können Sie wenigstens noch hoffen, daß wir den Mund halten. Sie wird niemals wieder zu Ihnen kommen. Niemals!«

Mr. Byrnes reagierte kaum, aber ich spürte fast körperlich eine Kälte von ihm ausgehen, und mir war sofort klar, daß ich einen großen Fehler gemacht hatte. Mr. Byrnes ist kein Mann, dem man drohen kann. Aber ich steckte so tief in der Sache, daß ich keinen Ausweg mehr wußte. Ich konnte nur noch mitten hindurch. Ich wandte mich wieder an Mautz. »Entweder werde ich jetzt vom Unterricht suspendiert, weil ich nicht zur Mitarbeit bereit bin, oder ich gehe jetzt in meine Klasse zurück. Aber hier bin ich fertig.«

Mautz stand auf. »Vielleicht sollten Sie lieber für den Rest des Tages freinehmen, Eric. Gehen Sie nach Hause und denken Sie einmal nach.«

»Wenn das ein Angebot sein soll, dann lehne ich es ab«, antwortete ich. »Und wenn es ein Befehl ist, dann möchte ich ihn gern schriftlich haben. Meine Mutter muß schließlich auch Ihre Seite der Geschichte kennen. Sonst erzähle ich ihr vielleicht einfach, daß Sie verrückt geworden sind.«

Ich sah, wie sauer Mautz war, aber er hatte schon früher mit meiner Mutter zu tun gehabt, wenn sie überzeugt gewesen war, daß ihrem kleinen Ableger Unrecht geschah. Ich dachte, der Gedanke, sie könnte jetzt auch noch hier auftauchen, müßte eigentlich zuviel für ihn sein. »Geh in deine Klasse zurück«, sagte er, und auf dem Weg zur Tür schwitzte ich so sehr, daß ich hätte schwimmen können.

## 16

Es war lange nach zehn Uhr abends. Ellerby und ich füllten die Flüssigkeit nach, die wir beim Training verloren hatten. Lemry mochte zwar verreist sein, aber sie war dennoch anwesend in den präzisen und umfangreichen Plänen, die sie zurückgelassen hatte. Mr. Billings war durchaus in der Lage, diese Pläne genauestens zu erfüllen.

»Hat der alte Mautz tatsächlich Byrnes auf dich

gehetzt?« erkundigte sich Ellerby und öffnete eine weitere Flasche Gatorade.

»Und wie! Mich hat der Schreck fast umgebracht, als dieses Monster plötzlich durch die Tür kam.«

Ellerby schüttelte den Kopf. »Ich glaube, wir gehen besser nicht mehr zu Lemry, ohne unsere Spuren zu verwischen. Byrnes braucht uns ja nur eine Weile auf den Fersen zu bleiben.«

»Ja. Es wird zwar nicht ganz leicht sein, aber es wäre schon gut, wenn Lemry und Sarah Byrnes ihre Mutter finden würden. Dann würde sich alles klären.«

Ellerby nahm einen großen Schluck. »Ich frage mich bloß, warum er sie sich nicht irgendwo in der Nähe der Schule geschnappt hat. Das hätte ich jedenfalls getan.«

»Vielleicht hat er gedacht, er könnte es irgendwie legaler aussehen lassen. Mautz glaubt anscheinend immer noch, daß es sich um einen kleinen Familienstreit handelt.«

Wir sprachen noch eine Weile und leerten zwei weitere Flaschen, ehe ich Ellerby bat, mich zu seiner Wohnung zu fahren, damit ich Moms Wagen abholen konnte, denn ich war so müde, daß ich kaum noch die Augen aufhalten konnte, und meine Arme waren steif von all den Butterflystrecken, die Lemry uns verschrieben hatte. Während des ganzen Trainings hatte ich mir vorgestellt, daß sie und Sarah Byrnes gemütlich über die Autobahn rollten und Lemry sich krummlachte, wenn sie an den Trainingsplan dachte, den sie für uns zurückgelassen hatte. Ich habe sogar mit dem Gedanken gespielt, Lemry hätte den Plan von Sarah Byrnes aufstellen lassen.

Als ich endlich in unserem Wagen saß, schaltete ich gemächlich den Tempomat ein. Ich rollte auf der Washington Road durch die Stadt und hatte an allen Ampeln grünes Licht. Ich war die Strecke so oft gefahren, daß ich sie auch im Schlaf hätte zurücklegen können, und das beschreibt auch ganz gut, was ich tatsächlich tat. Mein Kopf dröhnte, und ich stellte das Radio auf Kanal 101 und hörte Oldies in voller Lautstärke. Die größten Hits der fünfziger und sechziger Jahre. Den richtigen Knopf zu finden, fiel mir nicht schwer. Alle waren auf Kanal 101 eingestellt.

»Dreh das leiser!«

Ich fuhr zusammen, als ich diese Stimme vom Rücksitz hörte.

»Du solltest öfter in den Rückspiegel gucken.«

Ich fuhr herum und sah mich Virgil Byrnes gegenüber, dann richtete ich die Augen wieder auf die Straße. Plötzlich hatte ich einen heftigen Adrenalinüberschuß. »Verschwinden Sie aus meinem Wagen! Das ist ungesetzlich! Ich kann Sie festnehmen lassen!«

»Die Tür war nicht verschlossen«, antwortete er, »und ich wußte nicht, daß es dein Wagen ist.«

»Was wollen Sie?«

»Du weißt genau, was ich will.«

»Und ich habe erklärt, daß ich nichts sagen werde ...«

Die scharfe, kalte Spitze eines Messers drückte sich gegen meine Wange wie ein frisch gespitzter Bleistift auf ein Stück Papier, und Virgil Byrnes'

Stimme wurde eiskalt. »Ich habe dir gesagt, du sollst mit dem Unfug aufhören, Junge!«

»Okay«, gab ich zurück, »ich glaube Ihnen!«

»Dann rede gefälligst! Im Büro deines Direktors hast du heute ein paar Karten zuviel ausgespielt.« Wieder wünschte ich, lieber nicht gesagt zu haben, daß ich wüßte, was er Sarah Byrnes angetan hatte. Ich antwortete nicht.

»Bieg in den Park ein. Erste Straße links. Dann werden wir schon ein Plätzchen finden, wo wir reden können.«

Ich bremste, und wir rollten langsam in den Eingang zum Manitopark.

»An den Lampen vorbei!« befahl er, und ich fuhr langsam am Ententeich vorüber zum oberen Teil des Parks. Meine Angst war unvorstellbar, aber irgendwie gelang es mir, mich zusammenzunehmen. Allmählich verblaßten die Lichter in meinem Rückspiegel, und dann gab es nur noch mich und Mr. Byrnes in der Dunkelheit. Alle meine kühnen Gedanken, was ich mit ihm anstellen wollte, wenn ich einmal allein mit ihm wäre, vergingen wie warmer Atem in einer kalten Nacht. Ich wollte nur noch überleben.

»Sie sollten mir lieber nichts tun«, warnte ich ihn unsicher. »Man wird es wissen. Sarah Byrnes wird es wissen, und Le… ich meine andere Leute auch.«

»Wer?«

»Niemand.«

Das Messer senkte sich tiefer in meine Wange, warmes Blut rann auf mein Kinn zu. Dieser Kerl machte wirklich Ernst!

»Ellerby«, sagte ich. »Mein Freund Ellerby wird es wissen.«

»Ihr seid wirklich eine tolle Bande«, sagte er. »Wo ist meine Tochter?«

»Das kann ich Ihnen nicht sagen.«

Die Wunde an meiner Wange wurde größer. Blut floß reichlicher. Mein Gott, der zerschnitt mir das Gesicht! »Ich habe keine Zeit für solchen Unsinn!« schimpfte er. »Ehe die Nacht vorbei ist, habe ich meine Tochter und bin verschwunden. Du wirst entweder schwer verletzt sein, vielleicht tot, oder auch nicht, aber ich kriege sie auf jeden Fall. Niemand hat das Recht, einem Mann seine Familie wegzunehmen. Niemand! Dein Freund Ellerby kümmert mich so wenig wie dein Direktor oder deine Mama oder sonst jemand. Ich will nur meine Tochter haben und verschwinden. Jetzt sag mir endlich, wo sie ist, Junge, sonst wirst du das Messer gleich auf der Zunge schmecken!«

Er wollte es mir durch die Wange drücken! Ich trat hart auf das Gaspedal, die Messerklinge rutschte zum Nacken, und Byrnes fiel schwer in den Rücksitz. Ich schrie: »Na los, bringen Sie mich doch um! Aber Sie sind dann auch hinüber, verdammt noch mal! Sie gehen dabei auch drauf!«

Als wir den Parkausgang erreichten, fuhren wir fünfzig Meilen in der Stunde, und ich war sicher, daß wir die Kurve zur Straße hinaus auf zwei Rädern nehmen würden. Wenn niemand mich aufzuhalten versuchte, würde ich gegen einen Baum fahren. Der Tachometer zeigte auf siebzig Meilen.

»Halt diesen Wagen an, du kleiner Scheißer«,

sagte er, »sonst stoße ich dir das Messer in den Nacken!«

»Na los doch!« schrie ich wieder. »Los! Dann sind Sie gleichzeitig mit mir ein toter Mann, Sie Arschloch!« Es war fast so, als könnte ich durch mein Schreien meine Nerven unter Kontrolle behalten. »Na los, bringen Sie mich um!«

Ich sah, daß er auf den Beifahrersitz geklettert kam, und wußte, daß er den Wagen in seine Gewalt bringen würde, also trat ich auf die Bremse, so daß er gegen die Windschutzscheibe fiel, dann stieß ich mit der Schulter die Tür auf und sprintete in die Dunkelheit, um mich zu verstecken und die Polizei zu holen, sobald er verschwunden wäre. Er hatte mich mit seinem Messer verletzt. Das reichte für einige Zeit hinter Gittern.

Ich sprang von der Straße in das Unterholz am Rande einer Kiefernschonung und sah, wie Byrnes wendete und wieder in meine Richtung kam. Wenn er an mir vorbeifuhr, wollte ich in die Richtung laufen, aus der er kam, und mich dann zwischen den Einzelhäusern der Umgebung hindurch bis zur Polizeiwache durcharbeiten. Ich berührte die Wunde an meiner Wange und verspürte eine seltsame Befriedigung. Wenn die Polizisten das sahen, mußten sie meine Geschichte glauben.

Byrnes hielt weniger als sieben Meter von mir entfernt an. Die Scheinwerfer erhellten die Bäume. Ich hielt die Luft an und drückte mich an den Boden wie ein flacher Stein. Der schmelzende Schnee, der durch meine dünne Jacke drang, ließ mich zittern.

Mr. Byrnes stieg aus und starrte in die Dunkelheit, die mich verhüllte. Die Scheinwerferkegel leuchteten rechts über mich hinweg, und ich wußte nicht, ob er mich sehen konnte. Vorsichtig bewegte er sich in meine Richtung, und ich fürchtete tatsächlich, mein Herzschlag würde eine Mulde in den kalten Boden unter mir graben. Jetzt war er nur noch drei Meter von mir entfernt, und obwohl er nicht erkennen ließ, daß er mich gesehen hatte, konnte ich meine Panik nicht mehr zügeln. Ich sprang auf, stieß einen tierischen Schrei aus und stürzte auf die Bäume und den dahinter liegenden Parkausgang zu.

Seine Scheinwerfer beleuchteten eine Staubwolke zwischen den Bäumen, als er über die Straße zum Parkausgang jagte. Dann war es wieder dunkel, und ich verlangsamte mein Tempo, um den schwachen Silhouetten der Bäume auszuweichen, die aus dem Nichts aufzutauchen schienen. In der Nähe des Parkausgangs kauerte ich mich zusammen, schaute zurück, dann nach Osten, wo ich das schwache Licht der Scheinwerfer erkannte, während der Wagen am Parkrand entlang auf den Ausgang zugerollt kam. Ich sprintete los, hoffte, daß ich schneller als er sein und mich in der Nachbarschaft verbergen konnte, doch er bog gerade um die letzte Kurve, als ich die Straße erreicht hatte. Ich konnte sie zwar noch überqueren, aber ich war ganz sicher, daß er mich gesehen hatte.

Die Scheinwerfer warfen meinen unheimlichen, langen Schatten vor mir auf die Straße, knickten ihn dann über den Bürgersteig. Ich schaute mich verzweifelt nach irgendeinem Pfad um, auf dem ich zwischen den Häusern verschwinden und die Straße hinter mir lassen konnte. Ich entdeckte keinen und rannte auf dem Bügersteig entlang, immer die Tür auf der Fahrerseite im Augenwinkel behaltend.

Ich wußte: Wenn er heraussprang, dann konnte ich ihn abhängen. Wenn er nicht auf den Bürgersteig fuhr, um mir den Weg abzuschneiden, würde ich es bis in die Stadt schaffen.

Kaum hatte ich es gedacht, als es auch schon Wirklichkeit wurde. Der Wagen fuhr scharf auf mich zu, sprang über den Bordstein, und ich flankte über gut einen Meter hohen Zaun, überschlug mich zweimal, rappelte mich auf, lief zum nächsten Hof, schrie mit neuer Energie, die nur ein Adrenalinstoß erzeugen kann. Hinter dem Haus fand ich einen schmalen Weg, lief ein Stück zurück und hoffte, genug Zeit zu gewinnen, während er darüber nachdachte, wie er sich weiter verhalten sollte.

Aber der alte Byrnes war nicht dadurch zu der unheimlichen Bedrohung geworden, daß er sich von Jungs wie mir übertölpeln ließ. Zweimal erreichte ich den Eingang des schmalen Weges, einmal auf jeder Seite, und beide Male sah ich den Wagen meiner Mutter in kaum zehn Meter Entfernung auf mich warten. Zweimal sprang ich zurück, um mich zwischen Mülltonnen und Wäscheleinen zu verbergen, und ich fragte mich, ob er vielleicht eine Spukgestalt wäre und meine Gedanken lesen könnte. Natürlich wußte ich, daß das unmöglich war, doch als ich mich über mehrere Rasenstücke schlich und zwei Häuserblocks entfernt wieder auf einen Weg stieß, wartete dort schon wieder das Auto. Ich saß in der Falle.

Ich dachte daran, an irgendeine Tür zu klopfen, aber dabei konnte eine Menge schiefgehen. Es blieb mir nicht viel Zeit, falls niemand öffnete, und ich hoffte immer noch, in die Stadt gelangen zu können, ehe er mich erwischte. Wenn er mich wirklich in die Finger kriegen wollte, mußte er aus dem Wagen steigen, und das glich unsere Chancen ziemlich aus.

Ich rannte jetzt den Südhügel hinab und geriet mitten in die ärmeren Viertel der Stadt. Damit waren meine Chancen schlechter geworden, jemanden herauszuklopfen. Laute Schreie und nächtliche Gewalttaten waren hier üblicher, und die Leute schlossen höchstens ihre Türen, wenn sie so etwas hörten. Aber wenn ich den Edison-Bezirk erreichen konnte, hatte ich es nicht mehr weit bis zur Polizeistation.

Seit drei Häuserblocks hatte ich Byrnes jetzt nicht mehr gesehen. Vielleicht hatte ich ihn in dem Gewirr von Hinterhöfen, Spielplätzen, Garagen und abgestellten alten Wagen abgeschüttelt. Auf die Straße wollte ich erst zurückkehren, wenn die Lampen der Innenstadt nahe genug waren. Und dann wollte ich aus Leibeskräften laufen.

Hinter mir sprang eine Katze vom klappernden Deckel einer Mülltonne, und ein gedämpfter Schrei drang aus meiner Kehle. Ich kauerte mich nieder, um wieder zu Atem zu kommen. Diese Umgebung hier kannte ich nicht besonders gut, aber seit meinem Besuch bei Dale Thornton war sie mir wenigstens nicht völlig fremd.

Dale Thornton! Das war es! Byrnes blieb mir auf den Fersen, weil er wußte, daß ich zur Polizei wollte. Das mußte es sein. Aber Dale Thornton wohnte ungefähr in der Mitte des Edison-Bezirks, in entgegengesetzter Richtung von der Polizeiwache. Wenn ich sein Haus erreichen konnte, war ich in Sicherheit. Mich liebte Dale nicht gerade, aber den alten Byrnes mußte er hassen. Außer Lemry und mir war Dale der einzige, der wußte, was Byrnes getan hatte.

Als ich gerade diese Richtung einschlug, legte sich eine Hand fest um meine Schulter. »Pech gehabt, Junge! Hast du vielleicht gedacht, ich würde im Auto sitzen bleiben, während du hier hin und her läufst? Nicht gerade schwer zu erraten, warum ihr Jungs keine besseren Noten in der Schule habt.« Sein Griff war so fest, daß mein Arm ganz taub wurde. Ich wollte mich losreißen, doch er verstärkte seinen Griff und zwang mich auf die Knie. »Ich habe dir ja gesagt, daß ich genug von deinem Unsinn habe«, flüsterte er, und plötzlich spürte ich die Klinge seines Messers an meinem Hals. »Jetzt hast du dein eigenes Blut geschmeckt«, sagte er, und ich bin gern bereit, dir ein richtig breites Grinsen ins Gesicht zu schneiden.«

Ich schloß die Augen.

»Du solltest auch nicht eine Sekunde lang denken, daß ich es nicht tun werde, Junge. Nun sag mir endlich, wo meine Tochter ist, dann hast du es hinter dir.«

»Und woher weiß ich, daß Sie mich nicht verletzen, wenn ich's sage?«

Er lachte. »Du weißt nur, daß ich's bestimmt

tue, wenn du nichts sagst.« Der Druck der Messerklinge auf meiner Haut wurde stärker. »Wenn du jetzt wieder etwas sagst, dann am besten gleich das Versteck meiner Tochter.«

»Reno.«

Ich glaubte den Schnitt der Klinge zu spüren.

»Die Wahrheit!« keuchte er.

»Reno!« sagte ich noch einmal.

Seine freie Hand krallte sich in mein Haar und riß mir den Kopf heftig zurück. »Wie ist sie da hingekommen?«

»Lemry.« In dieser Lage hätte ich alles getan: meine Freunde verraten, unschuldige Babys umgebracht, alles. Später würde ich mich deswegen schämen, aber jetzt fühlte ich nur blankes Entsetzen in seiner unerträglichsten Form.

»Wer ist das?«

»Lehrerin.«

Sein Griff lockerte sich, ich fiel rückwärts und hörte tatsächlich, daß Haar aus meiner Kopfhaut gerissen wurde. Ich sprang auf, rannte laut schreiend los. Sekunden später spürte ich einen brennenden Schmerz im linken Schulterblatt. Mein Schreien wurde lauter, während ich auf die Lichter zujagte. Hinter mir wurde ein Wagen angelassen, und ich kletterte über einen Zaun, lief über ein Rasenstück auf eine helle Straße zu und schrie um mein Leben.

Ich war wieder auf einem Weg. Der Schmerz in meiner Schulter ließ ein wenig nach, nicht aber meine Angst. Ich stolperte über zwei weitere Straßen auf die Mitte des Edison-Bezirks zu, bis mir im dämmrigen Licht etwas bekannt vorkam. Das konnte Dales Straße sein. Ich überquerte noch einen Hof und wußte nicht, ob ich mich nach rechts oder nach links wenden sollte. Jetzt wurde der Schmerz in meiner Schulter wieder so stark, daß ich fürchtete, mich übergeben zu müssen. Mit der rechten Hand versuchte ich, die schmerzende Stelle zu erreichen, aber es gelang mir nicht. Dort mußte das Messer stecken, aber ich konnte es nicht fassen. Mein linker Arm war völlig leblos. Ich mußte bei Bewußtsein bleiben.

Es war spät. Nach Mitternacht. Alles, was sich bewegte, mußte Byrnes auffallen. Etwas Feuchtes, Warmes rann mir über den Rücken, und plötzlich war ich froh, daß ich das Messer nicht erreichen konnte. Ich war wie ein zerstochener Reifen: Man darf den Nagel nicht herausziehen, ehe man die Werkstatt erreicht hat.

Wegen der Richtung konnte ich mich nur auf mein Glück verlassen. Ohne bekannte Kennzeichen war ich wie in einer Wildnis verloren. Es ist einfach eine Tatsache, daß ich in einer unbekannten Gegend eine mehr als fünfzigprozentige Chance habe, die falsche Richtung einzuschlagen, wenn ich meinem Instinkt folge. Ich hatte Dales Haus bisher nur von der Straßenseite aus gesehen, und jetzt konnte ich überhaupt nur wenig erkennen. Mein Instinkt sagte mir, daß ich nach rechts gehen mußte, also wandte ich mich nach links, fing wieder an zu laufen und betete darum, daß meine Orientierungsschwäche mir treu geblieben war.

»Großer Gott, Fettsack! Was machst du denn hier? Weißt du überhaupt, wie spät es ist? Du kannst von Glück sagen, daß du meinen Alten nicht geweckt hast. Der hätte dich bis zu dir nach Hause in den Hintern getreten. Was hast du hier zu suchen? Mann, ich würde mich in dieser Gegend nicht nachts herumtreiben. Irgendeiner wird dich zusammenschlagen und dir alles abnehmen, was du bei dir hast. He, was ist denn mit deinem Gesicht passiert? Los, komm mit raus in die Garage! Du hast vielleicht ein Glück, daß du meinen Alten nicht geweckt hast! Weißt du, wie spät es ist? Und was ist mit deinem Gesicht los?«

Dale führte mich zur Garage, schloß das riesige Vorhängeschloß auf, trat ein und tastete nach dem Lichtschalter. Ich hatte noch kein Wort gesagt und gab mir Mühe, in seiner Nähe zu bleiben. Das Deckenlicht flackerte auf, und ich drehte Dale den Rücken zu.

»Jesus! Was ist denn das? Was hat das zu bedeuten? Mann, du hast ja ein Messer in dir stecken! Wer, zum Teufel noch mal, hat dir das Messer in den Rücken gejagt?«

»Byrnes«, sagte ich, mußte plötzlich nach Luft ringen und fiel auf die Knie.

»Scheiße!« sagte Dale. »Soll ich's rausziehen? Ich meine, dieses Ding da, soll ich's dir aus dem Rücken ziehen?«

Zum erstenmal wurde mir klar, daß ich wirklich in Schwierigkeiten steckte und vielleicht sterben würde. Ich schüttelte kraftlos den Kopf. »911!« Ich fiel vorwärts und stützte mich mit dem rechten Arm auf dem kalten Zementboden ab. Dale schrie nach seinem Vater.

Ich weiß nicht, ob ich bewußtlos geworden oder eingeschlafen bin, aber an den Garagenwänden zuckten rote und blaue Lichter, als ich die Augen wieder aufschlug und in einen blau-weißen Krankenwagen geschoben wurde. Ich lag auf dem Rücken, also mußte das Messer entfernt worden sein. Stechender Schmerz tanzte in meiner linken Hand, und ich sah wie aus der Ferne zu, wie der Arzt eine Nadel mit einem dünnen Schlauch in meinen Unterarm schob. Alles war verschwommen. Über mir bewegte ein Polizist die Lippen, aber ich konnte kein Wort hören. He, Mann, diese Burschen hatten anscheinend alles unter Kontrolle. Aus dem Schlimmsten war ich erst einmal raus.

# 17

Eigentlich war es gar nicht so schlecht. Soviel Aufmerksamkeit in den Medien hatte ich bis jetzt nur erregt, als ich bei den Sommerspielen von Spokane vor zwei Jahren die 1500 Meter Freistil bei den unter Sechzehnjährigen gewonnen hatte. Sogar im Rundfunk und im Fernsehen haben sie was über den »schweren Engel« gebracht. Im Sommer sind die Sportneuigkeiten eben knapp.

Aber jetzt war es noch besser, denn ich lag in

einem Krankenhausbett, und mein Körperumfang war kein Thema. Wer guckt schon unter die Bettdecke? Sie wußten nur, daß ich total eingegipst und das Opfer eines schweren Verbrechens war. Das waren Schlagzeilen für die Regionalseiten. Ellerby behauptete, er hätte schon überlegt, sich von irgend jemandem ein Messer in den Leib rammen zu lassen, um auch soviel Aufmerksamkeit zu genießen. Ich habe vorgeschlagen, ich könnte das ja für ihn tun.

Bis jetzt hatte ich meine Geschichte wahrscheinlich an die siebenhundertmal erzählt, und sie wurde mit dem Alter immer besser. Ich mußte noch an dem Teil arbeiten, als ich Byrnes mit einem Karateschlag das Messer aus der Hand geschlagen hatte, so daß es in meiner Schulter gelandet war, aber alles andere klang schon sehr gut. Dale Thornton war begeistert von seiner tragenden Rolle, und sein Vater hatte mehreren Reportern erzählt, daß er gleich neben dem Haupteingang zelten und persönlich dafür sorgen wolle, daß Virgil Byrnes nicht in meine Nähe käme. Seitdem ich so etwas wie ein Mini-Fernsehstar geworden war, mochten mich die Thorntons viel lieber als früher.

Das war alles ganz in Ordnung so, und solange meine Mutter und Carver und die Medien und die Polizei und die Medizinmänner dauernd durch mein Zimmer paradierten, fühlte ich mich quicklebendig. Aber wenn ich allein war, wußte ich, daß ich mächtig Glück gehabt hatte, daß ich noch am Leben war, und ich hatte ziemliche Angst. Der alte Byrnes war verschwunden, und das machte mich ganz schön nervös. Aber wirklich gefährlich war es für Sarah Byrnes. Die Polizei war ihr und Lemry jetzt in Reno auf der Fährte, aber das Hotel, in dem sie angeblich wohnen sollten, hatte niemals etwas von ihnen gehört. Lemry sollte eigentlich gleich nach ihrer Ankunft in Reno ihren Mann anrufen, aber sie hatte sich nicht gemeldet, und jetzt suchte die Polizei in drei Staaten nach den beiden. Ich wollte nicht, daß sie in die Stadt zurückkämen, ohne zu wissen, daß der alte Byrnes auf freiem Fuß war.

Und übrigens hatte ich das Gefühl, daß ich allmählich drogenabhängig würde. Ich weiß nicht, was die mir dort gegen meine Schmerzen gaben, aber es war gar nicht so schlecht.

»He, Mann!«

Mark Brittain stand in der Tür. Er würde mich in die Hölle schicken.

»He, Mann!« gab ich zurück.

»Du bist so eine Art Berühmtheit.«

»Scheint so.« Ich tastete an der Seite meines Bettes hinunter, um den Knopf zu finden, der meinen Kopf aufrichtete. »Und wie fühlst du dich?«

»Okay, glaube ich«, antwortete er. »Irgendwie blöd.«

Ich wußte nicht, was ich sagen sollte. Ich spürte, daß er etwas erklären wollte, und ich verspürte keinerlei Lust, ihm das Leben schwer zu machen. Ich hatte Zeit zum Nachdenken: Die Wunde, die ich davongetragen habe, war nur ein Loch; seine Wunde war die Demütigung, die er erfahren hat.

Ich habe beides verspürt, und es läßt sich nicht vergleichen. Und diese Gedanken schufen so etwas wie eine Verbindung, obwohl Mark nur den Satz gesagt hatte, daß er sich irgendwie blöd fühlte.

Ich sagte: »Wenn wir so weitermachen, wird keine tolle Mannschaft für die Regionalmeisterschaften übrigbleiben.«

Er deutete mit einer Kopfbewegung auf meine Schulter. »Mußt du damit ausscheiden?«

»Es sieht so aus. Der Doktor sagt, es wird eine Weile dauern, den Muskelschaden zu heilen. Das braucht vor allem Zeit.«

Mark schaute zu Boden. »Ich habe in den Nachrichten gehört, was Mr. Byrnes seiner Tochter getan hat. Er muß ein ziemlich unheimlicher Bursche sein.«

»Auf dem Gebiet völlig konkurrenzlos!«

»Was ich in der Klasse gesagt habe ...«

Ich hob meine gesunde Hand. »Mach dir darüber keine Gedanken.«

»All dieses Zeug mit der Verantwortung ...« Er schüttelte den Kopf. Seine Unterlippe zitterte, doch er lächelte tapfer. »Du, sag Jody ...«, er schloß die Augen. »Sag ihr nur, daß es mir leid tut, ja? Das mit der Abtreibung und alles. Ich habe gelogen, Moby. Weißt du ...« Er stockte. »Jesus, ich habe gelogen!«

Ich wollte ihm sagen, daß ich ihn verstehe, wenn auch vielleicht nicht ganz, aber er war schon gegangen.

Als ich die Augen wieder aufschlug, füllte eine schemenhafte Gestalt den Türrahmen, aber ich konnte sie nicht richtig in den Blick bekommen. Diese Schmerzmittel mindern nicht nur den Schmerz. Ich lächelte, winkte und schloß die Augen. Ein paar Minuten oder auch drei Tage später öffnete ich sie wieder, und die Gestalt war nicht mehr schemenhaft und an mein Bett gekommen. Lemry sagte: »Ein hartes Wochenende?«

»Das härteste auf der Rekordliste.«

Lemry legte mir die Hand auf den kaputten Arm. »Das wird deiner Schwimmkarriere nicht besonders gut tun.«

»Vielleicht kann ich mich noch für die Staffeln qualifizieren. Und ihr? Habt ihr Erfolg gehabt?«

»Wir haben sie gefunden.«

»Wirklich?« fragte ich. »Ihr habt Sarah Byrnes' Mutter gefunden?«

Meine Begeisterung war nicht gespielt.

»Innerhalb der ersten vierundzwanzig Stunden hatten wir sie«, bestätigte Lemry. »Wir brauchten nur die Spielkasinos abzusuchen. Sie sieht immer noch nicht viel anders aus als auf dem Bild, das Sarah Byrnes von ihr hatte.«

Meine Begeisterung brach zusammen. »Ihr habt sie gefunden, und ... Was ist passiert?«

»Nun ja«, erklärte Lemry, »wir sind kurz vor Mitternacht dort angekommen und haben ein Zimmer im Harrahs genommen. Das ist eines der großen Hotelkasinos. Ich war hundemüde, aber deine Freundin wollte unbedingt gleich weitermachen, also haben wir die nächsten Stunden mit einer Wanderung durch die Kasinos verbracht. Wir haben herumgefragt, haben ein paar von den Angestellten das Bild gezeigt, aber sie waren nicht sehr hilfreich. Ich glaube, daß sich da eine ganze Menge Leute versteckt halten.

Endlich habe ich Sarah Byrnes überzeugt, sich nirgends länger als eine gute halbe Stunde aufzuhalten. Auf gut Glück haben wir gesucht, bis wir ein paar Stunden vor dem Frühstück wieder im Harrahs waren.

Die Serviererin im Restaurant hat irgendwie seltsam geguckt, als sie Sarah gesehen hat, aber das war nicht weiter ungewöhnlich, wie Sarah Byrnes mir immer wieder erklärte. Aber dann bemerkte ich, daß die Frau die Augen gar nicht von Sarah Byrnes lassen konnte, und sie sah sehr traurig aus. Also habe ich Sarah gebeten, sie solle mir das Bild noch einmal zeigen, und ich habe es mir gründlich angesehen und die Serviererin auch – und die sahen sich mächtig ähnlich. Ich habe Sarah Byrnes gesagt, sie solle einmal vergleichen, und schon war sie auf den Beinen und lief auf die Frau zu. Die Frau sah sie kommen, sprang auf und eilte zur Tür. Sarah Byrnes folgte ihr, doch die Frau wurde immer schneller, bis sie fast rannte. Sarah Byrnes rief: ›Mutter!‹, und die Frau legte einen wahren Sprint ein und war aus der Tür und auf der Straße. Inzwischen lief ich auch, um beide einzuholen.

Dann hat Sarah Byrnes' Mutter ihre Schuhe mit den hohen Absätzen ausgezogen und ist auf Strümpfen davongerannt. Voller Panik war sie, und sie wollte sich nicht einfangen lassen. Also habe ich den höchsten Gang eingelegt, habe Sarah Byrnes überholt, um ihre Mutter zu erreichen, ehe sie am Ende des Häuserblocks anlangte, denn ich fürchtete, sie könnte einfach auf die Straße laufen.« Sie seufzte und schloß die Augen. »Mein Gott, die arme Frau hatte nur noch eines im Sinn: Sie wollte weg von uns!«

Ich fühlte mich so in die Geschichte hineingezogen, daß ich keine Schmerzen mehr spürte. »Und dann? Sie haben sie gefangen?«

Lemry lachte. »Ob ich sie eingeholt habe, meinst du? War ich die 800-Meter-High-School-Meisterin von Iowa, oder war ich es nicht?«

Ich schaute sie überrascht an.

»Ich war es. Oder meinst du, ich verstünde nur etwas vom Schwimmen?«

»Jetzt nicht mehr«, antwortete ich. »Und was hat sie gesagt?«

»Geschrien hat sie: ›Laßt mich! Laßt mich los!‹ Aber ich habe ihren Arm festgehalten, habe beruhigend auf sie eingeredet und die ganze Zeit gehofft, daß ich die Nacht nicht wegen Freiheitsberaubung im Gefängnis von Reno verbringen müßte. Ich habe ihr gesagt, es sei alles in Ordnung, wir müßten nur mit ihr reden. Ich habe sie beim Namen genannt, sie hat mir nicht widersprochen, und so war ich sicher, daß sie wirklich Sarahs Mutter war. Dann kam ein Polizist um die Ecke, und plötzlich war sie so still, als hätte ihr jemand den Mund gestopft.

Inzwischen hatte Sarah Byrnes uns eingeholt. Julie – so heißt ihre Mutter – wollte keine Einmischung der Polizei, also war sie einverstanden, mit uns zu kommen, und wir haben sie mit in unser Zimmer genommen. Von dort aus hat sie unten im Restaurant angerufen und gesagt, ihr sei plötzlich schlecht geworden, und sie liege jetzt in einem

Ruheraum. Ich denke, irgend jemand dort unten hat sie gedeckt.«

»Sie war es also wirklich?« fragte ich. »Und was gibt uns das für Chancen?«

»Nicht viele«, antwortete Lemry.

»Was ist passiert?«

Lemry seufzte. »Es ist schlecht gelaufen. Erst hat ihre Mutter versucht zu bestreiten, daß sie Sarahs Mutter sei, sogar nach alledem, was wir gerade durchgemacht hatten. Dann sagte sie, daß sie sich von ihrem Mann getrennt habe, bevor Sarah verletzt worden sei. Wahrscheinlich hat sie gehofft, Sarah Byrnes könnte sich nicht mehr erinnern. Sarah Byrnes ist aus der Haut gefahren und hat sie angeschrien, sie sei eine verdammte Lügnerin, und hat eine Viertelstunde lang geschrien, bis Julie geweint hat, und dann hat Sarah gesagt, sie würde hoffentlich an ihren Tränen ersticken. Ich habe versucht, die Sache in den Griff zu bekommen, aber es war so, als wollte man kämpfende Hunde trennen. Sarah Byrnes schrie immer wieder: ›Sieh mich doch an! Sieh mich an, Mutter! Wie konntest du mich verlassen? Wie konntest du das nur tun?‹ Und ihre Mutter schluchzte nur und sagte immer wieder, wie leid es ihr tue.«

Ich sah, wie bewegt Lemry war. Sie erzählte die Geschichte ganz so, als ob sie sich gerade abspielte, und ihr Kinn zitterte.

»Endlich habe ich einen Waffenstillstand zuwege gebracht, und wir haben vereinbart, daß wir uns am Abend wieder in unserem Zimmer treffen wollten. Es gab keine andere Möglichkeit, ein Stück voranzukommen, wenn sie sich nicht erst einmal trennten und Zeit zum Nachdenken hatten. Wir mußten einfach hoffen, obwohl ich die meiste Zeit damit verbracht habe, Sarah Byrnes darauf vorzubereiten, daß ihre Mutter vielleicht wieder verschwinden würde. Aber um sieben Uhr klopfte sie an unsere Tür. Diesmal lief es besser, denn Sarah Byrnes hatte sich vorgenommen, wenigstens so lange höflich zu bleiben, bis sie herausgefunden hatte, was sie wissen mußte.«

»Und was hat ihre Mutter gesagt?«

»Sie hat gesagt, daß sie eines Tages in der Hölle braten müßte, weil sie ihre Tochter verlassen hatte, aber das könnte auch nicht viel schlimmer sein als das, was sie in den letzten vierzehn Jahren durchgemacht hätte. Anfangs habe sie ein paar Selbstmordversuche unternommen, sagte sie, aber nicht einmal das habe sie richtig gemacht. Daß sie ihre Tochter verlassen habe, das sei schlimm, sagte sie, aber wirklich unverzeihlich sei, daß sie Sarah nicht beschützt habe. Sie habe schon vor ihrer Hochzeit gewußt, daß Virgil ein Verrückter sei, aber sie habe sich nicht von ihm lösen können.«

»Warum denn nicht, wenn sie doch wußte, daß er verrückt war?«

»Das ist wohl eines dieser ewigen Geheimnisse zwischen Mann und Frau, Moby. Wenn ein Mensch sich wertlos fühlt, dann ist nichts, was er tut, vernünftig zu erklären, und nichts ist überraschend.«

»Und wie ist es ausgegangen? Sie ist nicht mit euch gekommen, nicht wahr?« Ich fragte nicht, ich wußte es.

Lemry schüttelte den Kopf. »Sie ist nicht mitgekommen. Sarah Byrnes hat sie so sehr darum gebeten, hat ihr gesagt, sie könne alles wieder gutmachen, wenn sie nur mitkäme und die Wahrheit sagte. Sie hat erzählt, wie zornig ihr Vater im Krankenhaus geworden ist. Aber die Mutter hat nein gesagt. Sie glaubte nicht, daß sie die Schande einer Vernehmung vor Gericht ertragen könnte – sie wollte es gern, aber sie könne es einfach nicht. Sie hat gesagt, Sarah müsse demnächst wohl auch noch mit dem Selbstmord ihrer Mutter fertigwerden.«

Das machte mich ganz wütend. »So eine rückgratlose …«

»Nicht so schnell! Sie hat die Wahrheit gesagt. Das muß man anerkennen. Sie ist keine starke Frau, Moby. Sie hat einfach nicht den Mut, den sie jetzt bräuchte.«

»Und was hat Sarah Byrnes dann getan?«

»Sie ist still geworden. Sie war sehr höflich, und wir haben das Gespräch beendet. Sie ist ins Bett gegangen und sofort eingeschlafen.« Lemry lachte. »Sie ist schlafen gegangen! Ich war fast sicher, sie würde davonlaufen und sich etwas antun, also habe ich die ganze Nacht wach im Bett gesessen, aber sie hat durchgeschlafen bis zum Morgen, ist aufgestanden und hat gesagt: ›Los, fahren wir!‹ Und wir sind wieder heimgefahren.«

Das machte mir angst. Ich hatte Sarah Byrnes schon so ruhig erlebt. Lemry las meine Gedanken. »Mich hat das auch nervös gemacht, Moby«, sagte sie. »Es sah ganz so aus, als wollte sie aufgeben, und ich habe mir Gedanken darüber gemacht, was passieren würde, wenn wir wieder zu Hause wären. Die mache ich mir auch jetzt noch. Ich hoffe, sie kann das alles so zuammensetzen, daß es gut für sie ist. Aber ich sage dir ganz offen, daß solche Niederlagen mir ganz und gar nicht passen.«

Ich dachte, sie wäre fertig, aber dann legte sie mir wieder die Hand auf den Arm und ließ mich einen Blick in ihr Leben tun. Wie gut wäre es, wenn Erwachsene wüßten, wie wichtig das manchmal für uns ist. Sie sagte: »Ich bin in der Kleinstadt Cradle Rock in Iowa aufgewachsen, und das schönste dort war die kleine Liga. Jungen und Mädchen spielten in denselben Teams. Das lag nicht daran, daß die feministische Bewegung dort fünfzehn Jahre ihrer Zeit voraus gewesen wäre, sondern daran, daß es dort einfach nicht genug Jungen gab, um die acht Mannschaften zu besetzen.

Mein erstes Team waren die Phillips Junior Oilers. Die Phillips-Niederlassung war unser Sponsor. Ich erinnere mich noch genau daran, als ich das erste Mal das grüne T-Shirt mit der goldenen Schrift auf der Brust anhatte und die Kappe mit dem goldenen P. Ich war mächtig stolz. Diese Kappe habe ich überall getragen. Das Hemd durfte man nur bei den Spielen anziehen, aber die Kappe konnte man immer auf dem Kopf haben.

Ich war ein dürres kleines Mädchen und wahrhaftig nicht hübsch. Das wußte ich auch. Die anderen Kids haben es mir dauernd gesagt. Mein Leben lang war ich nie besonders witzig, mir fielen nie die schlauen Sprüche ein. Ich besaß auch nichts, was irgend jemand haben wollte, und anscheinend steckte auch in mir nichts, was irgend jemanden interessierte. Manchmal sehe ich mir Fotos von mir aus jener Zeit an, und ich kann einfach diese große Traurigkeit in meinen Augen nicht glauben. Es ist fast so, als wäre da ein ganz anderes Mädchen auf den Bildern. Wir hatten nicht viel Geld; das hatte kaum einer in der Stadt. Aber meine Eltern und meine Großmutter sparten genug, um mir einen wirklich schönen Handschuh zu kaufen. Ein Autogramm von Warren Spahn war darauf, also war es wohl eigentlich ein Handschuh für einen Werfer, aber das machte mir nichts aus. Ich erinnere mich nur noch an das Gefühl von kühlem Leder an meinem Gesicht. Und dieser Geruch! Jeden Abend habe ich ihn mit Öl eingerieben, und ich habe über Nacht einen Baseball hineingeschoben, damit er die richtige Höhlung kriegte, in der ich in meinen Träumen eine Million Flugbälle fing. Dieser Handschuh war noch mehr als die Kappe ein Zeichen dafür, daß ich zum Team gehörte.«

Lemry streichelte ein wenig meinen Arm, und ich war ganz still und verzaubert von einer wahren Geschichtenerzählerin, die eine wahre Geschichte erzählte.

»Als ich zum ersten Spiel auf das Feld kam, war ich so aufgeregt, daß ich dachte, ich müßte mich übergeben. Die ganze vergangene Nacht hatte ich kein Auge zugetan, und den Tag davor hatte ich damit zugebracht, Bälle gegen die Garagenwand zu werfen und sie wieder aufzufangen.

Beim Aufwärmen fing ich keinen einzigen Ball. Sie fielen immer rechts von mir zu Boden. Oder links. Die Bälle trafen meine Arme und fielen harmlos ins Gras. Aber ich war glücklich, da zu sein, zu den anderen Kids zu gehören, bei denen ›Junior Oilers‹ auf der Brust geschrieben stand. Da war es völlig unwichtig, daß ich jeden Ball verpaßte.

Ehe der Schiedsrichter das Spiel anpfiff, rief der Trainer uns zusammen, erklärte noch einmal jedem seine Aufgabe. Ich hatte das alles längst auswendig gelernt. Ich spielte im rechten Feld, und ich wußte, was das bedeutete. Als Werfer und als Fänger taugte ich nicht viel. Aber das machte nichts, denn ich hatte einen neuen Handschuh und ein grün-goldenes Shirt, und ich gehörte dazu.

Wir waren die Heimmannschaft. Im Gedränge streckten wir unsere Handschuhe zusammen und schrien: ›Go, Oilers!‹, und dann nahmen wir unsere Plätze ein. Ich war ja so stolz. Aber bevor ich noch an der Grundlinie war, spürte ich die Hand des Trainers auf meiner Schulter, und als ich mich umwandte, stand Ronnie Callendar neben ihm. Und der Trainer sagte: ›Ich möchte gern, daß du Ronnie deinen Handschuh leihst.‹ – ›Wieso denn?‹ fragte ich. Und er sagte: ›Weil er keinen hat.‹ Der Trainer hat gesehen, wie mein Gesicht in sich zusammenfiel, ich weiß, daß er's gesehen hat, und ich glaube, er wußte auch, was ich fühlte, denn er war sehr freundlich, aber er sagte: ›Cindy, wenn wir das hier gewinnen wollen, dann braucht Ronnie einen Handschuh. Das ist alles.‹ Ich schaute auf den Handschuh, in dem meine Hand steckte, und ich biß mir auf die Unterlippe, als ich Warren Spahns Namen darauf las. Und ich gab ihn dem Trainer. Der Trainer sagte mir, ich sollte so weit wie möglich hinten im rechten Feld spielen, damit keine Bälle über meinen Kopf hinwegfliegen könnten, daß ich schneller vorwärts als rückwärts laufen könne, und dann hat er mich losgeschickt. Ich bin so weit nach hinten gegangen, daß ich schon fast aus dem Spielfeld verschwunden war.

So schnell ging das. Plötzlich gehörte ich nicht mehr dazu, und ich erinnere mich, daß ich gedacht habe, daß immer irgend etwas alles verderben mußte. Ich war verletzt und beschämt, und ich wäre am liebsten verschwunden, damit mich keiner mehr sehen konnte; aber das ging nicht, denn ich hatte das grün-goldene Shirt an und die Kappe auf dem Kopf. Und mit einem Mal war diese Spielkleidung mein Feind. Ich weiß noch: Ich habe Ronnie Callendar dafür gehaßt, daß er arm war, und ich habe gehofft, daß sein Vater niemals mehr eine Arbeit finden würde und daß sie fortziehen müßten.

Jedes Spiel danach war schrecklich. Aufhören konnte ich nicht, weil wir dann nur acht Spieler gewesen wären, und alle anderen würden dann sauer auf mich sein. Der Trainer hat mir nicht jedesmal meinen Handschuh weggenommen. Ich glaube sogar, er hat es nie wieder getan. Aber jedesmal, wenn ich über den heißen Sommerweg zum Spielplatz ging, wußte ich, daß er es tun könnte und daß ich nicht wirklich dazugehörte, weil man mir meinen Handschuh wegnehmen könnte.«

Lemry schaute auf mich herunter und kehrte aus ihrer Geschichte in das Zimmer zurück. »Daran habe ich auf dem ganzen Rückweg von Reno gedacht. Ich erinnerte mich, daß ich tatsächlich gern gestorben wäre. Und dabei hatte ich doch nur einen Baseballhandschuh verleihen müssen. Und Sarah Byrnes hat das einzige verloren, woran sie sich noch halten konnte.«

Lemrys Geschichte ist die Geschichte meines kleinen, fetten Lebens; des Lebens vor dem Schwimmen, vor Ellerby. Vor Jody. »Sie machen sich Sorgen«, sagte ich. »Sie fürchten, daß Sarah Byrnes zuviel verloren hat.«

Sie lachte leise, aber es klang nicht heiter. »Ich mache mir Sorgen, ja«, sagte sie. »Aber ich will dir eines sagen, Moby. Die Trostlosigkeit dieses Wochenendes hat mich schwer getroffen, und ich werde mit allen Mitteln dafür kämpfen, daß die Dinge, um die ich mir Sorgen mache, nicht geschehen. Als in Nevada die Autobahnpolizei uns abgewinkt und uns erzählt hat, was hier mit dir und Sarah Byrnes' Vater passiert ist, sah ich wieder etwas von dem Mädchen aufblitzen, mit dem ich nach Reno gefahren war. Ich glaube, in diesem Augenblick hat sie den Mut zum Kämpfen wiedergefunden. Aber ich weiß es nicht genau. Es ist eine gewagte Sache. Sie hat mir versprochen, daß sie mit mir reden will, bevor sie etwas Unbedachtes tut. Ich denke, daran wird sie sich halten. Sie ist ein erstaunliches Mädchen, Moby. Ich begreife, warum du sie immer gemocht hast. Sie hat viel Mut, und sie hat ganz bestimmt die Art verändert, in der ich mein Leben immer betrachtet habe. Jedenfalls ist sie jetzt daheim bei meinem Mann, und der fühlt sich glücklich wie ein Schwein im

Mist, weil alle meine Argumente, warum er keine Waffe im Haus haben sollte, jetzt weg sind wie durch die Toilette gespült. Die Polizei hat das Haus auch im Auge, also ist Sarah wenigstens in Sicherheit.«

Der einzige Mensch, der Sarah Byrnes wirklich hätte helfen können, wollte es nicht tun! Ich dachte, wenn meine Mutter mich heute abend besuchen käme, dann würde ich sie so fest drücken, daß ihr die Rippen brächen.

# 18

Das Leben war zum Theater geworden. Die Bühne war dieses Krankenzimmer, und ich hatte den besten Platz im ganzen Haus. Als ich mich nach einem halbstündigen Werbefilm über das Stoppen von männlichem Haarausfall wieder wachblinzelte, stand Sarah Byrnes im Mantel neben meinem Bett und schüttelte mich vorsichtig wach. Es war lange nach dem Ende der Besuchszeit, also wußte ich, daß sie sich heimlich hereingeschlichen hatte.

»Ich gehe fort, Eric«, sagte sie. »Ich bin nur vorbeigekommen, um mich zu verabschieden.«

»Fortgehen? Wohin denn?«

»Fort.«

Ein leeres Gefühl breitete sich in mir aus. Man

kann Sarah Byrnes nichts ausreden. »Mein Gott«, sagte ich, »geh nicht fort! Bitte nicht!«

»Ich muß.«

»Warum denn? Sarah Byrnes, es ist doch alles so gut wie noch nie bisher. Du hast ein Zuhause. Du bist in Sicherheit!«

»Ich bin nicht in Sicherheit, solange mein Vater dort draußen herumläuft. Wenn ich fort bin und niemand weiß, wo ich mich aufhalte, dann wird es für alle sicherer sein. Solange er weiß, daß ich hier in der Gegend bin, bist du nicht sicher und Lemry auch nicht. Aber er wird nicht versuchen, sich zu rächen. Er will einfach nur mich. Er ist verrückt, aber er ist ein einfacher Verrückter. An jenem Abend hätte er dich umgebracht, aber nicht aus purer Gemeinheit. Er hätte dich getötet, um seine ›Familie‹ zu bekommen. Das bin ich. Und mich würde er lieber umbringen, als mich irgendeinem anderen zu überlassen. Ich muß weg hier!«

»Wohin willst du gehen?«

»Es gibt da eine Adresse im Mittleren Westen. In Kansas, glaube ich. Da ist eine Gruppenwohnung, in der junge Leute mit Problemen aufgenommen werden, mit Krankheiten im Endstadium, mit unabänderlichen Entstellungen und dergleichen. Vor ungefähr fünf Jahren habe ich im »Life-Magazin« darüber gelesen, und ich habe immer gedacht, ich könnte eines Tages dort hingehen und arbeiten. Sogar damals war ich schon schlau genug, meinem Vater niemals ein Wort von diesem Heim zu sagen oder ihn die Zeitschrift sehen zu lassen. In einer Million Jahren würde er mich dort nicht finden.«

»Aber wenn du jetzt fortgehst, hast du nicht einmal einen High-School-Abschluß. Warte doch wenigstens so lange ab.«

Sie schüttelte den Kopf, und der alte, herablassende Gesichtsausdruck war wieder da. »Ein Messer im Rücken hat dich wohl auch nicht viel klüger gemacht, wie? Meinst du, mein Vater wird bis zum Schulabschluß warten, ehe er mich holt? Heute abend habe ich mir schon eingebildet, ihn im Vorgarten zu hören. Nein, Eric, versuch gar nicht erst, mit mir zu streiten. Ich bin gekommen, weil ich dich vielleicht niemals wiedersehen werde. Unser ganzes Leben lang bin ich ziemlich hart mit dir umgesprungen.« Sie lächelte, und ich sah zu, wie sich ihre Narben auf die vertraute Weise zusammenzogen und verzerrten. »Ich habe nicht vergessen, daß du dich Tag für Tag bis zum Rand vollgestopft hast, nachdem du mit dem Schwimmen angefangen hattest. Für mich wolltest du fett bleiben. Eric, du warst immer so ein feiner Kerl!« Sie berührte meine Hand. »Weißt du, eigentlich wollte ich gar nicht so gemein zu dir sein. Aber nur dadurch habe ich überleben können. Lemry hat mir geholfen, das zu erkennen, indem sie einfach freundlich zu mir gewesen ist. Auf der Fahrt nach Reno habe ich mich zum erstenmal, seitdem ich verbrannt wurde, wie ein richtiger Mensch gefühlt. Wir haben gelacht, haben uns Witze erzählt, haben bei den kleinen, schmuddeligen Restaurants angehalten in Städten, von denen noch keiner etwas gehört hat. Und für eine Weile bin ich mir vorgekommen, als wäre ich aus meinem Gefängnis heraus.«

»Aber du kannst doch bei Lemry bleiben!« sagte ich. »Dann fühlst du dich immer häufiger so.«

»Wenn mein Vater nicht wäre, dann würde ich das gern tun. Das mußt du ihr sagen, ja?«

Die Panik, die in meinen Hals gekrochen war, fing an, mich zu ersticken. »Hör zu, Sarah Byrnes! Vielleicht ist das selbstsüchtig von mir, aber ich weiß nicht, wie ich den Gedanken ertragen soll, daß du irgendwo da draußen bist, und ich weiß nicht, wo.«

»Eric, ich kann gut für mich selber sorgen.«

»Ich weiß. Aber ich weiß nicht, ob ich es auch kann. Ich kann mich an keine Zeit erinnern, in der es dich nicht gegeben hat. Und ich kann mir eine solche Zeit jetzt auch nicht vorstellen.«

»Du mußt einfach lernen, ein bißchen härter zu sein«, sagte sie, und ich spürte Kälte. »Sieh mal, ich habe sehr viel nachgedacht, und meine einzige Möglichkeit zum Durchhalten war, daß ich mich an die wenigen Erinnerungen an meine Mutter geklammert habe. Eigentlich waren es eher Phantasien über meine Mutter. Ich habe wirklich geglaubt, eines Tages würde sie wiederkommen, und ich würde merken, daß es tatsächlich einen Platz für mich gibt, an dem ich leben könnte. Wenn mein Vater ganz besonders schlimm war – und das kannst du dir gar nicht vorstellen, Eric –, dann bin ich im Kopf einfach weggelaufen und habe an meine Mutter gedacht. Ich habe mich daran erinnert, wie sie mich angezogen hat, mit mir in die Stadt gegangen ist, im Park mit mir gespielt und mir Geschichten vorgelesen hat. Ich wußte, daß ich niemals mehr schön sein würde, aber ich glaubte fest daran, daß es einen Platz für mich gibt, an den ich gehörte. Und selbst als ich das alles aufgeben mußte, habe ich mich an den Gedanken geklammert, daß sie eines Tages wiederkommen und meinen Vater ein für allemal wegschicken würde. Aber damit ist es seit Reno vorbei. Meine Mutter hat keine Courage. Es ist vorbei.« Sie schwieg eine Sekunde, während ich verzweifelt darüber nachdachte, wie ich sie aufhalten könnte.

»Hör zu, ich muß meinen Bus kriegen, ja? Laß mich jetzt gehen. Sag den Leuten von der Zeitung, daß ich verschwunden bin. Dann wird mein Vater es auch erfahren.« Dann beugte Sarah Byrnes sich über mich und umarmte mich. Zum letztenmal, wie ich meinte.

Eines muß ich sagen. Ich hatte genug von allem. Ich hatte genug davon, daß ich es nie schaffte, die Dinge so laufen zu lassen, wie ich es wollte.

Es war zwei Uhr morgens, und ich stand in meiner Tür und wartete, bis auf dem Gang alles klar war, damit ich durch den Hintereingang verschwinden konnte. Meine Kleider hingen in einem kleinen Schrank neben der Tür, also brauchte ich wenigstens nicht in die Nachtkälte hinaus, während mir der fette Hintern aus dem Krankenhaushemd hing. Ich rief Lemry an und bat sie, mich am Parkplatz abzuholen, dann legte ich schnell auf, damit sie mich gar nicht erst zur Vernunft bringen konnte. Ihre Neugier würde sie hertreiben. Von der Telefonzelle am Parkplatz rief ich zu Hause an, um meiner Mutter zu sagen, daß sie nicht in Panik verfallen solle, wenn das Hospital ihr mitteilen würde, daß ich verschwunden sei.

Als ich in der Zelle gerade den Hörer auflegte, knirschten draußen schon Lemrys Autoreifen auf dem gefrorenen Schnee. Carver hatte sich gemeldet, und ich hatte ihm gesagt, er solle den Hörer nicht wieder auflegen, damit das Krankenhaus meine Mutter nicht anrufen und ihr angst machen konnte. Carver wurde immer besser. Er vergewisserte sich, daß ich nicht wieder mit dem alten Byrnes in ein Handgemenge kommen wollte. Dann sagte er mir, ich sollte erst einmal alles Notwendige tun, und später könnten wir uns ja zusammensetzen und einen Plan schmieden. Ich war sicher, daß er meine Mutter wecken und ihr alles erzählen würde, aber er würde auch verhindern, daß sie den Verstand verlöre. Ich hatte den Arm in der Schlinge und eine dicke Kompresse auf meinem Schulterblatt. Wenn ich vorsichtig war, würde ich mir also keinen weiteren Schaden zufügen. Es würde nur weh tun.

»Was stellst du denn nun wieder an, Moby?« fragte Lemry, als ich mich auf den Beifahrersitz setzte. »Was ist los?«

Ich erklärte ihr, was Sarah Byrnes gesagt hatte, und bat sie, zur Greyhound-Busstation zu fahren. »Wir haben noch etwas Zeit«, erklärte ich. »Ich habe angerufen. Der nächste Bus fährt erst um drei Uhr fünfzehn.« Lemrys Reifen drehten auf dem Schnee durch, als wir rückwärts auf die Straße fuhren.

Gegen drei standen wir bei der Gepäckabfertigung, genau gegenüber von den Fahrkartenschaltern; von dort aus waren wir nicht zu sehen. Schon seit einer halben Stunde standen wir dort, und noch immer hatte Sarah Byrnes sich nicht sehen lassen. Meine Schulter schmerzte, als hätte man eine heiße Kugel darin eingenäht. Schweiß tropfte von mir wie ein Wasserfall, aber ich hielt den Mund zu und die Augen offen.

»Bist du sicher, daß sie mit dem Bus fahren will?« fragte Lemry.

»Sie hat gesagt: ›Ich muß meinen Bus kriegen‹«, antwortete ich. »Genau so hat sie es gesagt.«

»Wenn sie dir gesagt hat, daß sie mit dem Bus fährt«, sagte Lemry mehr zu sich selbst als zu mir, »dann wird sie es wahrscheinlich nicht tun. Wenn sie unbehelligt verschwinden will, dann erzählt sie dir nicht, wie. Nicht bei deinem großen Mundwerk.«

Sekunden später waren wir wieder auf der ungeräumten Straße und jagten dem zehn oder zwölf Häuserblocks entfernten Amtrack-Bahnhof zu. »Hoffentlich haben wir recht«, sagte Lemry.

Wir hatten recht. Sarah Byrnes saß auf einer langen Bank in der hell erleuchteten Halle, die Füße auf ihren abgewetzten Koffer gestemmt, das narbige Gesicht hinter einem Buch verborgen. Sie war jetzt eine Berühmtheit, und wenn ihr Bild auch nie in der Zeitung gewesen war, würde doch jeder, der sie sah, sie sofort erkennen.

Sie hob den Kopf, als wir in ihre Nähe kamen, und sprang auf, aber Lemry stürmte schon auf sie zu wie eine freundliche Dogge, hielt sie fest und sank dann mit ihr zu Boden.

»Lassen Sie mich gehen«, sagte Sarah Byrnes ruhig. »Bitte, Mrs. Lemry, lassen Sie mich gehen!«

»Das kann ich nicht«, antwortete Lemry, und ich ging hinüber und nahm Sarah Byrnes Koffer.

»Das alles ist erst vorbei, wenn ich fort bin«, erklärte Sarah Byrnes. »Sie kennen meinen Vater nicht. Niemand kennt meinen Vater.«

Lemry kam wieder auf die Füße und zog Sarah Byrnes mit sich. Mit beiden Händen packte sie fest ihre Schultern und schaute ihr gerade in die Augen. »Ich pfeife auf deinen Vater, verdammt noch mal. Ich habe genug über ihn gehört. Er ...«

»Er hat mich festgebunden. Er hat mich nicht essen lassen. Manchmal hat er auf mich eingeschlagen. Er ist böse, Mrs. Lemry!«

»Dann gehört er ins Gefängnis«, sagte Lemry unnachgiebig. »Ich übernehme jetzt hier das Kommando, und das ist alles. Du sitzt nicht mehr am Steuerknüppel, verstanden?«

Sarah Byrnes wollte protestieren, doch Lemry griff fester zu, und Sarah Byrnes gab nach und lehnte sich an Lemry. »So ist es schon besser«, sagte Lemry.

Ich weiß nicht. Ich fand, das war zu einfach.

# 19

Die Heimkehr der Helden!

Sarah Byrnes fuhr mit Lemry nach Hause, und ich wurde offiziell anderthalb Tage später aus dem Krankenhaus entlassen. Mark Brittain brauchte ein paar Tage, um den Mut zur Rückkehr in die Schule zu finden. Und weil das gerade die zwei oder drei Tage vor meiner Entlassung waren, tauchten wir gemeinsam wieder dort auf. Zwei Wagen vom Fernsehen standen am Parkplatz, um meine Wiederkehr aufzunehmen, aber Mr. Patterson wies sie vom Schulgelände, und so kriegten sie nur ein paar Bilder, auf denen zu sehen war, wie Ellerby und ich auf den Parkplatz fuhren. Ellerby hatte den Missionskreuzer gewaschen und gewachst. Er strahlte so, als käme er wirklich direkt vom Himmel, und Ellerby ließ Mahalia Jackson ein paar Takte von ›Herr, segne dieses Haus‹ durch die Lautsprecher dröhnen, bevor er abschaltete. Ich glaube, Ellerby hat vielleicht die Kraft, Mahalia wieder auferstehen zu lassen, mindestens aber ein paar fromme Briefe an die Zeitungsredaktion auszulösen.

In der Klasse merkte ich mehrmals, daß Brittain mich anschaute, ein paarmal auch in der Pausenhalle, und endlich ging ich zu ihm und fragte, ob ich ihm helfen könne.

»Das muß ich schon allein schaffen«, antwortete er.

Der ZAD-Kurs war noch immer eine Studierstunde unter der Aufsicht von Mautz, weil Mr. Brittain eine förmliche Beschwerde eingereicht hatte. Zwar hatte Mr. Patterson zu Lemry gesagt, Brittain könne sich beschweren, soviel er wolle, der Kurs würde auf jeden Fall fortgeführt, aber Lemry hatte trotzdem bezahlten Urlaub. Sie war zu Hause bei Sarah Byrnes in einer Art Schutzpflegeschaft, bis die Polizei herausfinden konnte, was Mr. Byrnes wohl als nächstes unternehmen wollte. Es war wohl vernünftig, seine Zielscheiben nicht gerade inmitten von fünfzehnhundert Schülern aufzustellen. Also brauchte Mr. Patterson keinen Zusammenstoß mit Mr. Brittain zu fürchten, solange Lemry nicht wiederkam.

Ungefähr fünfzehn Minuten der Studienzeit waren vergangen, als Brittain die Hand hob und Mr. Mautz fragte, ob er der Klasse etwas sagen dürfe.

Wahrscheinlich nahm Mr. Mautz an, der fette Bursche mit dem Arm in der Schlinge und der ansehnliche Sohn eines vom rechten Glauben abgewichenen Predigers würden die Stunde zu einer heftigen Auseinandersetzung nutzen, wenn Brittain etwas Falsches sagte; aber andererseits fand er wohl auch, daß alle hören sollten, daß Mark Brittain den Sieg davongetragen hatte. »Ja, sicher, Mark, du darfst reden.«

Mark stand auf und räusperte sich, während alle sich auf ihren Sitzen umdrehten. Man konnte seinen Herzschlag im ganzen Raum hören. »Ich muß ein paar Dinge klären«, sagte er, »sonst kann ich mich hier das ganze Jahr nicht mehr sehen lassen.«

Wir starrten stumm vor uns hin.

»Ich bin ein Lügner«, sagte Mark. »Ich glaube, mit den letzten Worten, die ich hier gesprochen habe, habe ich Jody Mueller als Lügnerin bezeichnet. Das stimmt nicht. Sie hatte eine Abtreibung, genau wie sie gesagt hat. Es war mein Kind. Ich war zu feige, um mich dem zu stellen, und ich habe nur daran gedacht, mich selbst zu schützen. Darum habe ich sie allein zur Klinik gehen, allein die Abtreibung durchstehen, allein wieder nach Hause gehen lassen. Ich habe ihr einzureden versucht, alles wäre ihre Schuld. An einem ihrer guten Tage hätte ich das nicht tun können, aber nach der Abtreibung hatte Jody keine guten Tage mehr. Alles, was sie über mich gesagt hat, ist wahr.«

Mark atmete tief, dann wurde seine Stimme brüchig, und Tränen liefen ihm übers Gesicht, als er sich Jody zuwandte. »Es tut mir leid, Jody. Es tut mir so leid.« Dann wandte er sich wieder an uns. »Ich weiß nicht, was das an meiner Einstellung zur Abtreibung, zu Gott und zu mir selbst ändern wird, aber ich werde es herausfinden …« Dann sah er Mautz an. »Und jetzt gehe ich nach Hause, weil mir nicht danach zumute ist, noch mehr zu reden und Menschen um mich zu haben. Morgen komme ich wieder.«

Mautz wollte protestieren, doch Mark sagte: »Wenn mir das ein Nachsitzen einbringt, ist es auch gut. Mich hätte schon längst jemand nachsitzen lassen sollen.« Ich erinnere mich an nichts anderes mehr. Ich weiß nur noch, wie erleichtert er wirkte.

Ein paar Augenblicke lang waren nur Marks

Schritte zu hören, als er mit seinen Büchern unter dem Arm zu Tür ging. Dann klapperten Jodys Schritte ihm nach.

Carver war tagsüber nicht oft zu Hause. Er war Buchhalter, und die Steuertermine hielten ihn in Trab, wie er sagte. Er kam erst spät, um bei meiner Mutter zu schlafen, und so hätte es ihn kaum gestört, wenn das Schreckgespenst Byrnes in der Nacht gekommen wäre und ihren Sprößling entführt hätte. Ein paar Abende blieben wir lange auf, tranken heiße Schokolade und sprachen darüber, was es für Sarah Byrnes bedeutet haben mußte, so aufzuwachsen. Wenn ich darüber sprach, wie ihr Vater sie verbrannt, wie er sie eingesperrt hatte, wirkte Carver irgendwie unwillig, und als ich sagte, niemand würde Sarah Byrnes glauben, daß sie die Wahrheit sagt, wurde er so still, daß meine Mutter das Thema wechselte.

Eines Abends sagte er, daß er für eine Woche die Stadt verlassen müsse, um an der Steuerprüfung einer Firma in Moses Lake teilzunehmen.

»Du hast nur genug davon, hier im Belagerungszustand zu leben«, sagte meine Mutter. »Du nimmst Urlaub.«

»Wenn ich Urlaub machen wollte, würde ich dann ausgerechnet nach Moses Lake gehen?«

Damit war die Sache erledigt, und er war unterwegs.

Als ich Carver wiedersah, war es auf dem Fernsehkanal 6. Ein Polizist schützte Carvers Kopf mit der Hand, als der auf den Rücksitz eines Polizeiautos stieg. Seine Hände waren auf dem Rücken gefesselt.

Der Sprecher erklärte, im Falle Virgil Byrnes habe es eine überraschende Wende gegeben. Ein Buchhalter aus der Stadt habe sich Zutritt zu Mr. Byrnes' Haus verschafft, habe ihm dort aufgelauert und ihn überwältigt. Byrnes liege mit mehreren Knochenbrüchen in einem bedenklichen Zustand im Krankenhaus.

In den nächsten Tagen besuchte meine Mutter Carver mehrmals, doch sie sagte überraschend wenig und lud mich niemals ein, sie zu begleiten. Mr. Byrnes erholte sich langsam im Krankenhaus, während immer neue Anklagen gegen ihn erhoben wurden. Für seine Art von Gemeinheit gab es einfach keine Grenzen. Sarah Byrnes blieb unsichtbar, genau wie Lemry. Es war alles sehr seltsam.

Das nächste Mal sah ich Carver wieder, als Elaine Murphy ihn im Gefängnis interviewte. Carver trug Hausschuhe und ein offenes weißes Hemd mit aufgerollten Ärmeln, als wollte er sich gleich über seine Akten stürzen.

Elaine stellte Carver vor und gab einen Überblick über den Fall. Dann sagte sie: »Mr. Middleton, die Staatsanwaltschaft beabsichtigt, Anklage gegen Sie wegen vorsätzlicher schwerer Körperverletzung zu erheben. Möchten Sie dazu etwas sagen?«

Carver lehnte sich zurück und sah sehr ruhig und beherrscht aus. Meine Mutter saß neben mir, und ihre Finger spielten nervös auf meinem gesunden Arm. »Nun ja«, sagte Carver. »Ich habe ihm aufgelauert, aber es war nicht meine Absicht, ihm körperlichen Schaden zuzufügen. Alles, was ich nach dem ersten Zusammentreffen getan habe, geschah in reiner Selbstverteidigung. Ich weiß, daß ich ihn verletzt habe, aber ich hatte keine Waffe bei mir, und ich weiß, daß er mich umgebracht hätte, wenn es mir nicht gelungen wäre, ihn außer Gefecht zu setzen.«

»Werden Sie sich schuldig bekennen?«

»Nun ja, ich bin wirklich bei ihm eingestiegen, also werde ich mich in der Frage des Einbruchs schuldig bekennen. Aber darüber hinaus habe ich nur getan, was ich tun mußte, um am Leben zu bleiben.«

»Sie werden sich also des Einbruchs schuldig bekennen?«

»In diesem Fall bin ich schuldig, ja.«

Elaine Murphy nickte. »Mr. Middleton …«

»Nennen Sie mich doch einfach Carver.«

»Gut. Also, Carver, warum brennt Ihrer Meinung nach die Staatsanwaltschaft so sehr darauf, Sie unter eine umfassendere Anklage zu stellen? Immerhin haben Sie doch einen gefährlichen Kriminellen gestellt.«

»Meinem Anwalt haben sie gesagt, daß sie künftigen Handlungen dieser Art vorbeugen wollen. Das müsse auch der Gesellschaft klargemacht werden.«

»Und was meinen Sie dazu?«

»Das ist für mich kein Problem. Virgil Byrnes ist aus dem Verkehr gezogen, und nur darauf kommt es an.«

Ich sah, wie meine Mutter den Kopf in die

Hände legte und wie ihre Schultern bebten, während ihr Tränen zwischen den Fingern hervorquollen.

Elaine Murphy schwieg einen Augenblick, ehe sie das Interview für die Werbung unterbrach. Während ich meine Mutter im Arm hielt, hoppelte ein nimmermüder Werbehase über den Bildschirm, bis Elaine Murphy den zweiten Teil des Interviews begann. »Carver, können Sie uns sagen, wie Sie Virgil Byrnes auf die Spur gekommen sind? Die Polizei hat ihn gesucht und ein ganzes Netz aufgebaut. Sie wußten praktisch nichts von ihm und haben ihn bei seinem Haus gestellt.«

»Nicht bei ... Ich habe ihn in seinem Haus gestellt«, sagt Carver. »Von ihrem Beobachtungposten aus konnte die Polizei sein Kommen und Gehen gar nicht bemerken. Eine alte Kartoffelgrube führt unterirdisch in Byrnes' Keller. Der Eingang sieht eigentlich nur wie ein Dreckhaufen am Rande des Hofes aus. Man muß verstehen, daß die Polizei unter erheblichem Personalmangel leidet und sich an eine Menge Vorschriften halten muß. Ich wußte nur, daß ich ihn finden wollte. Daß er die Stadt nicht verlassen würde, war mir klar, denn seine Tochter hatte ja einiges über ihn ausgesagt. Ich wußte auch, daß er keine Freunde hat, und in den Kreisen der Obdachlosen kennt er sich vermutlich nicht aus. Er mußte essen, er mußte schlafen, und das alles konnte er eigentlich nur zu Hause. Ich bin einfach durch ein Kellerfenster eingestiegen und habe gewartet. Hätte ich etwas über den unterirdischen Zugang gewußt und kein Fenster einschlagen müssen, wäre es auch nicht nötig geworden, Gewalt gegen ihn anzuwenden. Er hat mich überrascht.«

»Haben Sie lange gewartet?«

»Ungefähr neun Stunden.«

»Und Ihre Absicht war lediglich«, fragte Elaine Murphy, »ihn zu stellen und dann der Justiz die Arbeit zu überlassen?«

Carver blieb einen Augenblick still, dann beugte er sich vor und stützte die Ellbogen auf den einfachen grauen Metalltisch zwischen ihm und der Interviewerin. »Ja, das war zunächst meine Absicht. Aber dann ging plötzlich alles sehr schnell, und er war sehr aggressiv ... Jeder dort draußen soll wissen, daß ich mich unter normalen Umständen niemals für irgendeine Gewalttätigkeit hergeben würde. Aber ich habe einige Monate die Auswirkungen der Brutalität dieses Mannes miterlebt. Seine Tochter, die für ihr ganzes Leben entstellt ist, war in der psychiatrischen Klinik und hat sich völlig von der Welt abgeschlossen. Der Sohn meiner Lebensgefährtin war in ständiger hoffnungsloser Verwirrung und versuchte zu reparieren, was nicht zu reparieren war. Was ich getan habe, das habe ich getan, und die möglichen Folgen sind mir klar. In den Augen des Gesetzes habe ich falsch gehandelt. Und – daß es da keinen Irrtum gibt – ich achte das Gesetz, und ich erwarte, nach dem Gesetz bestraft zu werden. Das könnte mich unersetzliche Zeit kosten, in der ich von der Frau, die ich liebe, getrennt sein müßte und von ihrem Sohn. Ich würde alles dafür geben, seinen Respekt zu gewinnen.« Damit stand er auf, streckte Elaine Murphy die Hand hin, die sie überrascht nahm. Wahrscheinlich machte sie sich Gedanken darüber, wie sie nun den Rest der halben Stunde ausfüllen sollte. Carver verschwand aus dem Blickfeld der Kamera.

Ich schaute hinüber in Mutters tränennasses Gesicht und nahm ihre Hand. »Verwende das Geld, das du für mein College zurückgelegt hast, dafür, ihm einen guten Anwalt zu nehmen«, sagte ich. »Und er hat längst allen Respekt, den ich überhaupt aufbringen kann.«

# 20

*TEENAGER ADOPTIERT*
*24 Stunden vor 18. Geburtstag*

*Gestern wurde vor dem Bezirksgericht das letzte Kapitel einer Familientragödie geschrieben, als Cynthia und Tom Lemry die Urkunden unterzeichneten, mit denen sie Sarah Byrnes 24 Stunden vor deren 18. Geburtstag adoptierten.*

*Unsere Leser erinnern sich, daß Gesicht und Hände von Miss Byrnes vor 15 Jahren durch ihren Vater an einem Holzofen vorsätzlich verbrannt wurden. Diese Tat kam im vergangenen Februar ans Licht, nachdem Virgil Byrnes einen anderen*

*Jugendlichen, den 18jährigen Eric Calhoune, mit einem Jagdmesser gefährlich verletzt hatte.*

*»Besser spät als nie«, sagte Cynthia Lemry, Lehrerin und Schwimmtrainerin an der örtlichen High School vor der Presse. »Wäre jemand vor langer Zeit für dieses junge Mädchen eingetreten, dann hätte jahrelanges Leid vermieden werden können. Sie ist ein bemerkenswerter junger Mensch, und wir empfinden es als Ehre, sie in unserer Familie zu haben.«*

*»Ich glaube, sie haben das gerade rechtzeitig gewagt, um meine Collegegebühren zu bezahlen«, sagte die neue Sarah Lemry lächelnd.*

*Bei der Zeremonie war auch Eric Calhoune zugegen, der das Opfer von Byrnes' Messerangriff geworden war, sowie Sandy Calhoune, die Mutter des jungen Mannes, die ständige Kolumnistin unserer Zeitung ist, und auch Carver Middleton, der aufgrund einer Anklage wegen Körperverletzung gegen Virgil Byrnes im Zusammenhang mit dessen Straftaten vor Gericht stand; der umstrittene Geistliche der Episkopalkirche, John Ellerby, der sich für Frauen im Predigeramt und für die volle Gleichberechtigung Homosexueller eingesetzt hat, sowie sein Sohn Steve Ellerby, der sich selbst als einen »umstrittenen Predigersohn« beschreibt.*

*Sarah Byrnes bestätigte, daß ihr Vater nach den Verbrennungen vor 15 Jahren jede chirurgische Hilfe mit der Begründung abgelehnt hat, ihr Zustand werde ihr zu Härte verhelfen. Aussagen zu anderen körperlichen Folterungen, deretwegen Virgil Byrnes zu zwanzig Jahren Haft verurteilt wurde, verweigerte sie. Auf die Frage, ob sie jetzt die chirurgische Hilfe in Anspruch nehmen wolle, die ihr bisher versagt worden sei, lächelte sie und sagte: »Ich weiß nicht. Es wäre doch schade, jetzt etwas zu verändern, woran ich mich gerade erst gewöhnt habe.«*

Das war's also. Ich glaube, ich bin mit der Entwicklung der Dinge zufrieden.

In diesem Jahr bin ich nicht mehr ins Wasser gestiegen. Zu den Regional- und Staatsmeisterschaften mußte ich als Teammanager fahren. (Das hat Mautz mächtig gewurmt, denn die Schule mußte für mich bezahlen, ohne irgendwelchen Ruhm dafür zu ernten.) Ellerby hat die Hundert Butterfly gewonnen, und Mark Brittain wurde dritter über die Hundert Freistil. Ich glaube, ich hätte mich über die Fünfhundert unter den ersten sechs plazieren können, aber ich muß eben noch weiterträumen. In einem kleinen College an der Küste habe ich ein Stipendium als Schwimmer bekommen, also werde ich meine Leibesfülle noch vier Jahre in eine Badehose zwängen und unter »Mo-by! Mo-by!«-Geschrei auf Startblöcke steigen. Als ich den Campus besucht habe, hat der Trainer behauptet, er würde mich innerhalb der ersten vier Wochen auf Sprintergewicht bringen. Ich habe nur »Yes, Sir!« gesagt. Das hat schon ein besserer Mann versucht, und das war eine Frau.

Ellerby geht zur Uni. Wir werden an derselben Ecke des Staates sein und in Verbindung bleiben können, aber mir ist klar, daß wir jeder einen eigenen Weg gehen und am Ende freundschaftliche Fremde sein werden. Sarah Byrnes wird bei den

Lemrys bleiben und mindestens noch ein Jahr ins städtische College gehen, ehe sie entscheidet, was sie mit ihrem Leben anfangen will. Damit wird sie besser als sonst irgendwo auf der Welt versorgt sein, und sie wird jedesmal hier sein, wenn ich heimkomme. Sie ist immer noch fasziniert von dem Gruppenheim, über das sie in »Life« gelesen hat, und ich finde das gut, denn es zeigt, daß sie noch Träume hat. Mein Gott, ich liebe sie!

Carver wurde zu sechs Monaten Gefängnis verurteilt, durfte aber weiter seiner Arbeit nachgehen. Das bedeutet, daß er für kurze Zeit die Nächte und die Wochenenden im Bezirksgefängnis zubringen mußte. Er hat sich als schuldig im Sinne einer geringeren Anklage bekannt, und der Richter hat ihm die dafür zulässige Höchststrafe gegeben und einen flammenden Vortrag gegen die Selbstjustiz gehalten. Dann hat er aber den größeren Teil der Strafe zur Bewährung ausgesetzt. Durch diesen ganzen Fall seien schon so viele Menschenleben geschädigt worden, sagte er, daß er nicht noch ein weiteres hinzufügen wolle. In der Presse hat der Richter heftige Kritik und laute Zustimmung erfahren, aber ich glaube, das war ihm ziemlich gleichgültig. Für einige Zeit wird Carver unter Bewährungsauflagen stehen, aber das ist nicht so wichtig. Bis jetzt hatte er ja noch nicht einmal eine Verwarnung für falsches Parken. Meiner Mutter habe ich gesagt, es täte mir leid, daß ich anfangs gegen ihn gewesen sei, und von jetzt an wolle ich ihn Dad nennen, ob sie nun den Mut hat, ihn zu heiraten oder nicht.

Sie hat bloß geweint und gesagt, das wäre lieb.

Hätte ich ihren Verehrern in der Zeitungsredaktion erzählt, was für eine erstklassige Heulsuse sie ist, dann hätte man sie wahrscheinlich von der Sportseite zu den Kochrezepten versetzt.

Jody und ich hatten ein schönes Frühjahr, und ich glaube, wir werden einen herrlichen Sommer erleben. Sie geht auf dieser Seite des Staates zur Schule, also werden wir vor allem auf telefonische Verbindungen angewiesen sein. Ich glaube, zu den schwersten Prüfungen für eine Beziehung zählt eine Trennung, aber sie ist wahrscheinlich auch ein sehr guter Test. Abgesehen von Lemry und ihrem Mann, von denen ich eigentlich nicht viel weiß, habe ich kaum ein Vorbild dafür, wie Männer und Frauen miteinander umgehen sollten. Am besten wird sein, ich lasse mir Zeit, es selbst herauszufinden. Aber eines weiß ich: Familien können ganz schön durcheinander geraten, während sie nach außen ganz gut aussehen. Da brauche ich nur an die Brittains zu denken. Wenn ich einmal eine Familie haben sollte, würde ich das gern vermeiden.

Es macht ein bißchen angst, von daheim fortzugehen. Ein Teil von mir wünscht, das Leben wäre vorhersehbarer, ein anderer Teil ist froh, daß es das nicht ist. Ich glaube, man kann die guten nicht von den schlechten Dingen unterscheiden, solange sie noch im Gange sind. Früher einmal habe ich geglaubt, fett zu sein wäre das Schlimmste, was einem widerfahren kann. Aber wenn ich nicht fett gewesen wäre, dann hätte ich niemals Sarah Byrnes kennengelernt – ich meine Sarah –, und das wäre in meinem Leben eine wirkliche Tragödie gewesen. Und was könnte schlimmer sein, als ein Leben zu führen, wie sie es in all den Jahren leben mußte? Nichts fällt mir dazu ein, aber irgendwann einmal wird vielleicht ein junger Mensch in diesem Heim, über das sie vor fünf Jahren in einer Zeitschrift gelesen hat, durch ihren Mut stark gemacht. Und das wird dann das Leben dieses Menschen für immer verändern.

Ich bin also so gut wie weg von hier. Mein Sommer wird aus Freizeit bestehen. In ein paar Minuten kommt Ellerby mit Jody und Sarah, und wir fahren in seinem Missionskreuzer und mit ein paar Tonnen Snacks zum See. Dann werden wir auf Jodys Hausboot sitzen und uns eine Magenverstimmung anfuttern. Ich muß mich noch ein bißchen aufbauen. Schließlich soll mein neuer Trainer ja auch seine Arbeit mit mir haben.

# dtv pocket
# lesen – nachdenken – mitreden

England, 21. Jh.: Dash liebt Zoe, und Zoe liebt Dash. Beide erzählen von ihrer Liebe, die eigentlich gar nicht existieren dürfte. Denn Zoe ist eine Subby und Dash ein Chippy. Der Kontakt unter ihnen ist strengstens untersagt. Während Zoe wohlbehütet in einer der abgeriegelten blitzsauberen Vorstädte aufwächst, muß Dash schon früh lernen, auf der anderen Seite des Zauns zwischen Chaos und Anarchie ums nackte Überleben zu kämpfen. Trotzdem finden Dash und Zoe immer wieder neue Wege zueinander...
Ein Science-fiction-Roman, der nicht nur eine beklemmende Gesellschaftsvision zeigt, sondern auch eine atemberaubende Liebesgeschichte erzählt.

dtv pocket 78082

dtv pocket 78014

dtv pocket 78046

dtv pocket 78050

# dtv pocket plus
# esen – nachdenken – mitreden

dtv pocket plus
Bücher für junge
Erwachsene

dtv pocket plus 78004

dtv pocket plus 7896

dtv pocket plus 78067

dtv pocket plus 78071

dtv pocket plus 78068